〖中华诗词存稿·名家专辑〗

中华诗词学会 编

郑欣淼诗词稿

庚子增订本

郑欣淼 著

中国书籍出版社
China Book Press

图书在版编目（CIP）数据

郑欣淼诗词稿：庚子增订本 / 郑欣淼著 . -- 北京 : 中国书籍出版社 , 2019.12
（中华诗词存稿）
ISBN 978-7-5068-7723-7

Ⅰ . ①郑… Ⅱ . ①郑… Ⅲ . ①诗词—作品集—中国—当代 Ⅳ . ① I227

中国版本图书馆 CIP 数据核字 (2019) 第 291600 号

郑欣淼诗词稿：庚子增订本

郑欣淼 著

责任编辑	王星舒	
责任印制	孙马飞　马　芝	
封面设计	采薇阁	
出版发行	中国书籍出版社	
地　　址	北京市丰台区三路居路 97 号（邮编：100073）	
电　　话	（010）52257143（总编室）（010）52257140（发行部）	
电子邮箱	eo@chinabp.com.cn	
经　　销	全国新华书店	
印　　刷	北京虎彩文化传播有限公司	
开　　本	710 毫米 × 1000 毫米 1/16	
字　　数	360 千字	
印　　张	34	
版　　次	2020 年 6 月第 1 版　2020 年 6 月第 1 次印刷	
书　　号	ISBN 978-7-5068-7723-7	
定　　价	398.00 元	

作者简介

郑欣淼，陕西省澄城县人，1947年10月生，曾任中共陕西省委副秘书长、陕西省委研究室主任，中共中央政策研究室文化组组长，青海省人民政府副省长，国家文物局副局长，文化部副部长，故宫博物院院长，政协第十一届全国委员会委员、政协第十一届全国委员会文史和学习委员会副主任等。中国作家协会会员。曾任中国鲁迅研究学会会长、名誉会长，中国紫禁城学会会长、名誉会长等。现为中华诗词学会会长。

多年来从事政策科学、文化理论以及鲁迅思想的研究，2000年以来着力于文物、博物馆研究，2003年首倡"故宫学"。出版各类著作三十余种。

从二十世纪六十年代中期以来学习诗词写作。先后出版了《雪泥集》《陟高集》《郑欣淼诗词百首》《卯兔集》《诗心纪程》等。

总　序

　　我们这个诗歌大国有一个很好的传统，历来注重"采诗"、搜集整理诗歌材料。作为唯一的全国性诗词组织的中华诗词学会，自1987年5月成立以来，就十分重视这项工作。学会每年的学术研讨会和历届"华夏诗词奖"，都出版论文集和获奖作品集。纪念学会成立二十年、三十年时，还专门编辑出版了《大事记》《论文选集》《诗词选集》。《中华诗词》创刊以来，每年都制作年度合订本。2007年5月，在北京天识东方文化艺术传播有限公司的资助下，以近代以来诗词创作、诗词理论、诗词运动重要文献汇编，当代名家个人作品专集等为主要内容，出版了《中华诗词文库》。经过十来年的编辑整理，已经出了近百卷。这些诗集、文集的出版，记录了近百年来尤其是改革开放四十多年来，中华诗词从起步、复苏走向复兴的砥砺前行的历程，为近、当代诗歌史的撰写准备了丰富的资料。

　　党的十八大以来，中华民族优秀传统文化重新受到应有的重视。习近平总书记《念奴娇·追思焦裕禄》词和《军民情》七律的相继发表，引领中华大地诗潮滚滚而来。《中共中央关于繁荣发展社会主义文艺的意见》和中办、国办《关于实施中华优秀传统文化传承发展工程的意见》，都明确提出"加强对中华诗词、音乐舞蹈、书法绘画、曲艺杂技和历史文化纪录片、动画片、出版物等的扶持。"国家教育部组织制定由中华诗词学会起草的新中国语言体系中的新韵书《中华通韵》已经通过国家语言文字工作委员会语言文字规范标准审定委员会审定，即将颁布全国试行。这些都使我们真切地感受到，中华诗词的春天真的到来了。诗人们乘着骀荡春风，正以高昂的激情，书写着中华民族伟大复兴的新时代、新史诗，国家富强、民族振兴、人民幸福的中国梦；正以与人民同呼吸、共命运的诗人之心，对人民的欢乐、人民的忧患、人民的情怀给以诗意的表达；正以"美"或"刺"的诗人之笔，对市场经济大潮中人民对幸福生活的期待，对美好未来的希望，对假丑恶的深恶痛绝，或给以方向，或给以赞美，或给以鞭挞。正如习近平总书记所指出的："好的文艺作品就应该像蓝天上的阳光、春季里的清风一样，能够启迪思想、温润心灵、陶冶人生，能够扫除颓废萎靡之风。"

当前，传统诗词创作者和诗词爱好者队伍发展迅速，已超过三百万。每天创作的诗词作品超过唐诗、宋词、元曲的总和。诗词评论研究队伍也成长很快，诗词评论、诗词学、诗词创作理论研究成果丰硕。如何从浩如烟海的诗词作品中"淘"出优秀作品，并使之存下来、传下去，如何使诗词研究理论成果"面世"并发挥应有的指导作用，确实是摆在我们面前的无可回避的一个重要课题。中华诗词学会是一个没有国家编制，没有国家拨款的社会团体，事业的运转主要靠社会赞助和会员费支撑。俊识（北京）文化传媒有限公司总经理吕梁松、北京采薇阁总经理王强，两位一直是对中华传统文化情有独钟的热心人，慷慨解囊，愿意同中华诗词学会一起，搜集整理编辑推出《中华诗词存稿》这套书，共同为中华诗词文化的继承和发展，做成这件十分有意义的事情。

《中华诗词存稿》主要搜集整理出版三部分内容的资料：一是当代诗词名家的个人作品集；二是当代诗词评论家、诗词学者的学术著作集；三是当代诗词作品、诗词理论学术成果阶段性、专题性、地域性的集成类作品集。诗词作品强调精品意识，沙里淘金，把"有筋骨、有道德、有温度"的优秀诗词作品搜集起来。诗词评论、研究类资料强调理论性和创新性，应具有鲜明的个性特点，具有创建性的见解。集成类的资料应有一定的史料保存价值。总之，做成一套具有当代价值和历史意义的好书。在此，我们编委会人员，向提供资料、筛选编辑、版面设计、校对勘误，包括所有为这套资料付出辛勤劳动的同志们，表示真诚的谢意！

郑欣淼

二〇一九年七月于北京

再版前言

　　出版于二〇一四年的《郑欣淼诗词稿》，收入笔者二〇一三年以前的八百多首诗词作品。从二〇一四至二〇二〇年前半年，笔者又陆续写了三百五十多首。这次《中华诗词存稿》丛书要再版此书，笔者便把这些新作加了进去，出个《郑欣淼诗词稿·庚子增订本》。并改正了原诗词稿的个别错讹字，对有的注释作了修订，并统一了有关体例，此外一仍其旧。原来的《自序》，谈了笔者的诗词之路，介绍了本书的情况，现仍予保留。

　　一九九四年拙作《雪泥集》出版时，承蒙赵朴初先生为书名题签，这是对一个初学者的鼓励，我一直铭记在心，力争不断有所进步。二〇〇〇年《陟高集》出版，著名的鲁迅研究专家、中国现代书法名家卫俊秀先生欣然题写书名。按照原来的设想，我在国家文物局工作时写的《红楼集》，故宫博物院十年期间的《紫垣集》，以及二〇一二年以后的《海山集》，都拟分别出小册子，并先后敬请饶宗颐、冯其庸、沈鹏、刘征诸位先生题写书名，我受到的感动和激励是不言而明的。二〇一四年"中华诗词文库"拟收入拙作，我就改变了再出小册子的想法，而把此前本不算多的所有作品合在一起，编为《郑欣淼诗词稿》。但多年来萦怀于心的是，被我视同拱璧的诸位先生的题签，似乎无从展现。令我欣慰的是，在这次《郑欣淼诗词稿·庚子增订本》中，六位先生的珍贵题签分别以插页的形式列入各有关部分，弥补了我的遗憾。每当我看到这些熠熠闪光的墨宝时，就想到六位先生的道德文章，也就成为时时鞭策我不断向前的力量。

从二〇一〇年六月以来，笔者忝为中华诗词学会会长，转眼不觉十年。今年也就是二〇二〇年，学会要换届，我也即将离开这个岗位了。回顾学会十年，开展日常工作，也组织、参与了不少重要活动；因工作关系，有幸能够结识许多诗词大家、名家，并有机会向他们请益求教。这些大都反映在我的创作中，或为耆老庆寿，或为诗词组织致贺，或纪念重大活动，或与诗友唱和，等等，这类作品约有六分之一。这些诗词的大部分可以说属于应酬性的。但我个人认为，自己绝不能以应酬的态度去写，因为这是作为中华诗词学会会长工作的一部分，是一项严肃的任务，也是一种真诚的心灵沟通方式。因此，自知水平有限，但我还是下了功夫的，写得都很认真。

笔者在二十世纪末曾试着写过十来首散曲，感到这种体式有其特点，写好不容易，以后未再动手。近年来，散曲发展较快，多个省市区成立了散曲组织，适应这种需要，二〇一五年十月，中华诗词学会成立"散曲工作委员会"，笔者兼任工委主任。作为工委主任，自应带头，于是再作冯妇，先后写了一二十首，不计工拙，聊为一段工作的见证。

在本书将要付梓之际，略赘数语，以为前言。

郑欣淼

二〇二〇年六月

自　序

　　我开始学习写作旧体诗词是1965年，那时还是一名高中学生。不久"文化大革命"发生，成了"老三届"，此后再未进过校门。对于我这个年龄段以及这样经历的人来说，写作旧体诗词自然受到当时社会文化环境以及个人素养的诸多限制。值得庆幸的是，虽然断断续续，这一爱好还是坚持了下来。正因为是个人爱好，不考虑能否发表，也不需要征求别人意见，聊为遣兴而已。又由于这个原因，也使自己长时期缺少与他人的切磋交流。1994年，在一位搞出版的朋友的支持下，我出版了第一部诗词集。诗集出版于我最大的作用，是正视自己的作品，省察其中的得失。此后我更重视中华诗词遗产的学习，重视向时贤的学习，也以更严谨的态度进行创作，力求不断有所提高，有所进步。

　　旧体诗歌从所运用的外在形式即体裁划分，大致为古体与近体两种。其中近体诗有一定声律格式，句数、字数、平仄、用韵有严格的要求。我认为，这些都是古人创作经验的积累和总结，自有其深刻的道理。今人写旧体诗歌，就应该遵循这些格律，尊重传统。但是由于时代的发展，语音的变化，许多人在重视"平水韵"的同时，也在探求诗韵的改革。中华诗词学会在《21世纪初期中华诗词发展纲要》中提出，一方面尊重诗人采用新韵或运用旧韵的创作自由（新旧韵不得混用），另一方面又要倡导诗词的声韵改革。马凯同志也提出"求正容变"的主张。对于这些，我都是持赞成态度的。

我的诗词创作，大致有三方面内容：一是亲友之情，其中有对亲人的思念，有与朋友的交往，或贺寿，或伤悼，甚至过访聚会，多反映在其中；二是名胜游记，我固喜好旅游，特别是到文物部门工作以来，常有机会探访名山大川、古刹民居，怀旧思古，情不能已，发而为诗；三是自己工作的反映，可谓纪事诗，特别是在故宫博物院工作期间，一些重大活动、事项，例如两岸故宫博物院的交流等，都在诗歌中可以看到。我以为，诗歌并无特定的题材，什么都可以入诗，关键是如何写，要真正符合诗的要求，要有诗情。

《郑欣淼诗词稿》共收录我从1965年至2013年的诗词作品八百余首。其中约四百五十首选自我曾公开出版过的三个集子，为《雪泥集》（1994年，陕西人民出版社）、《陟高集》（2000年，中国青年出版社）、《卯兔集》（2013年，故宫出版社），其余为从2000年以来未曾发表过的作品。对于发表过的作品，这次作了一些修订。需要说明的是，从1999年至2013年，这期间我还写有一些诗歌，但尚需进一步推敲整理，这本《郑欣淼诗词稿》因与他人诗集同时出版，出版社催得急，这次来不及整理，只能待以后了。

本书的目录编排，是按诗词写作时间排列，大致为我人生的几个主要阶段：卷一为雪泥集，从1965年至1995年8月，包括我在陕西及北京工作时的作品，《雪泥集》一书收录诗词为1965至1992年之间，这里虽用"雪泥集"之名，但收录诗词却多了几年；卷二为陟高集，从1995年9月至1998年11月，为我在青海工作时的作品，原《陟高集》收录诗词则从1993年至1999年；卷三为红楼集，从1998年12月至2002年9月，为我在国家文物局工作时的诗词，国家文物局这时期主要在原北大红楼旧址办公，故名；卷四、卷五为紫垣集，从2002年10月至2012年1月，为我在故宫博物院工作时的作品，因数量较多，分为两卷；卷六为海山集，我现在办公地址在景山与北海之间，故以名之。

　　回顾五十年学诗之路，我体味到跋涉的不易，也感受到其中的乐趣。这条路是没有尽头的。我决心常葆诗心，坚持学习，在中华诗词的园地里继续耕耘。

　　诗词稿的整理、修订，高昌同志给予协助，编辑周思远女士也付出很大努力，赵安民同志在出版上予以指导，在此一并感谢。

郑欣淼

二〇一四年二月十二日于故宫御史衙门

目　　录

卷三　红楼集 ………………… **131**

卷四 紫垣集（上）····················· **153**

卷五　紫垣集（下）………………… **231**

卷六 海山集（上）⋯⋯⋯⋯⋯ **319**

雪泥集

趙樸初題

军营探友

一九六五年十一月十四日，余由临潼县城步行三十里至西安灞桥解放军某部，探望正在服役的同学。

铁马金戈频入梦，为酬夙愿到军营。
健儿刚猛赛龙虎，宿将严慈如父兄。
结网八方防敌寇，成城七亿舞旗旌。
何时可作长缨手？一介书生胆志宏。

一九六五年十一月

临潼石榴

偏有沙碛万树荣，汉槎丝路想行行。
春阑最是榴花盛，烽火台看火又明①。

一九六六年

【注】

① 临潼骊山有古烽火台，烽火戏诸侯的故事就产生于此。按石榴原产于阿富汗等中亚地区。据《群芳谱》载，它是西汉张骞出使西域从安石国（今伊朗附近）带回，首植于上林苑和骊山温泉别宫（今华清池），后繁衍于全国各地。骊山北麓一带土质松软，含沙量大，种植石榴尤多，名列全国之冠。

夜渡渭河

黑天没新丰，风萧水不寒。

语喧鸟起顾，桨落方寸悬。

一河浊浪滚，灯火万家闲。

麦熟看蚕老，麦香满秦川。

冒雨奔雨金，夏收敢辞难①。

一九六七年六月六日

【注】

① 由新丰去雨金参加夏收。新丰在渭河之南，雨金在渭河之北，
为陕西省临潼县的两个镇，亦皆为历史文化名地。

雨夜翻检书信

仲夏夜雨急，慰我有双鲤。

畏友四五人，二三殷勤语。

风云在尺素，倾心比邻里。

念念热衷肠，每闻荒鸡起。

出唤庭前风，遥致潭水意。

一九六七年六月三十日

贺友上大学

恢复高考制度，一批老三届同学参加统一考试升入大学，虽大都年届而立，又有家室之累，但锐气不减，志存远大，感而赋此，以壮行色。

却喜惊雷万象新，承平难遇我逢辰。
帆张渭水惠风畅，木荟骊山时雨霖。
刮垢终知光晔晔，识骐始信步骎骎。
勉哉吾辈二三子，岂使流年负丽春。

一九七八年六月二十七日

采桑子·黄河滩夏收记事　五首

其一

平畴万顷新天地。麦海泱泱，华岳苍苍，大治之年喜岁穰。　　宏图一卷千秋计。勤事农桑，道路康庄，基础坚牢看振邦。

其二

帐棚旷野孤舟泊。晚怯高风，午盼高风，凉热原来迥不同。　　夜深屋漏方惊梦，床上飘零，床下蛙鸣，骤雨初歇谈兴浓。

其三

麦田巡护堪回忆。月对而阑,影伴而偏,风露行行破晓寒。　　分明夺食蛟龙口。远讶声喧,近惑呢喃,灯火依稀恐欲燃。

其四

一天最是收工后,西岳云招,北野花邀,纵目胸中万虑消。　　半盘蛇肉称龙虎,尽道嘉肴,尽是馋猫,双箸才伸我又摇。

其五

黄河滩上凭驰骋。芦长纤纤,凫走姗姗,胜景尤看麦月天。　　大千世界何纷扰!道甚韦编,强似清谈,遍地文章任细研。

一九七八年七月于陕西省委黄河滩机关农场

江城子·访烽火大队

　　泾河两岸看金黄，遍秋妆，起清商，爝火当时，风雨更煌煌。总统亦临田叟舍，谈稼穑，喜盈觞①。　　经营管理有良方。弊端匡，效功彰，珍重天时，人和自荣光。鼎力再赓开拓史②，俱往矣，又新章！

一九八一年十一月十四日

【注】

① 烽火大队在陕西省礼泉县，二十世纪五六十年代闻名全国。一九八一年八月中旬，美国前总统卡特访问中国，曾到烽火参观，应邀在大队党支部书记王保京家作客。

② 二十世纪六十年代，陕西省作家协会曾根据烽火大队走互助合作道路的事迹，编写了《烽火春秋》一书。

江城子·访袁家大队

　　九嵕灵秀不寻常①，璧成双，盛名扬。老树新花，千尺幼松长。队小何妨霄汉志，途阻远，骏高骧②。　　同心合力是康庄。气昂藏，日兴昌，浃髓沦肌，雨露正泱泱！砥柱中流犹兀立，风浪里，自争强。

一九八一年十一月十五日

【注】

① 袁家、烽火，同在陕西省礼泉县九嵕山下，当时一是崭露头角的新秀，一是享誉已久的老先进。

② 九嵕山有唐太宗李世民的昭陵，"昭陵六骏"浮雕举世闻名。

浪淘沙·韩城　二首

其一　治山专业户

　　农民孙永祥承包荒山一架，举家搬住山顶，农林牧综合经营，筚路蓝缕，艰苦奋斗，为大面积开发治理荒山找到一条好路。韩城县正在推广该经验。

　　沉睡岂千年，今竟喧喧，童山要改旧时颜。岽顶岭边专业户，意气方酣。　　致富路何宽，甘露涓涓，踟蹰焉可效衣蚕①。疑虑尽除帆鼓满，绣水描山。

【注】
① 《说文解字》："茧，蚕衣也。"

其二　科技队

　　河渎六队为韩城县科委试点队，以农民技术员为骨干，培育良种，进行新技术试验，成绩斐然，遐迩有名。

　　又是一重天，棉黍翻番，队名科技不虚传。农事斯文今亦赖，虎翼平添。　　矢志敢登攀，幽奥精研，声光电化探微观。太史遗风犹溥畅，郁郁芝川①。

一九八三年一月

【注】
① 芝川为黄河边小镇，司马迁墓在此。

回乡杂咏　三首

其一

莫言秋事已阑珊，渭北烟凝着嫩寒。
别有清芳当看取，麦苗新绿柿如丹。

其二

那堪墙上绿苔长，万户依门盼艳阳。
抢种秋时战霪雨，耧车夜半尚叮当。

其三

经旬古会兴犹长，夜静沿街飘肉香。
更有戏台添异彩，西京名角不寻常①。

一九八三年十一月九日

【注】

① 农历九月十三日为家乡古会。今年适值县城新剧院落成，请
　　来省城西安名角演出秦腔《五典坡》。演员卖力，观者亦众，
　　十日未衰，洵为盛事。

杜甫草堂

浣花溪畔已黄昏，独入草堂寻旧痕。

森柏有忧怀蜀相，水鸥无趣寄江村。

苍生每念洗兵马，良将常思筑剑门。

好句千年吟不尽，犹期广厦满乾坤。

一九八四年十月

《调查研究概论》①出版后自题　二首

其一

要知民意解民谣，熟水稔山渔并樵。

休诩君才称不世，万千百姓是英豪。

其二

褒禅幽洞景方殊，敢下深渊索得珠。

欲晓事由明物理，尤凭求是细功夫。

一九八五年四月

【注】

① 《调查研究概论》，朱平主编，陕西人民出版社一九八四年出版，作者承担其中三分之二篇章的撰写。

水调歌头·陕西省国际经济技术洽谈会

域外贾商众，联袂古都行。洽谈十日欢会，纷沓告频成。敢揽四方才俊，巧措五洲赀货，胆壮令猷生。莫道风霜骤，喜气化寒冰。　　步何跚，思何囿，自当醒！休夸秦汉砖瓦，贵在唱新声。改革潮流壮阔，开放呼声益烈，老陕要飞腾！关隘心中破，迈步响金铮。

一九八五年十二月

忆江南·临潼好　六首

其一

临潼好，稽古往悠悠。匝地烟尘刘项斗，冲天烽火戏诸侯。姜寨址遗稠。

其二

临潼好，春暖贵妃池。何处当时盟誓殿，游人指点惹幽思，汩汩不穷诗。

其三

临潼好，抗日响金铤。兵谏张杨双十二，弹痕犹见五间厅，青史著忠精。

其四

临潼好，草木亦多情。渭水关中流万古，几坑车马现秦陵，绣岭晚霞赪。

其五

临潼好，饶裕誉秦中。裂嘴石榴红玛瑙，火晶柿子小灯笼。五谷竞登丰。

其六

临潼好，骊麓画图开。携卷幽簧深树里，学宫掩映更循陔。矻矻育英才。

一九八六年三月

志丹小记　五首

　　一九八五年十一月至次年十月，余率陕西省委工作队在志丹县周河乡蹲点，帮助建设基层领导班子，开展扶贫工作，劳忙之余，偶得小诗数首。

其一

愧无点石变金才，任远扶贫步步来。
绵薄我今曾尽力，但求实事不成灾。

其二

心如静水远嚣哗，晨履凝霜晚戴霞。
最是一天忙累后，夜阑伴读有清茶。

其三

谁言黄土默无声，丘壑曾经挟怒霆。
英烈陵旁苍翠柏①，秋风入梦万千兵。

其四

山河犹记当年盛，乍见保安人物新②。
绝壁寻常石窑洞，至今父老道纷纷③。

其五

黄尘五月尚纷飞，雨雪冬春常少稀。

最是斑斓秋色好，气清天朗翠微晖。

一九八六年十月

【注】

① 志丹县原名保安县，一九三六年为纪念刘志丹烈士而改此名。志丹陵在县城，作者住在陵旁的周河乡政府。

② 毛泽东《临江仙·给丁玲同志》："壁上红旗飘落照，西风漫卷孤城。保安人物一时新。"

③ 一九三六年七月至一九三七年一月，志丹县保安镇（今县城）曾为中共中央所在地。中共中央在此创办中国人民红军大学。毛泽东同志还在这里接见过美国记者斯诺。他所住过的小石窑洞等，现为省级文物保护单位。

银川西夏王陵

贺兰秋叠翠，西夏旧痕寻。

广漠兴奇业，长河衍德音。

绵延二百载，赓续十余君。

中土源流远，残垣诉古今。

一九八六年十月

过六盘山

过六盘山，见高竖毛泽东同志《清平乐·六盘山》诗碑，感而赋此。

峰簇如涛欲竞高，淡云归雁翠林梢。
忽看山半诗碑立，秋过六盘尤气豪。

一九八六年十月

碰溪钓鱼台

十月碰溪秋水涟，玉璜闲立乱沙间①。
文王不遇垂竿客，重写姬周八百年。

一九八六年十一月

【注】

① 钓鱼台为一巨大岩石，位于陕西宝鸡碰溪水畔，石上有双膝踞坐痕迹。石下激流直泻，浪花四溅，谓之"云雾潭"，相传姜太公钓鱼即在此台。

中央党校小记　四首

一九八七年上半年，余在中央党校进修部经济班学习，间有所感，略记一二。

其一

鼎新革故画图宏，千橹今张万里篷。
我到书山且寻觅，耻为吴下旧阿蒙。

其二

久违学校几多年，来此真如上水船。
山色湖光曲幽径，读书更惜艳阳天。

其三

京华近日尚沙埃，约会春风连夜来。
墙角今朝桃露脸，午间柳眼又齐开。

其四

夙兴不用祖家鞭，赳赳剑刀俱俨然。
自愧平生乏柔骨，练拳太极总难圆。

一九八七年五月

华山松①

巍然巨石看松青，山树相依韵更增。

岩缝迸生何郁勃，涧边拼立竞崚嶒。

幹留瘢旧风霜虐，盖有枝新岁月凝。

最是动人心魄处，昊天涛语掠苍鹰。

一九八八年七月

【注】

① 华山松为松科中著名常绿乔木品种之一，是以华山命名的五针叶松树。主产中国中部至西南部高山。华山松高大挺拔，树皮灰绿色，叶五针一束，冠形优美，姿态奇特，为良好的绿化风景树。

水调歌头·悼朱平同志①

落落少年志，抗日赤旗张。骊山踏破云雾，渭北月如霜。访遍山陬水浒，研究覃思不辍，萦绕在农桑。华盖有何惧，幽谷自芬芳。　　援椽笔，呕心血，著华章。披沥冰雪肝胆，足迹闪辉光。容大当然荡荡，求是方能谔谔，无欲乃刚强。公道人心在，敬祭一瓣香。

一九八八年十月

【注】

① 朱平同志，一九二一年生，陕西省蓝田县人，解放后曾任陕西省委农工部长、省委副秘书长、政策研究室主任、省委常委、省顾问委员会常委，长期从事政策研究工作。

悼李何林先生

　　余于一九八八年十一月出差汉中，十六日晚下榻古战场定军山下勉县招待所，偶翻近日报纸，惊悉李何林先生是月九日逝世噩耗。李先生参加过八一南昌起义，是鲁迅研究奠基者，曾为拙著《文化批判与国民性改造》作序。山野静寂，月光如水，思绪联翩，夜不能寐，成诗一首，遥寄哀思。

难忘初谒见真诚，依旧沙场待出征。

戎马南昌血同火，笔枪文苑鼓加钲。

秾桃艳李莳花趣，短札鸿篇慕鲁情。

无憾平生功业在，定军山下意难平。

一九八八年十一月十六日晚

张骞墓

丈夫生世欲何求，志在乘槎到斗牛①。

大宛凿空垂伟业，乌孙探秘献嘉猷②。

丝绸东去云霞漫，天马西来汗血流。

开放中华推首页，而今尤念博望侯③。

一九八八年十一月

【注】

① 张骞，汉中人，汉武帝时初为郎，以通西域著称，官至大行，封博望侯，其墓在陕西城固县。《博物志》有"乘槎问津"的

神话故事，《荆楚岁时记》谓此人即张骞。

② 张骞凿空归来，献和亲乌孙之策。后汉果将公主下嫁乌孙，乌孙终成汉在西域牵制匈奴重要力量。

③ "博望侯"之"望"，此处读为平声。

满庭芳·忆昔

偶见一帧十来岁上小学时师生劳动的照片，引起对儿时的回忆，前尘往事，历历如在目前。

憨态今存，遐思漫理，忽然岁月如川。韶光旧影，年少不知难。乡里油灯老屋，惊天外、月转星繁。尤堪忆，池塘戏水，高树捕鸣蝉。　　年年！风雨里，花开草长，情满沟原。任天有阴晴，世味含酸。四十偏多惑困，蹉跎叹、我自惭然。何曾懈，人生长路，心远眼前宽。

一九八九年一月

悼单演义先生　三首

其一

古都绛帐卅余年，腕底胼胝心力殚。
噩耗惊闻失耆老，清明冷雨洒长安。

其二

考证搜求恒兀兀，如山鲁学赖铢锱。
杜荃细辨人称许①，用到功夫自洞知。

其三

发华犹有童心在，扶掖循循薪火传。
曾记书斋聆教诲，春风夏雨喜忘年②。

一九八九年四月二十一日

【注】

① 单演义先生为西北大学教授，鲁迅研究专家。一九二八年上
海《创造月刊》第二卷第一期刊登了署名杜荃的题为《文艺
战线上的封建余孽——批评鲁迅的〈我的态度气量和年纪〉》
一文。长期以来，弄不清杜荃为何许人，遂成了中国现代文
学史上的一桩公案。一九八〇年，单演义先生在国内和日本
发表了考证"杜荃"的论文，影响颇大，受到学界首肯。

② 作者自一九七九年以来与单先生往还，常蒙赐教，受益不少。

浣溪沙·回乡见闻　五首

其一

五月旱原柳色新，触人思绪有乡音，绿阴深
处是吾村。　　巷陌横斜寻旧影，炊烟轻淡出芳
邻，秋风未起念菰莼。

其二

绿翠红残草木闲，金波淹陌顺风翻，旋黄旋割有鸣鹃。　灯下才忙修旧囤，田头又见说丰年，农家人爱麦秋天。

其三

乍遇故人喜欲狂，细量不似鬓微霜，翩翩当日少年郎。　说到种收诚惬意，算来婚嫁费周章，也为儿女马牛忙。

其四

半绕修桐锁雾烟，百年老屋旧容颜，剥风蚀雨尚安然。　双柏窑边争上下，簇花檐底竞芳妍，恼人春色菜蔬园。

其五

经史数函别样香，柜开但见蠹鱼忙，当年滋我似膏粱。　炎夏不愁驱暑计，隆冬自有辟寒方，读书深夜味尤长。

一九八九年五月

撰写《政策学》①，将付梓，自题

从来治国须良策，度势分明又审时。
刻骨铭心当记处，六州大错肇分厘。

一九八九年五月

【注】
①《政策学》，郑欣淼著，陕西人民出版社一九八九年出版。

瀵　泉

总是殷殷造化功，澄池惊现浊流中。
合人况复工耕稼，瀵水春浇秋稔丰①。

一九八九年五月二十七日

【注】
① 瀵泉，位于陕西省合阳县东王乡，古称瀵水。瀵泉水来自地
下深处，水质好无污染，水量稳定，其利用已有千余年以上
历史。《水经注》记载；合阳瀵水"平地开源，喷泉上涌，大
几如轮，深则不测，俗呼之为瀵魁，古人壅其流，以为陂水
种稻。"今瀵水用于灌溉和温水养鱼。

五 月

五月秦川似画屏，种收农事紧相赓。

棉花苗幼菜花老，布谷声中麦味馨。

一九八九年五月二十七日

东雷抽黄工程①

惊看东雷飞巨龙，自应神禹叹人工。

冲腾七级玉珠进，浇润千村禾麦丰。

拨剌方塘鱼弄影，婆娑崖岸树迎风。

攻坚隧洞今犹记②，何处当年寻雪鸿？

一九八九年五月二十八日

【注】

① 东雷抽黄灌溉工程位于关中东部黄河右岸，一九八八年建成，
一级站设在合阳县伏六乡东雷村塬下，每秒提取黄河水四十
至六十立方米，总干渠长三十五公里。可灌溉近百万亩农田，
同时解决十七万人口的饮水问题。

② 一九七六年作者在渭南地委工作，曾去东雷抽黄工程了解情
况，当时正在抓紧凿通一个难度颇大的隧洞。

悼白文华同志

　　白文华同志，一九一八年生，山东临沂人，曾任中国人民解放军总政治部秘书长，八十年代任中共陕西省委副书记、陕西省顾问委员会副主任。余在陕西省委工作期间，曾多次随白文华同志下乡检查工作，搞调查研究。

恰似晴空降雪霜，斯人遽去倍哀伤。
戎装初裹水之浒，髀肉重生北大荒。
幽愤惯常言一默，豪情犹赖酒三觞。
秦巴永记君行健，田陇曾商致富方。

一九八九年八月

答友人

骊山一自唱骊歌，弹指念年风雨多。
苍柏幽篁记吟诵，歧途曲径话蹉跎。
青蒿岂没挈云志，斑鬓犹挥驻日戈。
道是人生难聚首，尽觞莫管醉颜酡。

一九八九年十月十三日

过秦岭

急风飞霰翻秦岭，似历阳春又阅冬。
山北寒林黄叶舞，山南迎面野花红。

一九八九年十二月

陕南下乡小记　三首

其一

犹记巴山赤帜扬，万千苦众献壶浆。
如今更有凌霄志，既向饱温还小康。

其二

苞米芋头滋味长，促膝烤火话家常。
难忘派饭山深处，借箸同商致富方。

其三

老天岂会落黄金，结网方能捕巨鳞。
饶富从来唯自立，同心写就送穷文。

一九八九年十二月

南　湖①

镇日犹疑画里行，舟回峰转到蓬瀛。
秀娟汉水莽秦岭，融入南湖情一泓。

一九八九年十二月

【注】

① 南湖为南郑县天然水上公园，面积五千六百亩，内有六十八
　个山头。湖心一孤岛，茂林修竹，飞禽走兽，别有情致。

灵崖寺

山腰惊见洞天幽，烟绕云封岁月悠。
莫谓途艰萧寺小，摩崖郙阁已千秋^①。

一九八九年十二月

【注】

① 灵崖寺位于陕西略阳县南嘉陵江东岸，依山临水，地势险要。寺内存有碑、碣和摩崖石刻一百三十多方，其中尤以明代翻刻的本县境内东汉隶书摩崖刻石《武都太守李翕析里桥郙阁颂》为著。

观《安康水灾纪实》录像

岂是地天真不仁？安康灭顶跃鱼鳞^①。
始知洪水逾凶兽，尤感厄寒期暖暾。
泣血摧肝创痛巨，斩蛟拯众谊情深。
岿然自有青山在，燕返新巢又五春。

一九八九年十二月

【注】

① 陕西安康县城紧傍汉水。一九八三年七月三十一日，汉水暴涨，城区遭受仅次于明万历十一年（公元一五八三年）的特大洪水灾害，国家和人民财产损失甚巨。灾后，在党中央、国务院和上级党与政府的关怀下，迅速清除废墟痕迹，五年间，一座新城拔地而起。

赠友人

犹思负笈渭之滨，一任纷纭我解君。
四十年华应不惑，推窗且看华山云。

一九八九年十二月

马年书感

龙腾蛇走又新年，迢递征程未解鞍。
伏枥盼存千里志，仰天啸对万重山。
明君朔漠扬蹄去，壮士疆场裹革还。
增齿莫兴过隙叹，新春奋勇着先鞭。

庚午年（一九九〇年）正月初一

周公庙　四首

其一

三山环绕上层台，百态虬枝楸并槐。
漫接幽思数千载，飘风今尚自南来①。

其二

凤鸣道是在岐山②，筚路先民血泪斑。
一部生存争斗史，高冈放眼草犹蕃。

其三

吐哺归心曹魏颂，圣人曾许亦从周。
而今莫道贬褒甚，儒派绵绵寻本流。

其四

金装菩萨正垂眉，邻比八仙犹待飞。
制礼周公休讶怪，由来三教不相违③。

一九九〇年四月

【注】

① 周公庙在陕西岐山县城北凤凰山麓的卷阿，三面环山。《诗经·卷阿》："有卷者阿，飘风自南。"周公庙建于唐代，纪念西周杰出的政治家周公旦。

② 《诗经·卷阿》："凤凰鸣矣，于彼高冈。"商代末期，古公亶父率周部族由邠（今陕西彬县）南迁，在岐山下的周原地区建邦立国。周文王、周武王以此为基地，完成伐纣灭商的准备。

③ 周公庙本为纪念周公而建，现今庙内除周公塑像外，还供奉佛教、道教的神仙。

延安万花山木兰祠

策鞭昂首马蹄骄，塞上烟云染战袍。
不是木兰多故里，长思巾帼有渔樵。

一九九〇年四月

千秋岁·陕北民歌

清音出岫，万壑盘旋久。操杼妇，扶犁叟，
信天游不断，哀怨走西口。如裂帛，又听豪亢长
风吼。　　黄土钟灵秀，黄水逾醇酒。珠玉润，
真情厚。放怀多感慨，天籁成奇构。歌无尽，绵
绵陕北长条柳。

一九九〇年五月二十四日

延安吟　三首

其一

城因千古著，塔自伟功名。
诗圣有佳句，范公藏甲兵。
街犹穿弹壁，沟恍鼓鼙声。
延水流无已，后来当续赓。

其二

崖畔开千洞，随沟万户弯。

陋窑有马列，黄土出真诠。

曙色灯相映，伟人思未阑。

风云叱咤变，窗牖地天宽。

其三

早年心志壮，徒步向延安。

衾冷鄜州月，足胝金锁关。

冰封河似练，旗舞队如丸。

圣地今重谒，犹存一寸丹。

一九九〇年五月

咏杏花村汾酒厂　四首

其一

五月群芳斗八槐①，清香漫沁咏怀开。
买春不要牧童指，红杏成蹊引我来。

其二

申明亭畔且盈卮②，才士几多醺有诗。
我亦平生不解酒，三觞俚句海天思。

其三

醇留千载醉仙居③，不见倾杯酒肆胡。

道是壶中天地广，我今拼却试清酤。

其四

已谙造化水生香④，古井佳泉名早彰。

白玉如冰玫瑰艳⑤，创新意趣亦绵长。

一九九〇年五月

【注】

① 山西杏花村古称八槐街。

② 杏花村有申明亭,亭内有记载汾酒史的《申明亭酒泉记》石碑一通。

③ 醉仙居为杏花村历史上著名酒家。

④ 傅山题杏花村"得造化香"四字。

⑤ "白玉""玫瑰"系杏花村汾酒厂新产品。

再上华山　八首

其一　夜登华山

凉风伴我翠微巅，华岳重来已两年。

峰影参差明月下，松涛起伏暗云边。

一从幸免死生数①，即自广随山水缘。

渺渺秦川灯似海，通天门上等闲观。

其二　毛女洞

劫灾幸免梦频惊，毛女洞前心绪平。
何处人生无有险，扶筇今又向山行。

其三　回心石

石上峡幢相竞高，石边松劲似虬蛟。
劝君当此莫心转，际遇人生有几遭。

其四　群仙观小憩

幸有浮生尽日闲，名山我自小流连。
群仙观里风尘客，不羡长生不悟玄。

其五　仰天池

已在高天还仰天，了无碍障即为仙。
白云千载池中影，俯视三秦点点烟。

其六　东峰观日出

不管风寒不顾忙，朝阳台上候朝阳。
红丸渐漾一团火，河岳先披灿灿光。

其七　韦叔卿博台

宋祖风骚事早空，陈抟高卧尚留踪。
岂如棋局世间变，依旧博台残照红。

其八　华山挑夫

楼宇巍巍耸五峰，应推负戴挑夫功。
莫言我辈骨筋硬，未上苍龙背已弓。

一九九〇年六月

【注】

① 一九八八年七月十五日作者携二子游华山，甫出山门，大雨如注，旋山洪暴发，峪道尽毁，毛女洞一带尤烈，死七十余人，作者一行因早走半小时，得以幸免。

陕西人民出版社成立四十周年

回首今当不惑年，名山事业赖刊传。
辉煌党史风云卷，精奥鲁研珠玉编①。
阿世安能祸梨枣，益人尤重惠兰荃。
泱泱唐汉文华地，润泽敷扬鞭又先。

一九九〇年七月十五日

【注】

① 陕西人民出版社出的《中共党史人物传》五十卷与《鲁迅研究丛书》数十种，在国内颇有影响，屡获好评。

读陈元方同志《风雨楼诗稿》

　　陈元方同志，陕西乾县人，一九一五年生，曾任中共陕西省委书记、中共陕西省顾问委员会副主任、陕西省地方志编纂委员会主任等。

献身革命复何求？风雨楼头风雨稠。
泣血椎心悼侪辈，冲冠怒发斥奸仇。
素衣不起风尘叹，傲骨安为绕指柔。
俯仰人生无愧怍，凌云彩笔自咿讴。

一九九〇年七月二十九日

唐寅墓

风流落拓任平生，天亦怜才名自馨。
花坞菰村一抔土，黯然无数御碑亭。

一九九〇年九月

锡惠公园

三秋锡惠翠微烟，寄畅观鱼兴沛然。
更有瞽人柔美调，泉清月冷动心弦。

一九九〇年九月

瓜洲古渡

扶疏杨柳古津秋，指点瓜洲思绪稠。
夜雪楼船无尽意，豪情犹伴大江流。

一九九〇年九月

谒鲁迅墓

仿佛仍随风雨行，苍松翠柏簇先生。
目光炯炯透温厉，箴语殷殷铭爱憎。
上海殊荣一抔土，高山厚意万民情。
文章凝血总难老，犹盼激扬夫子旌。

一九九〇年九月

访中共一大旧址

寻常巷陌寻常宅，浩荡长河此滥觞。
自有默瘖听霹雳，便教幽暗闪辉光。
征程惯遇雪千嶂，鼓角偏迎花八荒。
风雨曾经更刚健，铿然步履向前方。

一九九〇年九月

西江月·新疆行吟　六首

其一　戈壁滩

触目高低沙碛，迎头断续童山。骨枯戟折几多年，诉说当时鏖战。　　疏落秋蓬飞动，苍茫落日浑圆。生机岂尽少人烟，路转绿洲又现。

其二　阿拉山口边防哨所

戈壁苍茫无际，军营兀立花芳，阿拉山口大风狂，战士凝神观望。　　身在边陲志远，心牵家国情长。三秦有幸好儿郎①，誓保金瓯无恙。

其三　博尔塔拉蒙古族自治州宾馆夜观歌舞

款款玲珑羌舞，翩翩婉转胡旋。轻歌妙曲看婵娟，大厦欢声一片。　　西域流风远厚，汉蒙情谊绵连。神州广袤喜无边，心向草原浩瀚。

其四　赛里木湖

蔽野层层雪巇，锁湖霭霭云岚。才看秋色水中涵，一刹风旋波撼。　　静卧山巅瑰丽，泽施荒漠安恬。那达慕会百花醅，撒野牛羊点点。

其五 惠远怀林则徐

踽踽重关残柳，凄凄谪所寒梅。禁烟南国响
惊雷，又虑北疆烽隧。 红瓦钟楼伟壮，青桐
帅府葳蕤。英名千古伴边陲，浩荡一弯渠水。

其六 参观察布查尔锡伯族自治县

二百年间岁月，八千里路风霜。弯弓盘马射
天狼，垦地戍边如障②。 有德有才并备，允
文允武双长。绵绵朴拙放光芒，学校书声朗朗。

一九九〇年十月

【注】
① 阿拉山口在新疆博尔塔拉蒙古族自治州境内，是举世瞩目的
新亚欧大陆桥中国段的西桥头堡。阿拉山口哨所有不少陕西
籍战士。
② 公元一七六四年，清政府为巩固新疆边防，从东北征调锡伯
族官兵及家属三千多人迁来新疆，现集中在伊犁地区的察布
查尔锡伯族自治县。

新疆又纪　十一首

其一　火焰山

扑消烈焰几多年？犹自龙王不敢还！
盆地惯看红灼灼，曲沟安识绿溅溅。
女魔铁扇诚奇构，佛洞画图当夙缘。
油井今看向天立，赭岩原本是金山。

其二　咏交河古城遗址

莫言岁月太匆匆，登址尤能寻旧容。
遗石姑师凿掏苦，残垣汉晋拓防雄。
依稀南北穿衢道，仿佛纵横排梵宫。
今古交河流不断，江山万里月光同。

其三　喀什怀班超

功在安边大漠中，从戎投笔志何雄！
民康物阜融融乐，倍念班侯访古踪。

其四　新疆地矿博物馆

满目琳琅迷五色，三山两谷尽珠玑。
不来西域行千里，安识中华雄亦奇！

其五　博格达雪峰

一柱博峰连广寒，嫦娥何日下凡间？
鸿蒙夺目千年雪，戈壁长滋万顷田。

其六　阅微草堂[①]

鉴湖澄净草堂闲，西域风情抵掌间。
慧目方能阅微细，大千漫遣上毫端。

其七　天池

碧水雪峰如画开，信然仙苑净无埃。
瑶池更胜当年景，犹待周王八骏来。

其八　新疆晤友

男儿有志戍边关，小照分明记旧颜。
塞外风霜鬓今改，家珍历数是天山。

其九　由乌鲁木齐飞抵喀什

瀚海晴沙分外明，等闲峰岭看纵横。
不求列子御风术，一刹逍遥抵喀城。

其十　吐鲁番

十月名城不见秋，绿杨坎井水长流。
长廊翡翠喜迎客，丝路如今通五洲。

其十一　吐鲁番出土古尸

可记当年丝路烟？高昌萧寺梵音传。
悠悠地下盼清世，重睹新天合有缘。

一九九〇年十月

【注】

① 阅微草堂在乌鲁木齐市人民公园鉴湖南岸，民国初年为纪念
清代学者、文学家纪昀而建。纪昀当年谪戍新疆乌鲁木齐时，
著《阅微草堂笔记》的那间"阅微草堂"，在今乌鲁木齐市北
面九家湾一带。

莫高窟

依然丝路旧时痕，五百仙宫对暖暾。
到处煌煌看绘塑，何方渺渺觅神魂。
虔心一片自浮世，世界三千向佛门。
莫问何当弥勒境，人生贵在愿长存。

一九九〇年十月

夜宿敦煌怀盛唐边塞诗人

亦羡吴钩塞外行，丈夫马上取功名。
雕弓铁骑楼兰月，羌笛胡笳碎叶冰。
醉卧沙场一杯酒，寒凝罗帐五更灯。
我今静夜河西憩，犹思岑高大吕声。

一九九〇年十月

鸣沙山

起伏峰丘接远尘，此山有幸佛之邻。
日高始觉烟青白，风静又看沙细匀。
一曲驼铃声远近，几行脚印步逡巡。
尤奇荒漠泉如月，不涸千年亦宝珍。

一九九〇年十月

酒　泉

暮秋犹见柳条垂，掩映湖光对落晖。
壮士琵琶缘未解，酒泉合有夜光杯。

一九九〇年十月

登嘉峪关城楼

瀚海秋高登古楼，风云已逝思方稠。

眼前依旧祁连雪，耳畔分明西域讴。

草木曾凝少年血，障屏此去老龙头。

雄关犹自添新景，钢铁城加香稻洲。

一九九〇年十月

夜乘汽车由嘉峪关抵兰州

　　十月三十日晚八时，从嘉峪关市乘长途公共汽车出发，披星戴月，于次日上午十一时抵达兰州，乘车十五小时，行程七百六十公里。

吾岂生豪兴，河西一夜行。

道直戈壁杳，弯转岭相赓。

张掖灯烁闪，武威树墨青。

寒袭身自抖，颠簸梦频惊。

映雪头顶月，扬尘耳畔风。

关隘渐去远，陇山犹如屏。

才遣千思散，又有百感生。

忽闻到河口，拭目日高升。

缩地真有术，迢遥千五程。

一九九〇年十月三十一日

旅途中生朝

一九九〇年十一月一日晚住甘肃临夏，偶翻日历，始知今天是农历九月十五，为余四十三岁生日。浮想联翩，成诗一首，聊记所感。

黄河东走我西行，果是人生在旅程？
献赋帐前唯谔谔，勒铭座右但铮铮。
忙中研讨为随性，暇里诵吟聊寄情。
亦羡绝峰光景异，不辞踤步又攀登。

一九九〇年十一月一日晚

菩萨蛮·兰州"黄河母亲"雕塑

杂花绿树波涛急，滨河一部先民史。赤子抱怀中，殷殷慈母情。 文明曾孕本，黄土凭滋润。万古自悠悠，中华血脉流。

一九九〇年十一月

刘家峡水库

大河穿峡谷，名峡数刘家。
迤逦千重浪，氤氲万朵霞。
晴岚花木近，阴霭水烟遐。
倒影参差处，炳灵风物佳。

一九九〇年十一月

拉卜楞寺

苍茫夏河谷，古刹已成城。
黄卷教徒众，青灯僧舍盈。
探源藏药奥，弘法梵音萦。
晨暮钟声里，高原岁月更。

一九九〇年十一月

龙羊峡水电站①

远上白云河近源，崇山相傍一湖湾。
野花闲草三春盛，碧水轻舟六月闲。
高坝今从谷间起，大名已向域中传。
明珠颗颗幸为首，灿灿光芒福泽绵。

一九九〇年十一月

【注】

① 龙羊峡在黄河上游的青海省，从此往下到宁夏青铜峡数百公
里河段上，国家规划水电站五级，龙羊峡为第一级。电站坝
高一百七十八米，为我国大陆水库坝高之最；湖面高程海拔
两千六百米，为世界之最；总蓄水量为二百四十七亿立方米；
总装机容量一百二十八万千瓦，在国内为仅次于葛洲坝的第
二大水力发电站。

西宁大雪

河湟一夜雪花封，玉树琼枝缥缈中。
最是斜阳四街照，西宁城变水晶宫。

一九九〇年十一月八日

奉赠周树彬先生① 三首

其一

马年伊始诵华章，钩史谈文韵味长。
不是胸中天地阔。哪能落笔恣汪洋！

其二

用时腹笥始知空，即有鸿裁力未能。
不负先生加勉意，雕龙岂敢试雕虫②。

其三

指瑕补正瘁身心，世有真情四季春。
师道当非唯去惑，而今我更解为人。

一九九〇年十二月

【注】
① 周树彬先生为作者在华清中学时的语文老师。
② 先生将其珍藏的线装本《文心雕龙》赠予作者。

读张越同志《三闲斋诗稿》

既号三闲何日闲①？年华易逝已皤然。
早知椽笔融碑帖，又见才思不涸泉。
劫后人言铁窗苦，老来翁记影踪妍。
承平莫道桑榆晚，再谱清歌十万篇。

一九九〇年十二月

【注】

① 张越同志为陕西人，一九三七年参加革命工作，五十年代初
曾在中央保卫部门工作，六十年代被隔离审查、劳改等十五年，
八十年代初任陕西省人民检察院副检察长。晚年赋闲后自号
三闲斋主。

扬州　三首

其一　瘦西湖

长堤翠柳木兰舟，更看五亭春景幽。
自是清佳不妨小，环肥燕瘦各千秋。

其二　平山堂

放眼诸山平此堂，寻幽探胜话沧桑。
维扬韵事有多少，两代风骚数蜀冈。

其三　鉴真纪念堂

六渡始能横海行，律宗从此到东瀛。
扬州又见招提寺，千古盲僧自是灯。

一九九一年五月

安徽纪游　七首

其一　醉翁亭

环滁但见翠相拥，一壑一丘皆有名。
酡面难辞主人劝，只缘身在醉翁亭。

其二　包公祠

香花墩上暗香播，铁面千秋自不磨。
远客爱看龙虎铡，只缘人世鼠狐多。

其三　合肥城隍庙市场

依稀漫步古徽州，商贾如云楼外楼。
最是新茶才品罢，黄梅一曲贯珠喉。

其四　九华山

秀峰宝刹入青苍，松古泉幽生晚凉。
我带九华烟帔去，难忘地藏菜尤香。

其五　雨中由黄山抵芜湖

细雨浥尘花愈明，粉墙拥翠渐空濛。
穿行镇日未看足，始信皖南山有名。

其六　游芜湖镜湖公园怀张孝祥

南宋豪放派词人张孝祥捐田百亩疏浚成湖，名陶塘，现今镜湖公园为解放后扩展陶塘而成。

琼田玉鉴寄豪情，望断长淮匣剑鸣。
念念词人北伐梦，依然柳絮镜湖萦。

其七　云岭英魂

雨中参观泾县皖南事变纪念馆，并访云岭新四军军部旧址。

貔貅千万扫胡尘，云岭红旗不老春。
千古奇冤皖南事，雨丝如泪吊英魂。

一九九一年五月

黄山　四首

其一　登黄山

卅六苍峰竞丽姿，浮云笼雾画中诗。
殷殷华岳西来客，诚信黄山天下奇。

其二　迎客松

临渊破石蕴山魂，欺雪凌霜如翠云。
莫道铁枝柔不解，客来舒臂展温文。

其三　玉屏楼

天都浑兀望中收，回首莲峰岚翠浮。
竹杖芒鞋今踏遍，黄山绝胜玉屏楼。

其四　黄山石

棱棱骨脉古而拙，万象千姿精妙赅。
尤怪峰头石高耸，鸿蒙果是已飞来？

一九九一年五月

临江仙·南京夫子庙雨花石展

醉酒谪仙邀月，香山秋染枫红，西湖风雨看空濛：个中寻石趣，形影竞玲珑。　　难却丹青奇手，惊为鬼斧神功。梵音谁道感精诚？补天当有志，天地魄魂钟。

一九九一年五月

保圣寺罗汉歌①

江南五月烟雨濛，六朝古刹斑斓明。
罗汉九尊栩如生，海上仙山似升腾。
达摩跏趺自修行，闭目顿首四大空，
静处安禅制毒龙。讲经罗汉清癯形，
不用棒喝亦传灯，嘴开缤纷如落英。
听经罗汉谨且恭，抱腹而坐喜发蒙，
醍醐灌顶妙悟生。降龙罗汉张双睛，
昂首紫面热血涌，手撑岩石力无穷。
尴尬罗汉眉倒倾，欲哭欲笑俱不能，
衣褶翻叠一层层。袒腹罗汉体肤丰，
大肚兼容衣宽松，依岩而坐意从容。
伏虎罗汉气铮铮，剽悍威武如雷霆，
手断败残尚称雄。智真罗汉犹禅定，
五官神动聪慧盈，已到佛界最高峰。
沉思罗汉沉思中，人生参透即大乘，

敦厚犹透潇逸风。九尊罗汉依次迎，

天下瑰宝客喜惊：筋骨脉胳神韵浓，

细赋刻画动静融，纵非惠之亲作成②，

千古流传亦血凝。

一九九一年五月

【注】

① 保圣寺在江苏吴县甪直镇，创建于公元五〇三年（南朝梁代），寺内有古代罗汉塑像，原有十八尊，现仅残存九尊。罗汉形态逼真，形体比例适当，刀法浑厚有力，艺术上有较高的造诣，为我国较有代表性的塑像之一。

② 《吴县志》等地方志乘载该寺塑像为杨惠之所摹。按杨惠之为唐开元时（七一三至七四一年）杰出的雕塑家，他与吴道子同师张僧繇的笔法，分别以塑、画负盛名，当时就有"道子画，惠之塑，夺得僧繇神笔路"的说法。但根据杨惠之生平活动地区以及该塑像时代风格，疑出北宋人之手。一九六一年该寺被列为全国重点文物保护单位，其年代暂定为北宋。虽其作者及制作年代还须进一步考定，但丝毫不影响它的艺术价值和地位。

陕西历史博物馆开馆

天府关中岁月遥①，亦曾青史领风骚。

古遗指点三千里，文物堪夸十二朝。

大汉敢教丝路远，强秦犹有俑兵骁。

长安又喜唐宫起，镇日凝神看宝瑶。

一九九一年六月二十日

【注】

① 古代关中亦称天府之国。《史记·留侯世家》："夫关中左崤函，右陇蜀，沃野千里，南有巴蜀之饶，北有胡苑之利，阻三面而守，独以一面东制诸侯。诸侯安定，河渭漕挽天下，西给京师；诸侯有变，顺流而下，足以委输。此所谓金城千里，天府之国也。"

黄河壶口瀑布　三首

其一

恰如万马竞飞缰，碎雾冲天映夕阳。
黄浪夹川刹收尽，壶中日月几多长？

其二

九曲汤汤意气扬，但知夺路向前方。
且看顽石漩涡洞，须信至柔为至刚。

其三

气势犹如怒海潮，罡风飞瀑更雄骄。
莫言寒沫湿衫履，伫立依依鄙吝消。

一九九一年十月二十六日

宜川之夜

陪客人下午参观黄河壶口瀑布，晚往陕西宜川县招待所。适值该县县城举办物资交流大会，虽已至晚十时，冷月轻寒，仍行人不少，大街附近公演蒲州梆子，腔高板急，慷慨激昂，观者如堵。

秋风秋实又秋香，最是宜川秋色芳。
板急腔高响天外，蒲梆凉夜味尤长。

一九九一年十月二十六日晚

咏李立科同志

李立科同志为陕西省农科院副院长，为探索渭北旱原粮食增产途径，举家迁至合阳县一村庄，坚持十年，总结出一套经验，带头示范推广。后患癌症住院，仍念念不忘工作。余于今年一月参加陕西省政府研究室组织的评审会，始见到立科同志。

弱骨支离鬓带霜，斯人不信恁刚强。
教民稼穑十年苦，克己研摩半夜钲。
瘠土拼将流脂玉，旱原终令变粮仓。
难忘病笃离村日，翁媪牵衣泪满裳。

一九九二年一月十四日

金缕曲·欢聚

　　春意弥楼透。喜相逢，同窗谊广，严师情厚。梦里朱颜犹可见，当日翩翩俊秀。叹已往，风狂雨骤。黝黝骊山泥鸿爪，待追寻、悲歌须敲缶。煮鹤事，莫回首！　　人生艰寒悠悠路。论从头，学书学剑，垄田耕耨。两鬓微霜评得丧，熟视春花秋柳。日正午，精神抖擞。我辈殷勤濡以沫，更应知、砥砺相矹灸。助壮语，进清酎。

一九九二年一月二十九日
于西安云宾楼饭店

初春喜雪

　　旱乾花信亦来迟[①]，好雪当春正解时。
　　飞霰冷风惊蛰物，琼枝玉树绽柔荑。
　　欣看竟日银三辅[②]，更兆今年麦两歧。
　　巷陌泞泥哪复计，仰天迈步捕清诗。

一九九二年三月三日
于渭南天外楼饭店

【注】

① 旱乾，即干旱，《孟子·尽心下》："牺牲既成，粢盛既洁，祭祀以时，然而旱乾水溢，则变置社稷。"

② 三辅,西汉时本指治理京畿地区的三位官员,后指这三位官员（京兆尹、左冯翊、右扶风）管辖的地区,辖境相当今陕西中部地区。

符浩同志见赠《天南地北集》

白发何曾老，今聆赤子吟。

戎行壮鼙鼓，樽俎感风云。

异域印鸿雪，神州撷贝珍。

乡情尤见切，君固九嵕人①。

一九九二年三月十二日

【注】

① 九嵕山在陕西省礼泉县，符浩同志为礼泉人，曾任我国驻日大使、外交部常务副部长。

魏征墓

因参与《新编魏征集》校注工作，于一九九二年四月十一日，与吕效祖、刘善继、姜民生、张武智诸先生往访魏征墓。墓在陕西省礼泉县昭陵乡魏陵村（即九嵕山的凤凰山），依山为陵，高大雄伟。是日风和天暖，麦苗青葱，空山寂寥，甚少行人。我等驱车至山下，步行数里，穿越田间小道，才爬上山顶。魏征于贞观十七年（公元六四三年）正月去世后，唐太宗亲自为其制文并书写墓碑，后听信馋言，怀疑魏征包庇杜正伦、侯君集，又于是年七月推倒碑石，并令磨去刻字，至今断碑卧地，荒凉不堪。

春日九嵕静，孤坟良相眠。

功匡贞观治，名著药针言。

信谓兼听贵，诚为守业难。

嗟哉身后事，千载尚碑残。

一九九二年四月

高阳台·送邱国虎同志调赴海南①

灞柳枝青，南溟椰翠，依依远去天涯。眼底波澜，磨人岁月方遒。十年肝胆曾相照，更堪思，铁板铜琶。莫凄然，如浪人生，四海即家。　　椰城自是春常在，况下田桔艳，坡老诗佳。潮起雷呼，琼崖又蔚云霞。鲲鹏鼓翼天风趁，放眼看，人世奇葩。喜而今，不负春光，不负韶华。

一九九二年五月八日

【注】

① 邱国虎同志曾任陕西省委研究室副主任，一九九二年调赴海南，任海南省委副秘书长、海南省政协秘书长。

登武当山

玄岳慕名久，开怀已在巅。
真人金殿顶，帝室紫霄坛。
山峻汉江邈，云横楚地宽。
长风荡胸次，闲看武当拳。

一九九二年六月

如梦令·西延铁路通车

一九九二年八月一日，西延铁路客运正式运行，余陪客人乘是日首次列车至延安，喜而赋此。

老幼田头招手，延水叮咚敲缶。宝塔忽当前，
昂首铁龙长吼。重岫，重岫，陕北且看宏构。

一九九二年八月一日

如梦令·珊瑚树

冰玉浑然琢就，枝干横空清秀。莫道不飘香，
风致四时如旧。情厚，情厚，海浪案头长有。

一九九二年八月

澄城县书画展

苦雨解晴迎暖阳，小城翰墨喜生香。
摹临名手增光耀，独运匠心皆玉琅。
笔舞云中清逸鹤，彩敷陌上翠凝桑。
康丰当自尚风雅，尤盼吾乡多顾王。

一九九二年九月十八日

金缕曲·话别

离别从兹矣。又何妨、秋风渭水，叶添寒意。情义殷殷车难载，化作千杯芳醴。婆娑泪、朋侪深谊。雁塔雨风长安月，半此生、热土萦心际。永不断，故园忆。　　人生贵在舒心志。任谁看、书生穷相，笔研而已。念念苍生当胸次，经世诸君豪气。湖海上、风光旖旎。踏遍青山人犹健，笔生花、谔谔摅刍议。今尔汝，自相励。

一九九二年十一月二十日

读顾介康同志《泉峰余兴集》

华章四月喜吟哦，更信江南才士多。
云汉奇思摅壮志，锦笺妙笔谱清歌。
情牵白下万条柳，胸撼太湖千顷波。
我固知君饶雅兴，拙峰偏有秀嵯峨[1]。

一九九三年四月

【注】

[1] 顾介康同志时任中共江苏省委政策研究室副主任。《泉峰余兴集·题泉峰书屋》："泉清润绿，峰拙蕴秀。"

悼陈元方同志

守道唯方正，铮铮百炼身。
长安风雨日，大著有余温①。

一九九三年四月

【注】
① 陈元方同志曾将《风雨楼诗稿》《陈元方方志文选》等著作赠
　　作者。

撰写《鲁迅与宗教文化》完稿，自题

先生学如海，今饮一卮微。
岂敢渊珠探，不遗揣籥讥①。

一九九三年六月二十九日

【注】
① 苏轼《日喻》："生而眇者不识日。……或告之曰：'日之光如烛'。
　　扪烛而得其形。他日揣籥以为日也。"

石河子　二首

其一　周总理纪念碑

热血芳菲日月催，青春十万傲边陲。
歆歔最是周公思，动地心声铸此碑。

其二　军垦第一犁

塞外风霜岁月遒，谁教大漠变田畴？
且看搏命拉犁者，正是披荆永进牛。

一九九三年九月

读崔振合同志《兰溪集》

奔波犹记为农时，五月西川草木萋①。
谁晓风尘方仆仆，诗情君已满兰溪。

一九九三年十一月

【注】

① 作者于二十世纪八十年代中期在陕西志丹县蹲点时，崔振合同志为县长，一九八六年五月，曾一起到该县西川一带检查春耕生产。《兰溪集》为最近出版的崔振合同志的诗集。

除夕漫笔

杨柳含苞岁已残，人间逆旅走泥丸。

故园明月三更梦，北国高风五色翰。

锦绣长安米原贵，青春乡野草常蕃。

吟丝未与年光尽，爆竹且听冲晓寒。

一九九三年一月二十二日农历壬申年除夕
于北京方庄寓所

桂枝香·岳阳楼

高楼放目。恰盛景春明，波鳞烟縠。芷岸兰汀芳榭，晓莺相逐。岳灵湘韵君山萃，但依稀、黛螺如簇。画图谁写，巴丘擅美，洞庭输绿。　　指弹间、风云倏忽。忆太白颠狂①，杜陵孤独②。千古凭栏指点，漫嗟陵谷。岑楼又喜新修葺，对前贤、风雅今续。最萦人处，先忧后乐，自当同勖。

一九九三年四月

【注】
① 李白《留别贾舍人至》："拂拭倚天剑，西登岳阳楼。"
② 杜甫《登岳阳楼》："亲朋无一字，老病有孤舟。"

韶 山

箫韶之曲恍犹来，胜地当生旷世才。
朝霭春晖哀母泪[①]，延河衡岳补天怀。
龙光毕竟除三害，虎气依然弥九陔。
尚有西方小山洞，沧桑历后待评猜。

一九九三年四月

【注】
① 毛泽东《祭母文》："养育深恩，春晖朝霭"。

纪念张宏图同志逝世十周年

　　张宏图（一九二八年至一九八三年），陕西佳县人，一九七一年至一九七三年任中共澄城县委书记，深孚民望，新版《澄城县志》"人物志"，一九四九年之后县领导，仅为彼立传。彼于一九八三年病逝，时任陕西省农牧局副局长。余在澄城期间，有幸在其直接领导下工作。

亦师亦长亦良友，有幸忘年我遇君。
雾月溶溶消吝鄙，要言淡淡长精神。
双眉不画趋时样，一口常为违世音。
青冢遥遥木当拱，伤心难已苦逡巡。

一九九三年五月

新春探友

甲戌正月初三，去津门某单位农副基地同学处聚会。

半是农家半是工，一年辛苦自盈丰。
殷勤待客岂鸡黍，料峭访君任觅觎。
陋舍今看楼栉比，荒郊新辟路横纵。
料知陇亩春萌早，风曳柳条休误农。

一九九四年二月十三日

零陵朝阳岩①

烟光雾霭幻多姿，岩洞红霞初照时。
脑际氤氲春草句，潇湘既到岂无诗？

一九九四年三月

【注】

① 朝阳岩在湖南零陵县南，下临潇、湘二水，风景甚佳，唐元结、
　柳宗元，宋黄庭坚等，均有诗咏之。

永州柳子庙

楚客十年老，文坛一代雄。

潇湘参百粤，欸乃响长空。

哀悯捕蛇者，张扬区寄童。

愚溪留逸响，千古碧纱笼。

一九九四年三月

《雪泥集》^①出版，自题　二首

其一

漫吟舒啸独情钟，万里河山气象雄。

但得依稀踪迹在，快心哪复计穷工！

其二

风涛常看入吟边，诗思争如冷涩泉。

俚句芜词聊博笑，泥中鸿爪任消湮。

一九九四年五月

【注】

① 《雪泥集》，郑欣淼著，陕西教育出版社一九九四年出版。

挽陈俊山同志

陈俊山同志为中共中央政策研究室文化组副组长，编审，中国作家协会会员，一九九四年十二月二十三日病逝。著有《汉文精华》《元代杂剧赏析》等多部文化理论著作和长篇历史小说《陶渊明》。

瘦骨支离气益清，病房犹记不平鸣。

汉文曾使神魂著，陶令更教风骨宏。

三味人情浑未识，一生卷帙岂为名？

燕山缟素送君去，白玉楼高料已成。

一九九四年十二月二十四日

满江红·卢沟桥

炮响卢沟，惊残夜、奋迎敌孽。鼙鼓壮、遍燃烽火，踊腾河岳。射日弯弓英烈概，润华沃野苌弘血。堪回首、竞唱大风歌，雄而切。　妖氛扫，强虏灭。民族侮，欣湔雪。又尧疆禹甸，赫然崇崛。漫道昏鸦今乱噪，常思国耻当惊觉。更枕戈、桥上看雕狮，心头热！

一九九五年五月九日

陕西人民教育出版社成立十周年

十年创业百年功，赢得盛名蜚域中。
老圃新苗勤灌育，万花欣看满枝红。

一九九五年五月二十日

鹧鸪天·观杨凤兰女士主演秦腔
《王宝钏》录像

丹凤长天空谷兰，婉哀柔美自堪怜，盛名已遍三秦苑，清韵还看百尺竿。　　嗟命蹇，叹啼鹃，万难犹是梦魂牵。寒窑无悔求追志，更续敏腔锦绣篇①。

一九九五年五月

【注】

① 敏腔，为李正敏先生所创造的一种声腔艺术。李正敏，陕西省长安县人，一九二六年生，一九七三年去世，为秦腔著名旦角演员。他在四十余年的艺术生涯中，创造了众多典型艺术形象，尤其是在《五典坡》里塑造的王宝钏，更是深入人心。他积极探索唱腔艺术和秦腔音乐的改革，善于取人之长，经过追求和探索，创造出自成一派的声腔艺术——"敏腔"。

读何金铭同志《长安食话》①

岂惟文物冠天下，饮馔三秦源亦长。
究考珍馐求典艺，采持乡野上高堂。
名扬尽道曲江宴，风靡堪夸同盛祥。
彩笔四年君漫话，寻思掩卷齿犹香。

一九九五年六月二十日

【注】

① 何金铭，陕西西安人，曾任陕西省委秘书长、陕西省委研究室主任，时任三秦文化研究会会长。

满江红·包钢炼钢厂观出钢

惊看开炉，光灼灼、红流涌急。烟尘里、蜿蜒前进，挟风雷激。四溅金花如瀑布，赤龙固自舒行迹。壮矣哉，渣滓尽清除，纯钢出。　　干将剑，良工力；越王胆，中心积。看钢肠钢骨，九回方卒。天地洪炉多烈火，人生锻炼当无息。且自励、磨垢去尘芜，常新熠。

一九九五年八月

陔篙集

衡信秀题

九十
又二

余调赴青海工作，韦江凡先生赠画壮行

一九九五年秋，余工作调动，离京远行，向韦江凡先生辞别，先生画五马为赠，题曰："待君千里行"。先生为吾乡先辈，画坛大家，师承徐悲鸿而有创意，以草书书法画马，骏骨逸姿，独具神韵，世所称道。

先生赐画壮我行，眼底五马竞栩栩。
一马犹带昆仑尘，雄姿隐隐自天际；
一马倏忽迎面来，腾骧正酣难驾驭；
一马跃跃欲扬蹄，过都历块志千里；
一马瘦骨竹批耳，昂首萧萧似呼侣；
还有一马头低俯，娴静有思若处子。
先生画马非凡马，艺坛早已驰令誉。
迥别韩干曹霸辈，出入名家蹊径异。
不重工描重勾勒，寥寥数笔形神著。
公孙剑器上下舞，狂草绘事原同趣。
落墨淋漓元气凝，骏骨殊相毫端具。
五马惠我意甚殷，千里之行重肇始。
岂必骅骝千金骨，但爱得得步不止。
驽马亦有十驾功，甘服盐车中阪陟。
人生前路无穷期，行行重行贵策励。

一九九五年九月

示　甥

　　外甥段颖泽，年十二，学国画有年，今年春节以习作《秋荷图》贻余。花艳叶茂，水泛涟漪，爽意飒然，似有披襟临风之感。虽为初学，当亦不易，遂以小诗勉之。

芙蕖一枝艳，绿池水波漾。

似有秋风至，飒然弥庭堂。

幼龄有此作，清新固可喜。

喜馀有所思，殷殷且告汝：

今看普天下，学艺童何夥！

不乏山水趣，何遽中道辍？

既关天性赋，尤在恒字缺。

自来丹青手，恒乃成就诀。

五山又十水，不辞跬步积。

有初且有终，矻矻无声诗。

恒则勿骄矜，小满器易盈。

天地无涯涘，精进不计程。

跚跚学步走，步步但行正。

恒则勤揣摩，艺海舟楫横。

钩勒与点簇，临摩意会通。

笔墨辟氤氲①，迁想神韵动②。

嘉苗雨露繁，国运正昌兴。

志慕鸿鹄远，翘翘望大成。

一九九六年二月二十六日

【注】

① 清·石涛《石涛画语录》："笔与墨会，是为氤氲，氤氲不分，是为混沌。辟混沌者，舍一画而谁耶？"

② 东晋·顾恺之《魏晋胜流画赞》"凡画，人最难，次山水，次狗马，台榭一定器耳，难成而易好，不待迁想妙得也。"

周树彬先生赠书

　　丙子正月十二，余往陕西临潼县给周树彬先生拜年，先生赠赵翼《廿二史札记》一部。书系线装，为富平张鹏一先生藏书之一。张鹏一乃清光绪二十三年举人，著有《河套图志》等。张之子张邕昌与周先生为西北大学同学，以此书赠周，周先生今转赠余。

　　　　治史自惭难入堂，捧书犹是热衷肠。
　　　　新丰刈麦釀山雨①，骊麓吟诗说李唐。
　　　　人贵青蚨文字贱，我看白眼世情凉。
　　　　雕虫技小念无悔，谨祝先生寿且康。

　　　　　　　　　　　　　　　一九九六年三月一日

【注】

① 一九六六年与周先生在临潼县新丰镇参加夏收，报纸上风云叠起，甫一返校，即"停课闹革命"。

金缕曲·同学聚会并序

　　丙子正月十二，原陕西临潼县华清中学二十余"老三届"同学聚于骊山之麓天隆酒家。初春佳日，友朋欢娱。高公作东，腆然老板模样；种生谑浪，谈锋不减当年[①]。同学伉俪，再饮交杯；衰鬓老兵，纵论商道。追往事，询近况，腾笑不断，杯盘狼藉。予躬逢其会，情不能已，遂填《金缕曲》一阕，聊作纪念，并呈同学诸友。

　　又见骊山树。更嘉时、初春添媚，友人相晤。豆蔻枝头成追忆，但有诙谐似故。三十载、时光驰骛。冷月吴钩秦帝冢[②]，恍如前、犹唱鲲鹏赋。多少事，自难数。　　征鸿万里寻归路。任天涯、树犹如此，素心堪谱！扰扰红尘思平淡，而后尤怀季布。犹剩却、深情如许。剑气箫心应还在，便途艰、忍把韶光负？且拊髀，助君舞。

一九九六年三月

【注】

① 高公，指高再学；种生，指种受命。

② 一九六四年冬，华清中学曾组织学生在秦始皇陵附近进行民兵夜间演习。

青海宗日"双人抬物"彩陶盆

　　青海省同德县宗日遗址，因其丰富的文物群体和独特的文化内涵，被命名为马家窑文化的一个新类型——宗日类型。这里出土的舞蹈纹彩陶盆和骨叉曾引起国内外学界关注。一九九五年底，又出土"双人抬物"彩陶盆。此图作者以圆点表示人的头部，粗线描绘人的躯干，细线表现人的四肢。两人相向分腿而立，腰背微屈，双手共抬一个硕大的圆形物体。寥寥几笔，把两人着力抬起重物的形象刻画得惟妙惟肖。

　　　　宗日曾经世所惊，今看瓦釜又雷鸣。
　　　　墨赪流韵听天籁，点线生神叹鬼工。
　　　　陶匠艺心成国宝，农夫跬步斩榛荆。
　　　　河湟莫道春来晚，源远文明枝叶荣。

　　　　　　　　　　一九九六年四月二十六日

南　庄

　　唐人崔护有《题都城南庄》诗："去年今日此门中，人面桃花相映红。人面不知何处去，桃花依旧笑春风。"余往长安杨虎城将军陵园参观，忽见路边有一农舍样建筑，引人注目，陪同人谓此即新修之"南庄"，崔护题诗所在。此乃典型人造景观，殊无足观，但文人雅事，后人多喜附会，又当此商品经济时代，似亦可谅。

　　　　才子佳人生死恋，南庄一首古今传。
　　　　柴扉小扣学崔护，但憾桃花已谢残。

　　　　　　　　　　一九九六年五月

杨虎城将军陵园

垄亩揭竿为兆民，少陵原上葬英魂。

千秋长忆骊山夜，忠烈自当诗圣邻①。

一九九六年五月

【注】

① 杨虎城将军陵园在陕西省长安县少陵原上，与祭祀杜甫的杜
公祠相邻。

金缕曲·半坡访古

河浃看堂宇。又依稀、草莱才辟，叫呼邪许。
人面鱼纹多趣味，符号如谜待诂。逞妙想、抟泥栩
栩。爱美当为人本性，骨笄横、静女添娇妩。创造
始，曙光吐。　　半坡余韵谁承绪？六千年、周秦
气概，汉唐风度；更有长安繁盛地，一脉分明步
武。正胜日、春酺访古。浐水已非他日浪，算而
今、夜月曾凭睹。新草绿，燕低语。

一九九六年五月

念奴娇·法门寺佛指舍利

乍瞻金骨，蓦思想、佛祖灵山参悟。舍利微黄尤密细，隐隐血丝如缕。八道重函，千年藏闭，一旦惊寰宇。周原空旷，古蓝新塔朝旭。　且念三武皆空，六朝事杳，寂寂恒沙数。白马青牛争斗甚，都入尼丘方域。如是曾闻，禅门理趣，文化今光裕。真身遗骨，合当清世才遇。

一九九六年五月

兴教寺怀玄奘法师

兴教寺位于陕西省长安县少陵原畔，为玄奘法师塔院，唐代樊川八大寺院之首。玄奘法师公元六四四年圆寂，葬于西安东郊浐河东岸白鹿原上，唐总章二年(公元六六九年)迁葬现址，并修寺建塔以资纪念。

塔聚终南翠，禅林佳气盈。
奥玄三藏探，精魄六尘澄。
西域死生路，译场明暗灯。
其神从未殁，千载道唐僧。

一九九六年五月十四日

香积寺①

萧寺连村舍，炊烟和梵声。

花残叶尤翠，雨霁气方清。

净土往生愿，装金有德僧②。

空潭今不见，犹思此心澄③。

一九九六年五月

【注】

① 香积寺在陕西省长安县，是唐高僧善导大师墓地，净土宗的
　发源地，在佛教界享有盛名。

② 当时香积寺殿内善导大师塑像刚涂过金粉，金光熠熠。

③ 王维《过香积寺》："薄暮空潭曲，安禅制毒龙"。

樊川即景

　　樊川在长安少陵原与神禾原之间，潏河从中穿过，物产丰饶，
风景极佳。唐代显贵多于此置田庄别墅，韦曲、杜曲更是诸杜聚居之
地，所谓"城南韦杜，去天尺五"。此地又有兴教、华严等八寺，号
称樊川八大寺，有的为宗派发源地。余出兴教寺山门，俯视樊川，细
雨轻风，烟笼翠浮，苍郁一片；对面终南，峰峦影绰，诚如诗如画。

一川翠黛漾流光，已送清香麦未黄。

韦杜两门空旧望，祖庭八寺有残幢。

信知胜景这边好，尤悟唐诗此际昌。

潏水犹看余韵在，动人还是俭梳妆。

一九九六年五月十四日

由索道上华山北峰　二首

其一

塔架摩天耸^①，一索开新路。
伸手离天五，身边乱云渡。
飞鸟逐缆车，四面且纵目。
不借扶摇力，冉冉凌太虚。
削壁松竞高，莹岩红更腴。
五峰如老友，相簇来欢晤。
韩子有此幸，何必窘投书^②！

其二

算来十年间，西岳三去复。
初识名山面，盘桓两宿住。
谷道洪峰至，大难今犹怖。
再上莲花顶，待旦观日出。
手抚劈山斧，耳听松涛怒。
者番华岳游，须臾北峰驻。
不见千尺幢，不见猢狲愁。
省却脚筋力，终乏探险趣。
登山广志智，太华我尤慕。
且与太华约：明年重相晤。
徒步事攀援，甘辛漫体味。
险处风光殊，以期涤俗虑。

一九九六年五月十九日

【注】

① 一九九六年四月，陕西华山开通登山索道，索道全长一五五
　〇米，上下垂直高差七五五米。索道大部分塔架构筑在悬崖
　绝壁上，四号塔架高达六四点五米（比西安大雁塔仅低一米），
　成为亚洲之最。

② 从北峰通往其他四峰，必经苍龙岭，此岭两面俱是悬崖，山
　道仅宽二尺有余，极为险绝。传说唐代韩愈与友人于贞元
　十八年（公元八〇二年）曾登华山绝顶，下山经过苍龙岭时，
　突然心惊目眩，害怕下不了山，遂给家里写了封遗书，投到
　崖下诀别。现岭尽处逸神岩刻有"韩愈投书处"五个字。

封漫潮同志赠紫阳茶①

银针簇簇翠峰佳，细品漫含香齿牙。

室内氤氲山野雾，杯中浮落阆宫花。

无庸润吻吃三碗，浑欲通仙学八叉。

一事别来欣告汝，高原亦爱奶酥茶。

一九九六年五月于西宁

【注】

① 封漫潮同志时任安康地委书记。陕西省紫阳县位于秦巴山区，
　该县所产茶叶唐代即为贡品，现有"银针""翠峰""香毫""毛
　尖"等品种，天然富硒，饮誉海内外。

在西宁观豫剧 四首

其一 谷秀荣①

巧扮红娘婀娜身，元戎威武更精神。

中州已是炉中火，三日古城犹遏云。

其二 周秀梅②

红氍毹上走名伶，赶祭哀哀黄桂英。

唱做俱工拓新境，掌声迭起见心声。

其三 武生赵志强

宛若凌空燕舞翩，门墙喜有火薪传。

盘肠惯看满堂彩，苦练谁知多少年？

其四 司鼓张森

不啻孙吴操演忙，但随鼓点抑而扬。

争来今日十分誉，一半镗镗归小张。

一九九六年六月一日

【注】

① 谷秀荣为河南省豫剧一团演员，一九九六年六月初应邀到青海省西宁市演出，在《五世请缨·出征》中饰佘太君，《西厢记·传柬》中饰红娘。

② 周秀梅为河南省豫剧二团演员，与谷秀荣同赴青海演出，在《火焰驹·大祭桩》中饰黄桂英。

文化抒思

迩来人辄惑，文化为何物？

看似等闲事，索解费踌躇。

岂只青铜器？岂只卡拉舞？

尤是形而上，氤氲大千世。

亦异帛和粟，困窘惭阿堵。

缥缈如无力，却关经与纬。

文化如幻影，在在随形赋；

文化如海水，水多鹏展翼；

文化树之根，根深柯叶密；

文化花之魂，有魂灵秀逸。

文化乃创造，文化乃累积；

文化乃血脉，文化乃睿智。

文化襄国隆，文化砺民志。

不用之为用，方见大用处！

拉杂汗漫思，诸君然与否？

一九九六年六月

源石斋藏石咏

　　高志义先生为青海省武警总队离休干部，中国观赏石协会委员，青海省观赏石协会筹委会主任，爱石藏石，乐此不倦。多年来跋涉江河源头昆仑山下，寻觅搜藏江源奇石，数量之多，品位之高，在青海乃至国内均不多见。一九九六年七月，青海省博物馆举办高先生《源石斋》藏石展，余有幸观赏。

才看昆仑壮伟风雪暴，

又见庐山烟云弥堂奥；

源头曲折黄河水，

霜染枫林秋色好：

此非丹青高手展长卷，

乃为奇石三百俱称妙。

我来赏奇石，石亦透灵性，

或圆或方或大或小或黑或白竞纷呈，

但觉目迷五色神驰意飞动豪兴！

屈子吟，太白草；

沟壑纵，花枝俏；

尤为奇者阴阳天成实瑰宝①。

有幸识斋主，

诚是石痴石癖与石迷。

亦曾戎马倥偬行万里，

雅好集石卅年余。

高原文化累积丰厚且绚丽，

日夕熏染有深致。

殚精收藏逾万枚，

解说滔滔如数家珍见情趣。

八桂勤搜觅，洮河留足迹，

江河源头跋涉苦，

又重钟乳玲珑化石古。

既顽且硬湮没孤寂亿万载，

一经慧眼遴选便成补天材。

感君殷勤意，惠我黄河石，

我当珍之爱之案头置。

无以回报李，

且赋长歌俚句谨记此，

有道是：秀才人情一张纸。

一九九六年七月

【注】

① 高志义先生藏品中，有两块酷肖裸体男女的石头。

海西杂咏　十八首

一九九六年七月中下旬，余赴青海省海西蒙古族藏族自治州调查研究，先后到乌兰县、德令哈市、大柴旦行委、省石油管理局(驻地在甘肃敦煌)、格尔木市等，间有所感，爰成小诗若干。

其一　车出西宁

出西宁西行六十余公里，为湟源县。沿路树茂草丰，山坡上油菜花金黄，小麦碧绿，拼成一块块色彩斑斓的图画，时值高原七月，仿佛内地春景。

好风渐染远山痕，秋到高原浑似春。
光景斑斓谁织得？山坡麦绿菜花金。

其二　日月山

日月山是青海农区向牧区的过渡地带，海拔三五六〇米，山顶修有遥遥相望的日亭和月亭。

山顶无风亦觉凉，牦牛浅草对秋阳。
两亭左右如双阙，扼守牧区玄秘藏。

其三　青海湖

青海湖为我国最大的内陆湖，湖面海拔三一九六米，面积四六三五平方公里，像一面巨大的晶莹宝镜，镶嵌在日月山、大通山和青海南山之间。

天公有意缀韶光，万顷琉璃置大荒。
最是菜花金映碧，蝶蜂自在绕湖忙。

其四　过橡皮山

橡皮山在青海湖与我国著名盐场茶卡之间，海拔三八一七米，山坡青草如茵，藏帐如堆雪。

帐篷堆雪草芊芊，天似穹庐山自弯。
方看群羊任嬉跳，旋来急雨大如钱。

其五　在乌兰县听"花儿"

"花儿"是流行于甘肃、宁夏、青海的一种山歌，在青海又叫"少年"。"花儿"多反映男女爱情，高亢婉转，优美动听，富有高原风味。

一曲哑咿珠玉圆，从来天籁诉心田。
请君莫怪妹哥恋，自古花儿尕少年。

其六　从乌兰到德令哈

德令哈是拥有三十六万平方公里面积的海西州首府，为中国最年轻的城市，一九八七年才由镇升格为县级市。"德令哈"是蒙古语，意为"广阔的世界"。巴音河穿城而过，整个城市掩映在鲜花和绿树丛中。

黄沙满目日方中，拔地倏然羊角风。
弯曲一流西向引，海西城有绿扬宫。

其七　翻越当金山

从大柴旦东行，大漠无际，时见蜃气，直有"野马也，尘埃也，生物之以息相吹也"（《庄子·逍遥游》）之感。翻越当金山，即到甘肃境内。

> 轻尘野马气氤氲，大漠无垠吐蜃云。
> 一路雪峰遥伴送，飞车越岭到芳邻。

其八　敦煌石油基地

青海省石油开采主要在格尔木盆地，石油管理局及后勤基地则设在甘肃敦煌。石油局机关绿树回环，像一颗明珠，嵌在万顷黄沙之中。

> 高原建业鬼神泣，沙海创基天地惊。
> 满目生机自难掩，绿杨一匝是干城。

其九　阳关

阳关出名，盖与王维《渭城曲》有关。昔日交通要冲，而今断垣残壁，砾石遍地，景象荒凉。

> 残垣片石炙人风，寂寂阳关絮絮情。
> 莫道繁华逐流水，渭城犹唱第三声。

其十　李广杏

敦煌有种体较小的黄杏，味道甜美，当地人称"李广杏"，云当年李广在此带兵时所植。

百战将军身不顾，喧天鼓角李家营。
沙场犹是汉时月，陇杏无言想盛名。

其十一　大柴旦

大柴旦为海西州一行政委员会，二十世纪五十年代为柴达木工委所在地，处交通要冲，曾盛极一时。现任委主任是陕西老乡，以臊子面招待，吃饭时又吼了秦腔《劈山救母》中刘彦昌一段唱，虽荒腔走板，但情真意殷，令人感动。

当年车马往来忙，房舍依然夹道杨。
臊面难撼主人意，酒酣耳热吼秦腔。

其十二　盐桥

"万丈盐桥"横跨察尔汗盐湖，长三十二公里，桥面用盐铺成，既无桥墩，又无栏杆，是举世罕见的路桥，也是柴达木盆地一大奇观。

万丈盐桥叹鬼工，世人谁见此奇雄？
盐湖横跨平如砥，骋目今迎瀚海风。

其十三　《四库全书》

柴达木市图书馆有一套一九九一年购置的《四库全书》。该市为县级市，财力困窘，而能下决心购此书，当时领导者的眼力可见一斑。

万签插架竞琳琅，莽莽荒原飘墨香。
只眼当年谁别具？敷扬文教泽流长。

其十四　画展

在格尔木市街头见到两个年轻姑娘搞画展，笔法尚稚，勇气可佳。

雏凤声清彩笔新，初秋哪管远山皴！
心中自有郁葱本，信手挥来都是春。

其十五　纳赤台

青藏公路从青海西宁到西藏拉萨，全长一九七三公里。纳赤台是格尔木城与昆仑山口之间的一个著名兵站。纳赤台产"昆仑"牌矿泉水，远近闻名。

十万貔貅抒壮怀，艰难青藏路才开。
洌泉今又名天下，兵站早知纳赤台。

其十六　雪山

从纳赤台一直向上，离昆仑山口不远，即见皑皑雪峰。

半晌徐徐上九陔，犹如仙界净无埃。
幸瞻莹澈藐姑射，迢递诚为澡雪来。

其十七　昆仑山口

昆仑山口海拔四七七六米。《山海经·西次三经》："昆仑之丘，是实惟帝之下都，神陆吾司之。"穿过昆仑山口，即到巴颜喀拉山，为长江和黄河的分水岭。

路转峰回清雾浮，敖包寂寂对寒芜。
者番止步清虚口，但憾缘悭神陆吾。

其十八　香日德农场

香日德农场地处柴达木盆地东南缘，经过四十年开发建设，绿树成荫，渠水淙淙，是青海省著名的农林牧副综合发展的绿洲农业基地。

黄沙尽日伴荒芜，戈壁穿行眼几枯。
忽有桃源直迎面，潺潺流水翠岚浮。

一九九六年七月

澄城县诗歌爱好者协会成立

又向骚坛进一军，吾乡湁暑喜传频。
壶梯山月古今事，精进塔铃唐宋音。
深壑巧妆林滴翠，高原细理土生金。
从来天籁吐心绪，盛世自应多朗吟。

一九九六年七月二十七日

贺新郎·卫俊秀先生惠赐墨宝

腕下龙蛇走。但须臾、腼麋香溢，月辉风骤。金石为师勤摹写，造化殷殷参透。卫氏样、根深土厚。无意成名名更著。岂晋秦、薄海流芳久。谢雅意，受琼玖。　　书坛自是风猷有。亦相知、迅翁真谛①，傅山操守②。野草寂幽漫漫路，兀自风中抖擞。荣槁际、心唯依旧。秀骨庞眉肠尤热，对夕阳、八八承平叟。金缕赋，祝遐寿。

一九九六年十月

【注】
① 卫俊秀先生，山西襄汾县人，字子英，陕西师范大学教授，著名书法家，长期从事鲁迅研究，其五十年代出版的《鲁迅〈野草〉探索》一书，被鲁迅研究界誉为《野草》研究的第一本专著。
② 卫俊秀先生服膺傅山，曾出版《傅山论书法》一书，即以"作字先作人"为其主线。

杂感　十首

因目疾住院日久，辄思往事，颇有感触，拟就小诗若干，缕述前尘，既是回顾来路，亦为聊遣日月。

其一

余家居乡曲，祖辈务农，父虽参加革命，根基仍在农村，家不富足，但温饱尚有余。

> 沉沉小院向南开，覆地繁阴有老槐。
> 耕读相传差亦足，饱温自奉实堪哀。
> 三秋稼穑人劳顿，四处求知我去来。
> 闻道故园貌非旧，此心忆往尚如孩。

其二

"文革"前夕，余在陕西省临潼县读中学，所谓"老三届"是也。

> 又来烽火遍骊山，尔后寒窗未复寒。
> 浩叹犹存垂翅健，悲歌空献寸心丹。
> 略知人世纵横策，初看台前优孟冠。
> 待到梦醒尘扫日，韶光十载已难还。

其三

一九六八年后季，余离校返乡务农，曾当过修建队小工。是年冬适逢农村"清队"，亲历其境，刻骨铭心。

匝天风雪不胜寒，才返故乡逢岁残。
反复人情参世味，青黄忙月识农艰。
已穷逸致诗书画，终累室家柴米盐。
回首指弹尤有憾，此生良匠信无缘。

其四

一九六九年后半年，余在家乡的公社当"社办干部"，走遍了全社十二个大队的各个村落。

一年公社记纷纭，雪爪鸿泥十二村。
沟岔春荒衣食窘，川原秋实妇孺歆。
屋前月朗听天籁，饭后钟鸣咬菜根。
犹是惊疑蝴蝶梦，人情有味总馨温。

其五

一九七〇年在本县参加工作，曾奔波于石堡川水库建设工地，搞过通讯报道，所谓"耍笔杆子"。洑头为洛惠渠渠首。

广原驽马且扬蹄，才出茅庐正盛时。
石堡摅怀风搅雪，洑头濯足酒催诗。

苍黄形势看朱紫，幻化云波临路歧。
一事平生常谨记：千钧笔重但良知。

其六

一九七五年调渭南地区（今渭南市）工作，在此历经"反击右倾翻案风"等，亦盼来了粉碎"四人帮"的大快人心事。

出户更看天下事，华山莲蕊渭河霓。
涉川探本晓行早，翻岭救荒春讯迟。
犹记山崩天塌日，难忘云扫宇澄时。
两年草草惊而立，人世如书信是之。

其七

自一九七七年调大雁塔旁的陕西省委工作，忽忽十有五年。

雁塔相邻十五春，壮年况味总含辛。
昏灯直欲流光返，明训自当偏野询。
有癖朗吟同影舞，无机信步与鸥亲。
此心犹向长安月，梦里几回逢故人。

其八

一九九二年调中央政策研究室，仍是文字生涯。

中年不意寓京华，原本人生到处家。
拂面春风西苑柳，侵阶秋雨玉泉蛙。
推敲兴会茶当酒，披览味回莺弄花。
总是劳劳尘世事，须弥入目任楼斜。

其九

一九九五年调青海省人民政府工作。

既上高原矢献身，少时辄梦向昆仑。
源流九转河湟古，牛马三秋藏汉亲。
盐宝皆知遍遐迩，菜花更看满湖湄。
天生奇景又多幻，五月雪纷杨柳新。

其十

一九九六年八月初，因目疾离开高原来京诊治。

病中天地在闲庭，大衍果真身不宁？
半世追思清白账，一篇开启养生经。
已施药石沉疴渐，初见瘳痊烦絮澄。
我与天公今且约：明春瀚海看苍鹰。

一九九六年十二月于京西某医院

奉答卫俊秀先生

岁末京华风不寒，片鸿千里自长安。

门墙但憾未亲炙，鲁学合当交忘年。

神旺九旬为夏雨，眉舒七发振秋蝉。

既来且待病痊日，再赏龙蟠凤翥篇。

一九九六年十二月

如梦令·病中偶笔　六首

其一　秋夜

树挂月如盘玉，窗透香幽丝缕。万籁已沉沉，络纬却偏叨絮。叨絮，叨絮，夜半恼人无绪。

其二　西山

秋暮红霞轻染，冬至素装恬淡。云傑雨霰中，西巘默然相伴。多幻，多幻，半载对看情缱。

其三　谢友朋存问

西有电波传讯，双鲤南来存问。旧雨并新知，落月屋梁难寝。情沁，情沁，风雪紧时春酝。

其四　谢病友赠南洋杉、蝴蝶兰

杉曰南洋浓绿，兰作蝶衣相逐。生气满房中，随我漫观凝注。观注，观注，自是赏心明目。

其五　初雪

犹记夜来风煦，报晓桭光侵目。当是倩营丘，写就玉山银树。轻絮，轻絮，过午洒飘犹舞。

其六　新年

枕畔流光如水，雪里疏杨含蕊。屈指更寒温，病榻且迎新岁。新岁，新岁，又是一番天地。

一九九六年十月至一九九七年一月

蝶恋花·仿唐乐舞

剑器倏然如电闪。白纻飞飘，巧笑回眸倩。箫管氤氲弥四旬，《渭城》一曲人肠断。　　《玉树》敢教歌上苑[①]，舞喜胡旋，度大人行健。五月长安唐韵缱，梨园老干花秾艳。

一九九七年五月

【注】

① 唐代音乐文化获得辉煌成就，与统治者采取豁达大度、兼收并蓄的指导思想分不开。唐开国不久制定新乐时，包括了一些前代旧曲，有人反对，认为《玉树后庭花》《伴侣曲》为亡国之音，唐太宗李世民则不同意这种观点，他注重音乐本身的艺术性，反对把音乐的政治作用强调到不切实际的地步。见《旧唐书·音乐志》。

蝶恋花·唐玄宗

　　寥亮笛声长袖舞。雨骤风狂，羯鼓千军聚。内苑又传新曲谱，风流当数三郎著①。　　七夕才盟金钿固。惊破霓裳，肠断萦纡路。天纵难辞天下误，无心偏是开山祖②。

一九九七年五月

【注】

① 《羯鼓录》："上（唐玄宗李隆基）洞晓音律，由之天纵，凡是丝管，必造其妙。若制作诸曲，随意即成，不立章度，取适短长，应指散声，皆中点拍。……尤爱羯鼓、玉笛，常云八音之领袖，诸乐不可为此。"

② 唐玄宗被民间艺人尊为开山祖师。

破阵子·回乡有感

老塔巍峨似友，新城齐整如枰。怪底已迷寻路燕，堪喜时闻百啭莺，依依杨柳情。　苹果香飘海内，煤金光熠田塍。千壑敢挥新手笔，万众同书致富经，故园风满旌。

一九九七年五月十一日

破阵子·澄城西河大桥

高柱飞凌河谷，巨龙横卧长空。信出神奇黄土地，自绘乡亲锦画屏，一川绿翠封。　福泽八方村社，名留百代公评。今庆西河成砥路，更盼沟南架彩虹，鼓催步不停。

一九九七年五月十一日

白鹿原学生锻炼基地

西安市灞桥区副区长刘琦同志，长期从事中小学德育教育研究，卓有成就。灞桥区白鹿原即作家陈忠实故乡，在此建立的中小学生锻炼基地，名播遐迩，亦倾注刘琦同志大量心血。余有事到西安，刘琦同志介绍了基地情况，并陪余在霏霏细雨中参观，颇有感触。

惠风遍四野，灞桥柳郁郁。
趯趯众少年，戎衣何孔武！
雏凤试新声，幼鹰丰毛羽。
自来成大器，要在主心骨。
浐渭千年长，半坡遗址古。
河山多壮美，家国爱弥笃。
荐血请长缨，捍我金瓯固。
野营篝火红，拉练风雨骤。
悃诚助孤寡，泪湿烈士墓。
戴月夜巡哨，沾露锄南亩。
不啻筋骨劳，亦为心志苦。
初识世事艰，更知大任负。
锋须淬砺铦，玉自理璞出。
少小慕鸿鹄，殷勤闻鸡舞。
关山万里程，欣有第一步。

一九九七年五月十二日

读鲁杂感　六首

其一

有感于一些诋毁或有意贬损鲁迅的言论。

> 当年惯见矢如猬，轻薄于今笔似刀。
> 寄语诸君休逞快，青山何损半分毫！

其二

有感于为周作人当汉奸一事回护曲辩的论调。

> 薰莸今日竟同器，南北原来途不殊。
> 舌底莲花犹曲辩，昭彰青史信难诬。

其三

有感于周氏兄弟由并肩战斗到分道扬镳。

> 机云二俊耀当时，原上鹡鸰本互依。
> 叵耐佳人曾作贼，论评从此有妍媸。

其四

读毛泽东同志《纪念鲁迅八十寿辰》①诗有感。

故国精神民族魂，巍巍千古两昆仑。
越台鉴水高风颂，当有灵犀付小吟。

其五

鲁迅著作，约七百余万字，金声玉振，浸润久长。

一生事业岂名山，七百万言堪尽传。
最是萦人心绪处，腔中热血荐轩辕。

其六

鲁迅精神活在国人心中，因此鲁迅研究不会寂寥。

鲁学人言已寂寥，年来我见起新潮。
当知根在深深土，活水源头自汩滔。

一九九七年六月

【注】
① 毛泽东《七绝二首纪念鲁迅八十寿辰》（一九六一年九月），
其一：博大胆识铁石坚，刀光剑影任翔旋。龙华喋血不眠夜，
犹制小诗赋管弦。其二：鉴湖越台名士乡，忧忡为国痛断肠。
剑南歌接秋风吟，一例氤氲入诗囊。

踏莎行·垂钓

村舍烟蒙，蒹葭雾锁，方塘相属连天大。顾看黄犬尾行人，云翻黑墨风轻簸。　　拨剌池鱼，疏闲花朵，草腥清露人犹夥。诸君自是老垂纶，当容芷岸吹竽我。

一九九七年七月二十日

鸦片战争一百四十七周年　三首

其一

毒烟弥漫伴妖氛，船炮汹汹叩国门。
但看歃歔城下辱，辄闻慷慨劫中尘。
庙堂空有犬豚辈，丘亩元存华夏魂。
故国当时失颜色，铜驼衰草又黄昏。

其二

行自瑰奇德自芬，天南霆激破喑昏。
千寻海浪捋夷尾，一炬虎门扬国魂。
怪事多多谪边老，等闲扰扰感时殷。
当今禹甸喜同日，告慰林公且酹樽。

其三

几多劫难几忧伤，禹域曾看玷豕狼。

切切百年强国梦，皇皇万里救亡章。

微躯已铸长城伟，众手能教大纛扬。

一扫夷尘澄玉宇，山河重理喜新装。

一九九七年七月二十二日

白墨画

腕底风和春正好，先生挥洒笔墨妙。

书香信是一脉承①，少露头角即了了。

画宗长安漫浸濡，师从石鲁入堂奥。

壮岁西域万里走，天山风情戈壁草。

中年高原乐为家，河源雪峰搜奇稿。

惊服笔下农家女，意态婉转映花俏。

尤有小品自擅场，尺幅每叹构思巧。

展卷扑面山野气，凡人细物意兴邈。

源头活水流不断，更期恣肆展才调。

一九九七年八月一日

【注】

① 白墨先生为青海省西宁画院常务副院长，原籍陕西蒲城县，为清代支持林则徐、反对卖国投降、尸谏道光皇帝的王鼎的后人。

鹧鸪天·贺九七教师节，应《教师报》总编吴成功之约而作

又到清秋庆令辰，神州五色有卿云。层楼唯赖根基好，国计攸关师道尊。　　歌老圃，颂劳辛，刈除莠艺绛帷春。教鞭无悔红颜老，嘉木葱茏慰寸心。

一九九七年八月十日

胶东行　十首

其一　刘公岛

海无波浪岛无霾，遥想当年画角哀。
扼腕几多伤往事，码头如旧且徘徊。

其二　刘公岛中国甲午战争博物馆

奋迎强虏气昂扬，昏朽朝堂徒愤伤。
英烈九泉遗恨在，轻涛如泣诉兴亡。

其三　成山头始皇庙

煌煌业伟自堪伐，苛暴难忘博浪沙。
功罪千秋待争讼，秦祠初见海天涯。

其四　成山头

曾迓曦和碧海陬①，秦风汉韵可搜求。
恨无仙境飞槎度，兀兀尚留"天尽头"。

其五　长岛

沧海碧螺名迩遐，仙宫卅二信妍姱。
一歌欸乃渔舟晚，清景非唯九丈崖②。

其六　登蓬莱阁

阁伟殿宏传说老，丹崖碧浪白云闲。
眼前胜景谁摹得？未睹蜃楼当欲仙。

其七　蓬莱水城

纵横千里海之滨，操练水城多虎贲。
浪静波平当此日，抗倭犹念戚家军。

其八　毓璜顶俯视烟台

汉武秦皇屐有痕，芝罘横卧静烽墩③。
且看流彩溢光处，不是狼烟乃翠云。

其九　崂山怀蒲松龄

学道王生徒见讪④，岁寒绛雪有芳姿⑤。
留仙不负海山意，清夜孤檠抒绮思。

其十　海底玉石博物馆

深潜海底海之魂，一自琢磨尤宝琛。
奇态天生看不尽，主人当是海龙君⑥。

一九九七年八月

【注】

① 成山头古时被认为是日神所居之地，建有日主祠，秦始皇、汉武帝都曾来此拜祭日主。

② 长岛县由三十二座岛屿组成。九丈崖为新开辟的公园。

③ 烟台市有烟台山。明洪武三十一年在山巅设烟墩备倭，因名烟台山，市亦由此得名。

④ 见《聊斋志异·崂山道士》。

⑤ 见《聊斋志异·香玉》。崂山太清宫三宫殿前有一株耐冬（山茶），相传系元代道士张三丰从海岛上移植此处。高八点五米，干围一点七八米，寒冬时节，一树绿叶滴翠，红花缀满枝头，如落一层绛雪。《香玉》中的故事及女主人公"绛雪"即受此树启发。

⑥ 此博物馆为个人所办，收藏颇丰。

韦润轩先生从教五十余年

教席匆匆五十年，葱茏秋韵意舒安。
成蹊因慕三春李，为雨尤滋九畹兰。
步履铿然岂东府①，门生卓尔遍南天。
苦劳不共朱颜改，郁郁繁荫覆杏坛。

一九九七年十月一日

【注】

① 陕西素有三秦之称，清代、民国关中置有东府同州、西府凤
翔和西安府。东府治大荔，辖今渭南诸县，韦润轩先生从
二十世纪四十年代起，先后在今渭南市的同州师范、韩城象
山中学、澄城中学等学校任教。

触目葱葱绿意浓——海南纪行　八首

其一

触目葱葱绿意浓，天公自是太偏情。
莫言北国凋零甚，琼岛入帘看草青。

其二

触目葱葱绿意浓，幽深屈指数兴隆。
动人最是山弯处，翠滴碧流红几丛。

其三

生趣盎然弥岛中，仙人至此未忘情。
尤怜环望火山口，触目葱葱绿意浓。

其四

触目葱葱绿意浓，益身强似饵瑶琼。
惯看宝岛春难老，亦学后生抬步轻。

其五

堆云翠盖翳长空，触目葱葱绿意浓。
镇日椰林看不尽，琼浆回味更无穷。

其六

触目葱葱绿意浓，兀然一脉海滩雄。
依依金鹿情多许，尽在回眸一望中。

其七

触目葱葱绿意浓，又听琴瑟喜和同。
新人南国结连理，不负天涯海角盟①。

其八

碧波奇石水天融，触目葱葱绿意浓。
如此江山自无恙，南天一柱显威名。

一九九七年十一月

【注】

① 一九九七年十一月十八日，海南省三亚市举办国际婚礼节，作者游海滩，适见其盛况。

西宁竹枝词　十首

其一

青海人喜饮本省互助县青稞酒厂产的"互助头曲"。

好酒当推互助曲，青稞酿就味回甘。
小城饮者声名著，捋袖等闲常打关。

其二

西宁人喜食酸辣，循化县的辣椒及湟源县的醋颇负盛名。"尕面片"即小面片，为西宁地方特色饭。

五味调来香满院，高原偏爱家常饭。
湟源酸醋循化椒，好吃当推尕面片。

其三

西宁市大十字周围街道，颇多卖羊肉小摊，上悬招牌，午夜犹有人光顾。

惹眼招牌自趁风，小摊羊肉漫煎烹。
已当阑夜灯明灭，几处犹传拇战声。

其四

西宁六月份早晚犹有寒意，一些姑娘早起上班带着裙子，待中午气温高后换上。

恼人春色步姗姗，六月高原怯早寒。
爱俏女儿犹不顾，短裙只待午时穿。

其五

近年西宁植物园引进郁金香，"五一"节前后花开娇艳，观者如堵。

苦寒更自重春光，五一柳杨轻染黄。
忽见合城奔走告：公园新绽郁金香。

其六

西宁供暖半年，"五一"后不少人家利用节假日远郊踏青，自带炊具，沿河搭帐篷，甚至现宰羊只。

　　挈妇将雏忙踏青，炊烟漫送肉香浓。
　　且看云淡风和日，湟水河边尽帐篷。

其七

因海拔高，青海姑娘脸颊多为红色，似抹胭脂。

　　白云旷野草萋萋，驰骋欣看倩女姿。
　　幸自天公赐颜色，无须双颊染胭脂。

其八

秦腔为西宁"大戏"，以别于其他地方剧种。正演出时，观众认为某人唱得好，可随时上台给演员身披红绸。

　　连台大戏慰襟怀，净丑旦生看喜哀。
　　吼到淋漓酣畅处，红绸一匹系身来。

其九

改革开放以来，西宁与内地声气相通，凡有时兴之事，不旋踵即传到高原。

黄浦江连青海湖，眼花缭乱时兴逐。
台球街上人已空，又见招牌"洗脚屋"。

其十

西宁六十岁左右的干部，多是"文革"前来自全国各地，其儿孙辈则已成为地道西宁人。

南腔北调鬓霜侵，弥老思乡月夜魂。
儿辈更谙湟水浪，西宁土话即乡音。

一九九七年十二月

新年走笔

中宵笔走觅新声，浩荡长天迎岁钟。
曾感怀疴三气滞，方欣辞旧一身轻。
闲中浑噩髀添肉，梦里分明雨打萍。
阳德渐生闻虎啸，关山又是几多程。

一九九八年元旦

题熊元义《回到中国悲剧》　二首

其一

十年磨剑不寻常，文苑徜徉兴自长。

盈耳笙歌期大雅，扬清激浊见心香。

其二

喜乐辄由悲里来，求真探美骋其才。

而今更织天孙锦，相映人间花盛开。

一九九八年四月二日

送吴长龄调赴安康①

又翻秦岭去匆匆，尚忆延河留雪鸿。

心事拏云九天梦，才思脱颖十年功。

当筹江汉东西畅，更系秦巴南北丰。

犹有一言君记取，龙泉时祝自心雄②。

一九九八年四月二十日

【注】

① 吴长龄同志曾随作者在延安蹲点，此时调任陕西省安康地区
专员助理。

② 清·龚自珍《己亥杂诗》之七："廉锷非关上帝才，百年淬厉
电光开。先生宦后雄谈减，悄向龙泉祝一回。"

鹧鸪天·贺云峰学会开车

鱼云峰同学来电话，喜告学会开车，且行程一千五百公里。五旬学艺，骎骎而有成，特赋此祝贺。

疾驶徐驰任去来，长安大道逐轻埃。谁人濠上知鱼乐？兀自征程骋壮怀。　时自转，事随乖，天公有意惜斯才。商潮舴艋偏游闯，天命开车愧我侪。

一九九八年五月二十二日

定风波·示儿

勤勉能成百尺梯，冥蒙何必跂而思！休得春衫夸俊少，前眺，又催而立五更鸡。　羞见刘郎田与舍，舒翮，人间天上自家知。不羡屠龙求薄技，随意，茂林但觅一枝栖。

一九九八年六月二十七日

鹧鸪天·赠人

吮墨殚思期贯珠，名山千古自艰途。莫言埋首书蟫老，犹恐摛词腹笥枯。　浮大白，意何如？文章莫叹不飞蚨。而今谁道儒冠误，先解人间无字书。

一九九八年六月二十九日

赠刘振华同志①

刘振华同志将其在青海所作诗词见赠，读后感触良多，遂撮其高原三十年历练之要，赋以长句寄之

君之故里汉江边，京华负笈当绮年。
西苑学窗灯伴月，胸罗琳琅货殖篇。
亦曾怀抱四方志，更慕博望追乡贤。
遭逢浩劫命不测，一纸蓬飞日月山。
山阅千古踪迹远，高原五月风犹寒。
花信谁见二十四，寻春常叹春姗姗。
昆仑风雪戈壁草，青春热血岁月迁。
藏帐灿灿朝霞早，血肠沥沥久亦甘。
山头鄂博祈祥瑞，河间波涛诉心弦。
血汗写就春秋传，九折岂易寸心丹！
苦引春风遍山阿，子孙不思生还关。
镜里朱颜何处寻？当年倜傥今华颠。
君有诗材为余事，吟咏且付忙里闲。
公暇漫兴春草句，夜寒时耸作诗肩。
满目《雪山》腾霞雾，一枝《红柳》挂炊烟。
我自玩味看不足，三十二首尽堪传②。
君生陕南我渭北，高原识荆亦有缘。
河湟倥偬走八县，犹记四月雪如钱。
舌敝端为广厦呼，调查深知斯文艰③。
君乏酒肠辄颜酡，君有隽语如涌泉。
别来两载应无恙，漫解诗囊续新编。

一九九八年七月五日

【注】

① 刘振华同志为陕西城固县人，文革前在中国人民大学读经济专业。汉代出使西域的张骞亦为城固人，被封为博望侯。

② 一九九六年六月，刘振华同志将其大作《青海诗词三十二首》赠余，《雪山》《红柳》为其中篇名。

③ 刘振华同志时为青海省体制改革办副主任。作者在青海省政府工作，分管体制改革、文化等工作，曾带刘振华及文化厅同志一起去市县检查住房体制改革情况，调查研究文化建设问题。

吊费佩芬大夫

　　费佩芬女士为协和医科大学教授，眼科专家。一九九六年八月余因目疾进京，由费大夫治疗一年左右。费大夫患肺癌多年，一九九八年四月逝世，当时余在陕西老家，七月才惊悉噩耗。

目疾初识君，一年勤疗治。
杏林济世心，炯炯察微细。
惯常俭梳妆，凛凛书生气。
横眉嫉朽腐，侃言论国是。
孰料谈笑间，病魔已恣肆。
今生但抱憾，噩耗迟迟至。
高风常怀思，视弱心不翳。

一九九八年七月二十三日

权剑琴先生从教四十周年

松姿鹤发气昂轩，桃李春风四十年①。
绛帐早时名海内，青编晚末动秦川。
劫波但铸剑三尺，盛世且挥琴五弦。
我献先生夕阳颂，余霞散绮亦明妍。

一九九八年九月五日

【注】

① 权剑琴先生（一九二八年——二〇〇一年），陕西省白水县人，
文革前任陕西省临潼县华清中学校长，八十年代任陕西省教
育厅副厅长。

读《渭南诗词选》

掩书始觉夕阳斜，桑梓卧游思绪遐。
雏凤声声任百啭，好诗首首岂千家。
子长故地天孙锦，居易流风烂漫霞①。
治世催人多藻思，更期铁板与铜琶。

一九九八年九月十日

【注】

① 司马迁（字子长）、白居易之故乡,分别在渭南市（原渭南地区）
之韩城市（原韩城县）与临渭区（原渭南县）。

同学聚会

一九九八年九月十二日，原陕西省临潼县华清中学高六七级二班二十余位同学聚于骊山脚下，当年风华正茂，而今已过"天命"，天南地北，卅年睽违，一朝欢聚，其乐可知。

斑斓骊山秋，济济一堂聚。
忽忽三十年，星散东西地。
风霜凋朱颜，岁月留屐齿。
称名旧忆容，相视尽瞿瞿。
君厚与高栓，一见遽如故。
伯龙虽寡言，俄语犹熟记。
政坛刘晓利，巾帼看踔厉。
教席张竹英，秦腔显情致。
京运坎坷备，克忍蜀道苦，
李淼肠自热，清海更纯笃。
同桌王明敬，痛惜已作古。
往事堪回首，淋漓抒胸臆。
潇洒少年游，挥斥书生气。
河渭期志远，华岳望鹏举。
曾记男女慕，情发止乎礼。
华鬓老学生，回味几多趣。
铭心文革始，派别如林立。
保"官"抑扶"权"，赫然划畛域^①。
印记犹历历，恍若已隔世。
遽尔一挥间，鸡虫等龃龉。
冉冉上骊山，重谒清虚境；

漫步华清池：且寻当年迹；

盘桓校园内，油然百感集。

今朝喜聚会，聚会复何意？

逆境未沉沦，失意未失志，

但有主心骨，风范华中育。

所幸风雨过，所慰赖自力。

矻矻俱有成，俯仰无愧怍。

喜极但举觞，千觞亦不已。

依依师生情，拳拳同窗谊。

怀旧倍温馨，交心多勉勖。

莫伤参商别，莫惊年华逝。

日虽到中天，尚远崦嵫暮。

但有豪情在，秋色犹媚妩。

努力加餐饭，行行惜跬步。

一九九八年九月十二日

【注】

① 陕西省临潼县华清中学"文革"前校长姓权,继任校长姓上官。"文革"中学校分成支持两位校长的两派,被称为"权派"与"官派"。

父亲逝世百日纪念

本为农家子，惯见风和雨。

两岁痛失恃，冷眼察世情。

村塾未能识，负笈华州行。

弱冠严父逝，峻峻撑门庭。

同州卖炭远，田垄细耕耘。
烽烟识革命，雀跃迎晨曦。
闾阎知民瘼，守职总孜孜。
盛年历浩劫，鬓苍更惜时。
城郊探丰产，石堡修水陂。
为人坦荡荡，勤谨好沉思。
遇事唯求方，有行则克己。
近迂亲戚疏，我行仍我旨。
离休浑无闲，奔波桑梓事。
夕阳散余绮，伏枥仍远志。
所喜四世聚，所慰儿女立。
共庆晚岁乐，晴空响霹雳。
自来身无恙，忘老犹锄耨。
丁丑觉不适，讵料肘生柳。
病魔侵膏肓，西京施手术。
术后又危笃，惊魂二十日。
昏昏不自醒，忡忡病榻祝。
初愈存侥幸，大难希后福。
期年又复发，病革频告急。
用尽药石功，终乏回春力。
一日甚一日，无言但对泣。
临终何所牵？最牵是小妹，
斗室太踢蹐，翘首安居处。
临终何所挂？挂记是小弟，
虽已过而立，重负难为继。
临终又何念？念我赋闲久，
病躯尚支离，何时能抖擞？

春来柳初青，离家治沉疴；

夏至柳吐絮，奄奄小城挪；

风雨飘摇日，依依双目阖。

忽忽炎暑消，飒飒柳色老。

陇上一抔土，百日已长草。

犹闻鞭炮声，声声和哽咽；

犹见花圈丛，化灰上天阙；

犹记入土时，飙忽舞羊角。

人事有代谢，寿无金石固。

亲情不可割，遗憾凭谁诉。

父为平常人，常人满世界。

贵有平常心，清芬出天籁。

遗容长怀思，遗言长沾溉。

念念做好人，心中春自在。

一九九八年九月十四日

一剪梅·渭南行，兼答王志伟同志①

玉露清风好个秋，绿满城郊，金满田畴。沧桑廿载不胜收，忆在心中，喜在心头。　　小聚轻斟瑞雪楼，茶助谈锋，酒助神游。鬓斑老友更风流，笔有奇葩，胸有宏猷。

一九九八年九月十五日

【注】

① 王志伟时任中共渭南市委书记。二十世纪七十年代中期，作者与志伟同在中共渭南地委（现渭南市委）工作。

雨中登延安宝塔

飒风细雨酿秋潮，唐塔今登眼自高①。

千座迷蒙楼竞耸，一川青翠景方娇。

土窑曾孕风云策，沟壑深藏龙虎韬。

四望依稀寻旧迹，又闻丰稔喜民饶。

一九九八年九月十八日

【注】

① 延安宝塔建于唐代，高九层，四十四米，塔旁有明崇祯年间铸建的洪钟一口。

悼郭振声同志①

郭振声同志为余在青海省政府工作时的司机，因患胃癌与余同于一九九六年七月住院，一九九八年九月不治，逝于西宁。

但怕闻噩耗，噩耗终来到。

走笔寄我思，戚戚且伤吊。

菜花正盛时，尔我俱病倒。

各住楼一侧，日月慢煎熬。

几成负鼓翁，眼疾我昏瞀；

药石并施之，尔胃日见好。
一别逾两年，间有音信报。
未及大衍数，谁知出所料。
犹记尔弱瘦，紫面常挂笑。
戈壁日千里，寂寂昆仑草；
岁暮慰贫寒，风雪河湟道。
驰骤不惜力，勤劬何辞劳！
尔家昆仲众，鲸饮肝胆照。
我固吹竽者，三杯几欲倒。
孑身来高原，自是多依靠。
吊尔中心悲，怀尔往事绕。
莫谓相与短，已觉岁月老。
满腹竟无语，一尊酹深杳。

一九九八年九月

志丹行　十首

一九八五年至一九八六年，余在陕西省志丹县蹲点，驻周河乡，一九九〇年返，觉变化不大；今次再来，顿感面貌迥异，一派兴旺景象。

其一　塞上秋色

塞上秋来景最宜，梯田迤逦绿参差。
霜天寥廓金风劲，融入山沟欸乃词。

其二　山头蓄水池

巧储天雨一池收，输绿涓涓入亩畴。
抗旱莫兴杯水憾，山头户户绕庭幽。

其三　县城古会

小城犹见古风遗，古会三天人攘熙。
热闹沿街数何处？琳琅摊贩俏婆姨。

其四　志丹中学

胸有远谋思自新，送穷究竟靠斯文。
今看破土危楼起，郁郁明朝万木春。

其五　油井竖立

汩汩流来都是金，百多油井竖山村。
从前但道藏龙地，今日方知聚宝盆。

其六　双河乡小桥

当日揭衣曾涉河，一桥今架任凌波。
三川巨变数何著？全县喧喧修路多。

其七　周河乡政府

老窑叠屋貌翻新，灯火霜晨忆旧痕。
庭院已无瓜菜圃，相知犹有两三人。

其八　毛主席故居

石屋每来思不平，峥嵘岁月几多程。
征尘犹记未曾浣，小照更看红五星。

其九　志丹陵

风云叱咤大刀横，志远心丹输至诚。
桑梓长眠应告慰，且听击壤一声声。

其十　故人相聚

故人相聚正秋佳，杯酒惹来心绪遐。
手剁面香犹未餍，尚思染指老南瓜。

一九九八年九月下旬

任法融道长以其大作《〈道德经〉释义》见赠，赋小诗奉寄

孤灯三十载，楼正本求真^①。

义释青牛旨，法融众妙门。

天人一指著，无有两图新。

云麓方壶渺，绵绵大道存。

一九九八年十月二十八日

【注】

① 楼观台为道教圣地，相传老子曾在此讲授《道德经》。楼观台古遗有石刻《道德经》、称之为"楼正本"，为《道德经》的另一著名版本,任法融道长《〈道德经〉释义》即以此书为底本。

鹧鸪天·赠魏效荣同学^①

春暖青囊南北忙，沉疴多少挺胸膛。世人但赞回春手，今我尤崇冰雪肠。　　名鼎鼎，业彰彰，孜孜犹自治歧黄。屯奇未改书生样，余事吟哦有锦章。

一九九八年十月三十日

【注】

① 魏效荣，作者中学学长，后毕业于西安医学院医疗系，为陕西省人民医院疼痛科主任、主任医师。

生朝感怀　四首

其一

曾期振翮海天翔，铩羽纷纷剧自伤。
梦里昆仑遍琼玉，吟边绝塞有华章。
畅怀已罢杯中物，放论唯多肘后方。
最是真情难弃舍，高原思缕九回肠。

其二

病中思绪总翩翩，花落花开又两年。
存志犹思能绝漠，牵肠每笑自忧天。
人情岂怪有寒暖，世况已知多丑妍。
不恨流光不我待，生机但葆便怡然。

其三

暂抛心力作闲人，嚷嚷秋蝉亦不闻。
诸相纷陈看种种，市廛论价岂斤斤。
俗尘难浣伧荒色，劫困当怀朴野芬。
试问情思何处觅，故园四返更殷勤。

其四

阳春曾记柳含烟，又到菊黄凋叶天。

无奈时光生髀肉，有缘山水寄吟篇。

好音忍待总空杳，噩耗飞来但悚然。

人世阴晴自常事，今宵且看月浑圆。

一九九八年十一月三日

农历戊寅年九月十五日

浣溪沙·塈沟又与九州通

儿时朋友张建书，在家乡务农，今上午忽从陕西老家来电话问候，言其家新装电话，喜而赋此。

盈耳乡音想旧容，友人千里送深情，塈沟又与九州通。　　入户甘泉添黛绿，绕村果树缀嫣红，故园新事一宗宗。

一九九八年十一月二十二日

红楼集

红楼集

沈鹏签

红楼上班

岁暮长安寒渐加，红楼今始度生涯①。
眼低犹待行千里，腹俭直须充五车。
辉耀史编魂溯古，毵绵禹甸物含华。
不辞跬步蓬山远，敢望馀年忝一家。

一九九八年十二月十八日

【注】

① "红楼"指北大红楼，位于北京市东城区沙滩北街（今五四大
街）二十九号，为北大老校舍之一。为全国重点文物保护单位。
二十世纪八十年代后，国家文物局在红楼办公，二〇〇一年迁出。

元旦在天津军粮城友人处

低楼旷野远嚣尘，萧瑟蒹葭傍小村。
乘兴东篱赏秋草，偷闲西水钓春云。
何妨快意齐东语，但自开怀纪叟春。
陋室依依无限意，乔迁声里柳枝新①。

一九九九年一月一日

【注】

① 友人原住简易平房，节前迁入新建的楼房，条件大为改善。

老舍故居

文豪犹记殒尘间，梦魇纠缠三十年。
碧水无波哀玉碎，苍天有意使神全。
风情已备京华志，人物堪看旗下篇。
世事沧桑故居在，依然丹柿对残编。

一九九九年二月一日

鹧鸪天·立春日参加国家文物局
老专家迎春茶话会

浩荡人间淑气还，一堂硕彦庆新年。慨慷尽献兰台策，披沥仍怀宝剑篇。　春冉冉，气轩轩，童颜鹤发但图南。喜看薪火传承远，老树新花相媚妍。

一九九九年二月四日

新春漫兴

又当脱兔下蟾宫，腊鼓催春和气生。
窗口杜鹃红灼灼，天边纸鹞意雍雍。
感时权付五更调，陟远等闲三折肱；
今我自应胜故我，韶光一霎但追踪。

一九九九年二月十六日
农历己卯年正月初一

蝶恋花·犹记

犹记当时风搅雪，初绽春光，早起听灵鹊。纵使曾经千嶂迭，难忘夜织灯明灭。　　回首长河舟似叶，濡沫相依，卅载朱颜谢。常愿人间三五月，此生结伴无停歇。

一九九九年二月十八日
农历己卯年正月初三

皖南访文物，并赠王坦同志①

菜花独占皖南春，十载重来寻旧痕。
黛瓦粉墙藏日月，媚山妩水铸徽魂。
依然文脉流余韵，更看烟村成宝珍。
好雨知时泼新绿，我今当是画中人。

一九九九年三月十四日晚于泾县宾馆

【注】
① 王坦同志时任安徽省政府副秘书长，陪同作者考察皖南文物。

题贵州天台山五龙寺①

叠石兀，万木簇；

尺幅地，思构殊。

释道杳，屯堡著；

寰中璞，黔之独。

一九九九年五月二十八日

【注】

① 安顺天台山五龙寺，位于平坝县城西南，建于明万历十八年（公元一五九〇年），西、北、东三面皆绝壁岣岩，周围又"凿石砌之，高与山等"。该寺集佛、儒、道三教合一，为全国重点文物保护单位。

虞美人·贵州朗德苗寨

层峦如簇青如黛，烟锁苗家寨。浊醪时雨自相融，吊脚层楼鳞次画图中。　　绣裙银饰遗光彩，婉转女儿态。含情脉脉舞游方，咿哑芦笙欢乐踩歌堂。

一九九九年五月二十九日

王承典同志赠画①

济南王承典同志赠余画一幅，为一人花前酒旁倚坐放目之态，颇见雅人深致，题曰："曲径通幽，每遇文人墨客；小庭环绕，长对明月清风。"特赋诗一首，聊表谢意。

倜傥王君才调殊，殷殷贻我雅流图。
彩毫细染花三朵，淡墨轻描酒一壶。
庭小何妨供啸傲，径幽亦助解乘除。
神游尺幅漫回味，兴会今当大白浮。

一九九九年六月二十五日

【注】

① 王承典同志，时任山东省文物局局长、山东省文化厅副厅长，后任山东省文联党组书记、副主席，山东省美术家协会主席。

蓟县玉石庄庆成艺术馆

渔阳于君大名驰①，夏日识荆盘山底。
眉目温慈鬓微霜，谦谦自多书生气。
入其艺苑疑龙宫，瑰宝夺目步难移：
拙讷一个《王老五》，世象沧桑复如此；
庄谐并见《两朵花》，弥老缱绻情之至；
更有《大河》流汩汩②，挈乳绵绵无穷期；
山野清风农家乐，人之灵性生之力。
点题数字岂千金，寻常泥土灵气逸。

惊叹连连多感思，洵为大家大手笔，
于君少时坎坷甚，稼穑胼胝农家子。
当是天公怜其才，偶涉艺海便痴迷。
盘山潜研几十载，箪食野蔬结庐居。
上盘松涛荡胸次，中盘奇石启藻思，
下盘飞泉湍意象，盘麓泥土底蕴实，
朝夕抟泥心力瘁，一扫桎梏任恣肆。
删繁写意势磅礴，夸张怪诞多韵致，
朴拙每觉味隽永，裂纹天成增奇趣。
手中泥团炉中火，大俗多为大雅师。
岂唯十指夸工巧，胸含万汇思更奇。
一朝誉驰海内外，庙堂亦献治国计。
蜗角浮名原刍狗，于君犹为布衣士。
縈縈最是泥与土，何其不谙人间世！
心有壮猷艺无境，陋室穷年但孜孜。
莫道区区玉石庄，盛名将共盘山齐！

一九九九年七月

【注】
① 于庆成先生，雕塑家，曾为第九届、第十届全国政协委员。
②《王老五》《两朵花》《大河》系列，均为于庆成的泥塑作品。

【仙吕·一半儿】天水访古　六首

其一　大地湾遗址

彩陶灵气亦今奇，殿址巍然寻旧遗，乍见文明一缕曦。遍沟陂，一半儿分明一半儿谜。

其二　街亭古战场

古踪指点费猜疑，断弩摩挲草木萋，空误英雄匡复机。落霞飞，一半儿绯红一半儿绮。

其三　兴国寺

三间般若足千秋，巧构当从拙里求，梵呗不闻多俚讴。任优游，一半儿临街一半儿幽。

其四　南郭寺杜甫祠堂

秦州颠沛有清吟，老树虬枝记魄魂，泉不北流滋味醇。寺藏深，一半儿熏风一半儿馨。

其五　伏羲庙

心香一瓣寄怀思，追远鸿蒙肇造时，华夏斯文赖奠基。问樵渔，一半儿传说一半儿史。

其六　麦积山石窟

麦积烟雨冠秦州，禅界风云尘世求，遍阅石窟岁月稠。绿环周，一半儿青苔一半儿柳。

一九九九年七月

【仙吕·一半儿】秦安果树林

陇头佳气此时多，桃李才看颜醉酡，椒树沿河输绿波。遍西川，一半儿青枝一半儿果。

一九九九年七月

【仙吕·一半儿】戏赠马文治同志①

腹装稗史雨前茶，口吐市廛带露花，笔底龙蛇横又斜。漫无涯，一半儿村言一半儿雅。

一九九九年七月

【注】

① 马文治同志，时任甘肃省文化厅副厅长、文物局局长，擅书法。

听姜瑞锋廉政报告①

偏偏黑脸有红心，硬汉今尤天下闻。
民瘼攸关唯恪谨，脊梁自竖任尘纷。
涤污端赖雷霆手，制欲方成不坏身。
魔道从来有高下，清芬渐见漫乾坤。

一九九九年八月十五日

【注】
① 姜瑞锋同志时任石家庄市委副书记、纪委书记，应邀为文化
部系统干部作报告。

浣溪沙·悼张建书

公益奔波忘苦辛，京华犹记瓮头春。忽惊已
是百年身。　　一晌儿时蝴蝶梦，几番魂系绿杨
村。忍看零雨又纷纷。

一九九九年八月十六日

金缕曲·柬庆生同志^①

潺暑才消矣。料君应、北窗伏案，笔飞成绮。学海沧波轻舟渡，巨帙欣堆案几。唯不识、人间泰否。鲁学因缘蒙惠教，更寻思、师友平生契。心似玉、遗双鲤。　　我今却染烟霞癖。半年来、江山万里，漫为迤逦。忆昔尚多经世梦，却悟原来根柢。休负了、雕虫小技。形胜秦中牵思缕，起秋风、又念羔羊炙。相与约、饮芳醴。

一九九九年八月二十一日

【注】

① 阎庆生同志为陕西师范大学教授、博士生导师，鲁迅研究专家，著作有《鲁迅杂文的艺术特质》《鲁迅创作心理论》《晚年孙犁研究：美学与心理学的阐释》等。

金缕曲·敬呈卫俊秀先生

回首三年倏。又欣看、九旬晋一，夕阳霞蔚。笔下风华犹凤翥，不负支离瘦骨。齐物我、休嗟荣辱。蝶梦鹃声消虽尽，唯仁人、挚爱千千斛。期颐寿、同心祝。　　病中总羡摩天鹄。更难追、学书学剑，水流时月。半路出家寻门径，国宝尤堪娱目。今且待、谈文论物。向慕先生如云水，任尘嚣、赢得清芬馥。草自绿、玉回璞。

一九九九年八月二十二日

【正宫·醉太平】洛阳怀古　四首

其一　北邙

黄丘今曼衍，岁月已稽淹。公卿帝后俱成烟，一抔曾九畹！到而今满城哪见排云殿，世人尤爱牡丹苑，传来但有洛阳铲，悠悠回顾间。

其二　白马寺

金神梦栩，白马来徐，万千气象自边隅，当年苦劬。任凭说禅庭一处沾泥絮，禅经一卷空玄趣，伽蓝一座片云浮，禅源在此①。

其三　关林

桃园情不已，悔恨自长遗。焉能成败漫评讥，关林芳草萋。谁曾想美须髯竟变伏魔帝，左丘传真有生财计？寿亭侯也是阿阇黎，却原来是一个理②。

其四　龙门石窟

摩崖佛窟，伊阙浮屠。俨然灵鹫众神居，天花坠雨。这边厢龙门山里看钟毓，古阳洞里品殊趣，奉先殿里赏丰腴，吉光凤羽。

一九九九年十月

【注】

① 白马寺为中国第一座佛寺；在此翻译的《四十二章经》为第一部汉译佛经。白马寺的齐云塔，始建于东汉永平年间，现存砖塔为金大定年间重建。

② 关羽为道教之神，明代加封为"三界伏魔大帝神威远震天尊关圣帝君"；他也被佛教神化，列为伽蓝神之一，民间则奉为财神，塑像中的关羽，常手持《左传》一书。

鹧鸪天·浙江省博物馆七十华诞

西子湖边总是春，葱茏佳气贺芳辰。七旬藏庋传遐迩，两浙人文溯魄魂。　　功渐渐，步踆踆，润浸教化桂兰馨。民殷更自期风雅，国瑞当应重宝琛。

一九九九年十一月二十日

日本赏樱　二首

其一

扶桑四月看花来，南北繁樱次第开。
更喜连朝淅沥雨，湿红滴翠醉心怀。

其二

红霞粉雪自怜人，今到弘前且逐春①。
莫待枝头俱烂漫，味长恰是二三分。

二〇〇〇年四月

【注】

① 弘前城位于日本青森县弘前市津轻平野，别名鹰冈城，在
江户时期一直是弘前藩藩主的居城。弘前公园内栽植了
五十种共计两千六百株樱花，四月下旬迎来赏花期，为日
本最著名的赏樱胜地之一。

访淮北柳孜古镇，次韵奉答王坦同志　二首

　　余于一九九九年三月赴皖南考察文物，与安徽省政府王坦副秘书长有结伴之雅，遂约来年再会于皖北。今年四月初，余出席淮北柳孜古镇隋唐运河考古新闻发布会，幸与王君聚首，其乐可知。王君赠诗二首，谨步原韵奉答。

其一

暮春柳叶柳孜垂^①，梦里繁华有旧遗。

百尺古津怀赵宋，千年巨舶说杨隋。

河床重现运漕影，瓷器深藏夺目姿。

果是文明昌盛地，群莺且共绮思飞。

其二

又到菜花金漾时，期年淮北共驱驰。

砀山梨雪纷纭梦，淮海战云寥廓思。

既向古遗稽旧梦，又随画像探新知。

动人最是城中水，半作烟霞半作诗。

二○○○年四月十日

【注】

① 柳孜运河码头遗址位于安徽省濉溪县百善镇柳孜村。柳孜原是隋唐大运河通济渠上的一个镇，因运河的开通而繁荣。通济渠唐宋时称汴河，流经濉溪县境四十余公里，历隋、唐、宋三代五百余年，南宋时淤塞废弃。遗址内出土有唐宋时南、北方十几个窑口的大批瓷器，还发现唐代沉船八艘，出土三艘，清理出一座完整的宋代石筑码头，均属首次发现。

陕西人民出版社建社五十周年

一树参天五十春，辛勤几代白头吟。

好书辄贵洛阳纸，正论长传大雅音。

但播斯文名四海，尽滋庶众誉三秦。

深情惠我堪铭记①，遥祝前程又日新。

二〇〇〇年九月一日

【注】

① 作者《文化批判与国民性改造》《政策学》二书二十世纪八十年代末由陕西人民出版社出版。

金缕曲·卫俊秀先生书法集出版

当世惊瑰玮！墨淋漓、势如寸刃，意如流水。丘壑胸中堂庑广，尽扫书坛巧媚。其有自、研唐探魏。章法百千求意趣，会于心、札记天花坠①。雄且丽，草书卫！　不堪回首艰辛淬。任天游、大鹏南徙，道家深味。景迅崇傅风与义，尤见昭人磊磊。哪顾得、红尘嚣沸。莫谓平生萧瑟甚，对晚景、一片云霞蔚。梨枣灿，共欣慰。

二〇〇〇年十二月十日

【注】

①《卫俊秀碑帖札记》一九九八年由陕西师范大学出版社出版。

春节杂咏　四首

其一

疾驰真似五云车，千里归程过太华。
春早柔风陌头柳，日迟轻雾梦中花。
倚门老母望枯眼，攀树稚孙追乱鸦。
苦短光阴尤岁暮，栖栖游子已还家。

其二

偏是僻乡佳气盈，子时爆竹丑时灯。
枝头有迹春消息，寰宇无言岁替更。
阖户欢中守除夕，天伦乐里尽忘情。
牵肠最是残年夜，小妹异邦如逐萍。

其三

今宵对酒更当歌，回首奄然去路赊。
新岁焉知翁失马，旧时常畏足添蛇。
鬓衰才觉情思老，腰瘦非关吟绪佳。
写罢低眉寥廓思，故人更在海之涯。

其四

唯觉夜阑清思多，文章经济两蹉跎。

十年逆旅潘郎鬓，一路征尘织女梭。

岂乏豪情金助水，那堪往事蚁旋磨。

人寰抬眼开新页，商略春风绿满坡。

二〇〇二年一月十一日

农历辛巳年除夕

定风波·戏赠任仕

李任仕曾与余同事。八年前彼供职成都，余适有蜀中之行，同游蒲江县之朝阳湖。后各奔东西，不得音问。彼现在纪检部门工作。三月十七日晚会聚，道及疏阔，感慨莫名。任仕又貌肖伟大领袖而常为人瞩目。遂填小词一阕戏赠，亦聊记岁月之逝耳。

曾荡朝阳一叶舟，花稀春老绿方稠。今品火锅欣幸会，川味，回头已是八春秋。　　妒杀流光疑有误，颜驻，貌奇隆准羡朋俦。未必铁肠应黑面，平谳，乌台只眼辨兰莸。

二〇〇二年三月

毛锜同志赠诗，步韵奉和①

暌违十载世情乖，一纸依然见旧怀。
时有檄文惊鼠窜，偶成佳句叹神来。
桃腮正讶京华笑，柳眼方思灞上开。
犹是秦人慷慨调，独怜我未脱凡胎。

二〇〇二年三月十八日

【注】

① 毛锜，当代作家，笔名司马仰迁。陕西咸阳人。中华诗词学
会理事，陕西省杂文学会会长，陕西省文史馆馆员。

贺新郎·吴祖光先生惠赠《中华吴氏三代书画展选集》

一览心头快。好丹青、天孙织锦，撩人烟
霭。铁划银钩淋漓笔，气象恢宏超迈。畅笔墨、
含芳天籁。琼玖文章声更著，又难忘、妩媚氍毹
态。艺苑里，竞光彩。 谢家玉树苏门概。羡
人间、一时双璧，韵流三代。自是余荫枝叶盛，
还赖精诚在在。可料到、奇才妒害？磨蝎宫中千
劫历，砺霜风、适意形骸外。君子泽，看沾溉。

二〇〇二年四月七日

南歌子·无题

岂省人间事，聊参解蔽篇。半生拼却鬓双斑，
且任咻咻宁负此心丹。　　雨夜元多梦，中秋月自
圆。十年不意竟三迁，道是天涯长路路常宽。

二〇〇二年九月十八日
农历八月十二日

紫垣集

己丑選堂題

（上）

水龙吟·任故宫博物院院长感赋

故宫博物院于一九二五年十月十日成立。余于二〇〇二年十月十日就任院长。自知任重，感而赋此。

又逢双十佳期，宫城渐见萧萧气。金风衰柳，淡云宏殿，斜阳危雉。百万珍琛，中华文脉，殷殷承祀。忆维艰筚路，辉光八秩，征尘拂，重开翅。　大任自堪磨砺，惕中心、薄冰今履。当筵鲍老，郎当挥袖，岂能推避？千载新机，四方瞩目，须孚清世。但唯怀悃悃，浅深揭厉，且闻鸡起。

二〇〇二年十月十日

鹧鸪天·朱启新先生惠赠大著

索引钩沉学海深，惯从文物旧尘寻。当时曾下千钧力，今日才来百炼金。　传世语，度人针，此生作嫁我尤钦。墨香最是新书漫，快意当看白首心。

二〇〇二年十月十五日

金缕曲·武英殿

鼙鼓攻城急。想当年、闯王屯塞，促匆登极。摄政莽榛勤宵旰，却画清家宏域。更殿本、垂名缥帙①。岁月无情天地覆，但存留、敝柱偕凋壁。残照里，叹兴革。　　缮修鸠庀今兴役②。待从头、彩图重绘，垩丹髹漆。济济鲁班身手展，脚架凌空林立。最讲究、工精料实。方略七年看跬步，万钧担、自是中心惕。号角起，目同拭！

二〇〇二年十月二十八日

【注】

① 武英殿位于故宫外朝熙和门以西，与外朝之东的文华殿相对应。明末李自成于崇祯十七年（公元一六四四年）春攻入北京，后因无力抵抗入关的清兵，遂在四月二十九日于武英殿草草举行了大顺政权的即位仪式，翌日便撤离北京。清兵入关之初，摄政王多尔衮先行抵京，以武英殿作为理事之所。康熙年间，首开武英殿书局。从此成为清内府常开的修书印书机构，所刻书籍称为"殿本"或"武英殿本"，以刻工精整、印刷优良著称。

② 武英殿维修作为故宫百年大修的试点工程，于二〇〇二年十月二十八日在武英殿前举行了隆重的开工仪式。

水龙吟·上海博物馆五十华诞

冲寒且赏珍奇，同源书画双峰峙。鸭头晋帖，簪花唐卷，更增光熠。异代知音，同时入室，堪称多士。看人头攒动，申江旖旎，千年展，倾城怿。　　华诞适逢五秩。喜而今、名惊当世。搜珍聚宝，文明传续，殷勤藏史。思每清新，论常奇崛，更能求实。任沧桑变幻，与时俱进，一腔豪气。

二〇〇二年十二月

减字木兰花·澄城县老年书画展

莫言垂老，夕照为霞霞更好。各擅风流，盛世尧天志更遒。　　欣然操翰，信步徜徉书画苑。率性怡情，绢纸长宽任纵横。

二〇〇二年十二月

贺新郎·在台北故宫怀文物南迁

往事堪回顾。叹陆沉、国之瑰宝，烽烟南渡。万里间关箱过万，黔洞川途秦树。说不尽、几多风雨。辗转西行欣无恙，故宫人、辛苦凭谁诉。十七载，众英谱。　　从来中土遗存富。更明清、琳琅内府，萃珍瑶圃。蓦地离分无限憾，默默思牵情愫。永保用、文明步武。热血殷殷浓于水，系于心、浅海焉能阻。统一业，本根固。

二〇〇三年一月

百字令·参观台北故宫博物院

青山碧水，有高楼云耸、奇珍堆就。禁苑精华惊并世，今且匆匆消受。翡翠雕工，毛公鼎古，偿愿看琼玖。恁多书画，氤氲华夏灵秀。　　遥想抗虏当年，风云变色，国宝暌离久。但有故宫名两岸，一脉相传深厚。贝库村边，外双溪畔，文教称渊薮。潇潇冬雨，却如欢饮清酎。

二〇〇三年一月

苏幕遮·赠秦孝仪先生^① 二首

其一 谢先生宴请

不群才，良匠手。六体皆工，满纸龙蛇走。别具诗心如锦绣。新赋三都^②，个里乡情透。　杖头鸠，张绪柳。善目庞眉，更有谈天口。绮席清欢元旦又。似故初逢，篆尾倾樽酒。

其二 在广达计算机公司珍藏室遇先生

小庭幽，冬雨悄。偶入琅环，偶见公稽考。题跋行行求曲奥。百面黄山，件件连城宝。　展长才，呈雅好。效力民间，承教说玄妙。呵护珍藏忘渐老。应葆童心，缘在山阴道。

二〇〇三年一月

【注】

① 秦孝仪，字心波，一九八三年至二〇〇〇年任台北故宫博物院院长。后任广达文教基金会荣誉董事长。

② 秦孝仪先生席间出示其诗稿，内有记述北京、西京（西安）、南京三地风物的"三京行吟"。

朝鲜纪行　十首

其一　入朝

春风一例播春光，倏忽凌虚是他乡。
暂别尘间多少事，心无魏晋梦尤香。

其二　平壤柳树

三分春色赖鹅黄，袅袅千条街两行。
今我西来灞亭客，折枝平壤味尤长。

其三　平壤街花

粉阵红云漫六街，杏桃四月一时开。
斗新争艳百花谱，瑰丽还当金达莱。

其四　平壤女交警

蓝裙小棒力千钧，挥指更看精气神。
相映桃花与人面，平添街口几分春。

其五　友谊塔

十七万人为鬼雄，江山迤逦血犹凝。
冥冥当念故园月，白塔我今三鞠躬。

其六　板门店

从来如蟹但横行，天理昭昭论有公。
殷鉴板门曾记否？今犹炮火犯中东。

其七　开城高丽成均馆①

殷勤半岛播斯文，遗迹依然感郁芬。
遥想杏坛全盛日，满城子曰与诗云。

其八　妙香山普贤寺②

曹溪滴水向东方，八万藏经名远扬。
随喜今来谒山寺，不闻清磬不拈香。

其九　檀君墓

檀君肇国漫寻猜，翁仲陵前亦两排。
怪底蚩尤此中立，莫非涿鹿遁逃来？

其十　宴请

煎烹蒸煮俱珍馐，香肉原来也入流。
持节武公多雅意，小楼把酒话端稠。

二〇〇三年四月

【注】

① 成均馆是朝鲜半岛历代王朝最高学府，地位等同于古代中国的国子监、太学。现开城成均馆为高丽王朝所建。

② 普贤寺于公元一〇四二年（高丽时期）建成的朝鲜名刹，是朝鲜的文化瑰宝。此寺初为华严宗寺院，后成为曹溪宗（禅宗）的一处福地，几经兴衰。现寺内有大雄殿、万岁楼、观音殿等十多幢建筑和古塔、石牌等，还保存着《八万大藏经》全套刻本凡六七九三卷。

贺新郎·读徐邦达先生书画集，用先生七十述怀韵①

天独怜夫子。早锥囊、暮年庾信，盛名差比。歇浦剑箫燕市筑，狷介人生堪记。且拊掌、三千桃李。更有故宫多宝笈，毕其生、缣管云霞起。但鼎力，去遮蔽。　　书生怀抱名山事。眼过时、骊黄牝牡，探源求异。颠米揣摩成一体，写取奇峰随喜。抒感慨、吟情难已。文化神州凭重镇，晚霞飞、落落濠梁意。心自远，世尘里。

二〇〇三年五月

【注】

① 徐邦达，字孚尹，号李庵，故宫博物院研究员，长于中国美术史及古代书画鉴定，又擅书画及诗词创作，著有《古书画鉴定概论》《古书画伪讹考辨》《古书画过眼要录》《重编清宫旧藏书画目》等。

贺新郎·王畅安先生惠赠《自珍集》①

掩卷寻思久。算方知、物皆有道，物皆能究。原本人生多趣味，直待搜求参透。这玩字、天机当有。总总林林窥胸臆，自能珍、人更珍情愫。雅俗韵，运斤手。　　灵奇天毓天应佑。笑回头、劫尘历历，此心株守。俪侣涸辙相濡沫，锦思花雕云镂。广陵散、流传今又。莫谓忽忽崦嵫近，看根深、大树枝枝秀。人似昨，此衫旧。

二〇〇三年五月

【注】

① 王世襄，字畅安，著名的文物专家，著述颇丰。

贺新郎·奉赠朱家溍先生

读朱季黄先生①《故宫退食录》，禁苑风云，国宝沧桑，腕底历历，所获甚丰，赋此代柬。

一帙余香褭。数家珍、角牙竹木，旧闻稽考。信手拈来言娓娓，曲尽宫闱秘奥。天不负、斯人才调。更有江山胸际溢，点染工、余事倪黄稿。腹似笥，国之宝。　　素心未与沧桑老。但年年、御墙柳绿，殿堂星耀。藏庋捐公名海内，三代输诚报效。喜克绍、文公遗教②。名士流风何处觅？真性情、粉墨听吟啸。襟抱阔，陋居湫③。

二〇〇三年五月

【注】

① 朱家溍，字季黄，故宫博物院研究员，著名的清宫史专家，文物专家。

② 朱家溍为儒学大师朱熹的后代。

③ 朱家溍居室挂有启功题写的"蜗居"室名。

刘锜书法①

犹记临池用意深，而今笔力已骎骎。

草书每逸匡时志，谠论应知献曝心。

黄卷才思须掌抵，青衿操品总肩任。

何当一践灞桥约，细柳迎风春色寻。

二〇〇三年七月五日

【注】

① 刘锜同志时任陕西省政协委员，西安市灞桥区副区长，主管教育工作。

浣溪沙·郑珉中先生八十初度①

五十余年岁月侵，红墙日日意不禁。骑车穿巷白头吟。　豪气亦曾舒剑胆，柔情且自展琴心。挥毫依旧字如金。

二〇〇三年八月二十八日

【注】

① 郑珉中先生一九四七年入故宫服务，至今退而不休，每天骑自行
　车上班。他是古琴专家，为中国首批古琴艺术的国家级传承人。

鹧鸪天·岚清同志赠《李岚清教育访谈录》

　　禹域由来师道尊，青衿庠序国之根。十年榛
莽求经路，一帙珠玑济世心。　　时与进，意常
新，有情逝景总骎骎。且听弦诵云霞起，又见葱
茏锦绣林。

二〇〇三年十二月十日

渔家傲·贺王畅安先生获荷兰克劳斯亲王奖

　　王畅安（王世襄）先生获荷兰克劳斯亲王奖，十二月三十日
荷兰驻华使馆为王先生举行授奖仪式，故宫博物院八十岁古琴专
家郑珉中先生当场操琴，演奏"良宵引"。

　　末技居然玄理酝，锦灰堆里珠玑润。通博
自能游寸刃，天降任，存亡续绝刊新韵。　　五
味人生齐物论，痴心未与流光泯。晚岁友邦传捷
讯。调瑶轸，郑公助兴《良宵引》。

二〇〇三年十二月

踏莎行·饶宗颐先生书画展

广州艺术研究院于二〇〇四年四月二十五日举办选堂先生书画展，余有幸出席开幕式。

金石清奇，禅门意象，更惊泼墨如山嶂。艺坛一帜早高张，暮年腕底风云旷。　韵漾情怀，气求壮旺，不今不古饶家样。信然腹笥富根基，拈来余事天花放。

二〇〇四年四月

踏莎行·饶宗颐学术馆之友

香港大学"饶宗颐学术馆之友"于二〇〇四年七月三十一日成立，适值先生米寿，余受邀出席开幕式并在会上致贺。

简帛寻幽，梵音探奥，中西今古融神妙。迩来高论亦惊人，童心未共流光老。　绝学薪传，斯文克绍，几多求友嘤鸣鸟。先生莞尔盛门墙，香江自有山阴道。

二〇〇四年八月

答刘兆和同志

二〇〇二年秋，内蒙古自治区文化厅副厅长兼文物局局长刘兆和同志曾陪余考察内蒙古文化遗产，几近十天。兆和近日寄诗一首，记述当年长途奔波之状，依韵奉和。

塞外秋深草半黄，经旬访古伴刘郎。
才惊玉石文明远，又叹壕沟战线长。
东市木兰思兔马，西山敕勒见牛羊。
从来大漠多诗意，为赋新词报热肠。

二〇〇五年一月

浣溪沙·马凯同志赠诗词集

揽胜每催佳句生，感时辄有不平鸣，墨香一卷显峥嵘。 妙手已知多善策，锦心方见富吟情，推敲余味在三更。

二〇〇五年一月十八日

读《孔尚任咏晋诗评注》，赠作者郭士星先生

怅触百端吟晋篇，平阳风物自堪怜。
才人佳句宜传远，还赖先生作郑笺。

二〇〇五年一月十八日

鹧鸪天·岚清同志赠《音乐笔谈》

　　闻道欧西善大钧，八音交响世无伦。乐坛巨子知多少？三百年间五十人①。　　挥彩笔，妙如神，心裁意会更翻新。宏篇才贵洛阳纸②，又度金针涤俗尘。

二〇〇五年一月二十日

【注】

① 该书记有欧洲三百年间五十位音乐家。

② 指李岚清同志著《教育访谈录》。

高阳台·陪同连战先生参观故宫

　　二〇〇五年四月二十八日，台湾国民党主席连战一行参观故宫博物院，余陪同并作讲解。当日，连战曾为故宫撰写长联，企盼两岸统一。彼听出余之陕西口音，又曾闲话台湾陕西风味食品。同胞之情，令人流连。

　　御苑花娇，宫墙柳媚，京华正是春明。有客来朝，且欣文脉绳绳。自当数典难忘祖，赋长联、一诉衷情。揭新章、共扫沈阴，共看霞蒸。　　乡音又把乡思引，想呜呜击缶，刚亢秦声；更有佳肴，教人齿颊津生。山河万里团圆梦，任谁能、水隔云横。但铭心、永固金瓯，相爱鹡鸰。

二〇〇五年四月

夜乘火车穿秦岭

今番不见白云横，隧洞轰鸣千里行。
最是风驰过蜀道，五丁在世亦当惊。

二〇〇五年四月

奉答陈忠实先生，并贺白鹿书院成立周年

陈忠实先生二〇〇四年在家乡白鹿原创办白鹿书院，忽已周岁，来函征集书画作品，拟在西安亮宝楼展出，特奉小诗祝贺。

书院弦歌喜岁周，离离原草绿方稠。
人文一脉黄陵柏，才藻三秦白鹿榴。
同气自当求雅正，深心犹且探源流。
几多助兴丹青手，绮丽还看亮宝楼。

二〇〇五年五月十六日

踏莎行·选堂先生书《心经》简林

选堂（饶宗颐）先生所书《心经》简林，与香港大屿山宝莲禅寺青铜大佛毗邻，为世界最大户外木刻佛经群。二〇〇五年五月二十日，举行简林开幕式，余有幸受邀，因事不克前往，特填小词祝贺。

大屿山巅，宝莲寺外，简林高矗连成派。
心经皆用八分书，庄严妙相冠当代。　　胸有真
如，心无罣碍，本来般若为明慧。先生企盼境安
康，时雍物阜长千载。

二〇〇五年五月

秦孝仪先生赠"玉丁宁馆"书二种

万样心波两帙凝，洋洋盈耳玉丁宁。
文房清玩个中趣，书道风怀底事名。
若有萦情思九县，颇多逸兴赋三京。
此生何者堪铭记？文物彬彬故国情。

二〇〇五年五月

鹧鸪天·西安大唐芙蓉园第二届"长安雅集"

阆苑风光接翠微，芙蓉六月正芳菲。梨园又
见胡旋舞，酒肆依稀太白杯。　　波潋滟，殿崔
嵬。大唐气象梦中回。绵绵千古文华地，更酝今
朝奋翼飞。

二〇〇五年六月

浣溪沙·《徐邦达集》问世

目力真能透纸穿，艺能尚眷米家山。亦曾酬倡动吟坛。　　过眼云霞欣汗简，回头风雨喜椿年。屈伸一蠖但由天①。

二〇〇五年八月

【注】

① 徐邦达先生晚年自号"蠖叟"。

西江月·出席杨伯达先生招收邢珠迪女士为徒仪式①

后学拜师敛手，先生设帐开颜。漱芳斋里玉为缘，古道盎然再现。　　自是耳提面命，尤当心悟神谙。何须试玉烧三天，衣钵相传不断。

二〇〇五年

【注】

① 杨伯达先生曾任故宫博物院副院长，为故宫博物院研究馆员，玉器研究大家。

贺敬之同志赠《贺敬之全集》

令名早已满天涯，巨帙今看五色霞。
健笔飞凌惊铁划，锦思驰骋响铜琶。
氍毹有曲巧成典，心府无私自咀华。
烈士有情犹万斛，依然荷戟对尘沙。

二〇〇五年

出席湖南省博物馆"秦孝仪书法
及文房清供展"开幕式

游子忽焉老，故园秋亦深。
湘兮岳麓气，楚些汨罗魂。
文笔惊殊域，收藏富宝珍。
忘年情谊重，相见语谆谆。

二〇〇五年十月二十日

蝶恋花·赠文怀沙先生

文怀沙前辈近年矻矻倡导儒之"正"、道之"清"及佛之"和"，以为"东方大道其在贯通并弘扬斯三气"，并书写此三字赠余，特填小词以志谢忱。

正气浩然天地傲，明月清风，和合尤精要。
三字贯通儒释道，千言万语无兹妙。 过眼烟
云如幻泡，滚滚红尘，犹且临花笑。历尽沧桑人
未老，只缘这里春光好。

二〇〇六年二月

踏莎行·选堂先生九秩华诞

《华学》杂志第八辑近期出版，适逢选堂（饶宗颐）先生九秩
华诞，编辑同人拟为纪念，学勤先生来函征题，谨以小词致意。

书画津梁，诗文渊薮，纵横学海为山斗。
问公何事竟如斯？自成机杼无窠臼。 白首冰
心，青箱金帛，桑榆仍把鸳鸯绣。伏生忽报颂椿
龄，喜凭杯酒绥眉寿。

二〇〇六年七月

咏吴冠中先生　四首

其一

果然才艺冠中华，岁月如荼漫咄嗟。
莫道桑榆人已老，健行哪管夕阳斜。

其二

彩饰丹青相映辉，午门轮奂展琼瑰。
姓名才上景仁榜，^①高格已存无字碑。

其三

才自纵横笔自神，文章绘事总骎骎。
味回最是耐人处，璞玉浑金画外音^②。

其四

平生最爱鲁夫子，黛瓦粉墙情更牵。
融会中西缘底事？风筝不断线相连^③。

二〇〇六年九月八日

【注】

① 吴冠中先生向国家捐献三幅绘画作品，由故宫博物院永久收藏。故宫于午门城楼展厅举办吴先生捐献绘画精品汇展，又于铭记捐赠者的景仁榜上镌刻了吴先生的名字。

② 吴冠中先生有关其艺术创作的散文随笔集《画外音》一书，二〇〇五年由山东画报出版社出版。

③ "风筝不断线"是吴冠中先生一九八三年《文艺研究》上发表的一篇创作笔记的题目。吴先生在文中借风筝谈了自己对抽象绘画的看法。他认为，艺术家手中"须有一线联系着作品与生活中的源头"，只有"风筝不断线，才能把握观众与作品的交流"。

苏幕遮·缙云仙都秋夜

殿云高，峰影俏，明月无边，明月无边照。弥野秋虫鸣浅草，阆苑今宵，阆苑今宵好。　　事常乖，人易老，千古仙家，千古仙家杳。絮果兰因谁逆料？尘梦依稀，尘梦依稀绕。

二〇〇六年十一月五日

西湖　四首

其一

已是深秋水不凉，无端烟色看迷茫。
江南尽说春难老，桂子今年三度香。

其二

盈盈薄雾午间消，无恙湖山又见招。
莫道龙船威武甚，羡他一苇任逍遥。

其三

湖心亭上总熙熙，扑面红尘染倩姿。
看雪何当更定后，陶庵有梦问谁痴。

其四

残荷枯叶意萧萧，红褪绿深兴也饶。
素面从何觅颜色？数枝灼灼美人蕉。

二〇〇六年十一月

读郑伯农同志《赠友人》诗集

嘤嘤自是悦朋曹，报李投桃诗兴豪。
持正难停良史笔，倾情常有广陵潮。
凡尘当许和为贵，浇俗方知义最高。
莫道无缘悭一面，华章丽句已神交。

二〇〇六年十二月

题《乾陵文化研究》

曾谱大唐千古篇，秦中黄土遍云烟。
山陵无语残碑在，且探幽微解奥玄。

二〇〇六年

浣溪沙·上海收藏鉴赏家协会成立，陈鹏举先生来函征诗，以小词为贺

海上收藏向也蕃，而今更觉此风煽，斯文已不限衣冠。　　盛世原来多鉴赏，红尘自是重芝兰，怡情还在品评间。

二〇〇七年一月

蝶恋花·敬题杨仁恺先生《沐雨楼来鸿集》①

沐雨楼中多逸趣，四海来鸿，一集长相聚。虽说人皆思旧侣，此情哪有先生著？　　国宝沉浮曾细数。履遍神州，鉴定功劳巨。寂寞辽天谁接武？寄怀翰墨成馀绪。

二〇〇七年一月

【注】

① 杨仁恺，号遗民，笔名易木，斋名沐雨楼，四川岳池人。享誉海内外的博物馆学家；书画鉴赏大家、美术史家，曾任辽宁省博物馆名誉馆长等。主要著作有《国宝沉浮录》《中国书画鉴定学稿》等。

苏东海先生八十华诞①

称觥迎八秩，霜鬓话芳华。
笃念苗家寨，沉思汉室槎。
宏材宗马列，妙笔化云霞。
谁谓桑榆晚，人间岁月赊。

二〇〇七年二月二日

【注】

① 苏东海，原中国革命博物馆陈列部主任，研究馆员。中共党
史研究方面，致力于周恩来研究等专题。在博物馆学方面，
致力于博物馆哲学的研究和博物馆的发展研究。曾主编《中
国博物馆》杂志十九年，在中国传播和实践国际生态博物馆
思想。主要著作有《博物馆的沉思——苏东海论文选》（三卷）、
《贵州国际生态博物馆论坛论文集》等。

河南省诗词学会成立二十周年

回首骚坛二十春，中州郁勃漫诗魂。
殷周文物凭回溯，河岳英灵任转轮。
工部忧劳心绪远，香山平易笔端新。
合当治世盛吟咏，纸贵洛阳差可闻。

二〇〇七年三月二十三日

贺新郎·范曾先生书画展

紫禁春光漫。问谁能、古今俊杰，共邀相见？谢客长歌钟馗笑，屈子行吟泽畔。又仿佛、庄生梦幻。更有雄浑炎黄赋，挟长风一壁烟云灿。齐旖旎、武英殿①。　　从来嘉树根深远。数风流、遥遥华胄，江东小范②。书骨诗魂陶钧力，泼墨淋漓称冠。观自在、徜徉彼岸。且撷前贤兰与蕙，赞忧天、有备终无患。当大任、企踵盼。

二〇〇七年三月五日

【注】

① 二〇〇七年三月五日,故宫博物院在武英殿举办了"范曾先生书画展"。
② 范曾先生在其一些书画作品上曾自署"江东小范"。

附　范曾和词

贺新郎·和郑欣淼先生用原韵

远昊祥云漫。正鸾铃驭风绝域，赏音重见。工部词章秋兴起，文正伤渔泽畔。便梦里、庄周疑幻。斑陆离纷陈巨幛，是长年沥血如霞灿，今见上，武英殿。　　余怀渺渺家山远。守清贫，寻常巷陌，世称寒范。万卷诗书斯尚在，伯子吟坛执冠。仰大道，无边无岸。我愧先人平戎策，祷神州，此后离忧患，修信睦，大同盼。

范曾丁亥新春于抱冲斋

文物出版社成立五十周年

今番好运连，大衍又乔迁。
缃帙文明史，画图珍宝篇。
名山千卷蓄，薪火万年传。
跬步从头积，应知任在肩。

二〇〇七年四月二十日

无　题

记得当时年纪小，人生只觉兴无涯。
竞思每羡云中鹤，凝想常看崖畔花。
曾对春光惊日月，也随秋事话桑麻。
自知镜里朱颜改，但有童心向晚霞。

二〇〇七年五月二十五日

题余三定先生藏书楼①

巴陵添胜状，芷岸起新楼。
缥帙含今古，韦编记阻修。
曝书诚有乐，传道信无忧。
矫矫余君志，百城南面遒。

二〇〇七年七月八日

【注】

① 余三定，湖南岳阳县人，现为湖南理工学院党委副书记、中文系教授，兼任《云梦学刊》主编，著作主要有《学术的自觉与学者的自立：当代学者研究》、《新时期学术发展的回瞻》等。余三定的南湖藏书楼为岳阳市规模最大、藏书最丰的一间私家藏书楼。建筑面积达九百六十平方米，现藏书三万余册。

旅顺博物馆成立九十周年①

岁月斑斓影，沧桑馆舍深。

名闻司寇鼎，声著马蹄金。

港静良宵伴，园喧晓雾侵。

九旬方庆贺，前路更堪歆。

二〇〇七年八月

【注】

① 旅顺博物馆初名关东都督府满蒙物产馆，一九一八年十一月改称关东都督府博物馆，一九一九年改称关东厅博物馆，一九三四年改称旅顺博物馆。该馆馆藏文物三万余件，其中一级藏品四十五件。比较珍贵的有：铜器吕鼎，内底铸有铭文五行四十四字。"吕"即西周穆王司寇吕侯；西汉时期的马蹄金；元代刘秉谦"竹石图"。还有新疆出土南北朝至唐代九具木乃伊和丝织品、绢画、陶俑、货币等汉、唐文物，以及印度犍陀罗石刻和日本绘画等外国文物。

河南博物院成立八十周年①

馆藏今古贯，屈指尽殊珍。

甲骨殷商史，陶瓷唐汉春。

分烟心不远②，完璧梦犹新。

盛世逢佳境，飞觞庆八旬。

二〇〇七年八月

【注】

① 河南博物院创建于一九二七年，是中国建立较早的博物馆之一，当时馆址位于开封，一九六一年迁至郑州，一九九八年新馆建成开放。馆藏文物十四万件，珍贵藏品有妇好鸮尊、莲鹤方壶、武曌金简、汝窑天蓝釉刻花鹅颈瓶、杜岭方鼎、贾湖骨笛、云纹铜禁、四神云气图、玉柄铁剑等。

② 河南省博物院的部分文物精品今藏台湾历史博物馆。

浣溪沙·赴天津出席老同学儿子婚礼

今到津门须尽觞，璧人一对绮罗香，故交有喜满庭芳。　儿辈相催颜鬓改，崦嵫未到路途长，与时进是去忧方。

二〇〇七年八月

清平乐·母亲八十寿诞

华筵结彩，八十春犹在，助兴亲朋歌欸乃，绕膝同堂四代。 人生备尝辛酸，任它往事成烟。明日时光更好，何妨步履蹒跚。

二〇〇七年八月

王世襄先生赠《锦灰不成堆》

人自风流笔自瑰，锦灰莫道不成堆。
如思如诉动情处，庾信文章老蚌胎。

二〇〇七年八月二十六日

西江月·老妻退休时学会开车，怡然自得，赋小词戏赠

双手漫旋轻转，个中意兴方酣。长安街上一溜烟，刮目真应相看。 生活本多情趣，退休仍有新天。秋花老圃亦争妍，莫道桑榆景晚。

二〇〇七年九月

谢辰生先生以七律见贶，抒文物保护之心志，谨步韵奉和

皤然一叟复何求？为续文明敢碰头。

古物保全誉侪辈，名城守护抗凡流。

人生风雨识途马，世事苍黄孺子牛。

春草池塘思小谢①，登高自是笑清秋。

二〇〇七年九月

【注】

① 谢辰生先生为著名文物保护专家，其兄谢国桢先生为史学名家。

附　谢辰生先生诗

步鲁迅七律《自嘲》

而今垂老尚何求？维护原则敢碰头。

污吏奸商榨民脂，精英文痞泛浊流。

群邪肆虐犹梼杌，正气驱霾贯斗牛。

蒿目层楼忧社稷，坚持信念度春秋。

六十抒怀　四首

其一

星稀又是月明时，阑夜披衣有所思。
满地雪泥寻旧印，半生尘网理棼丝。
镜中衰鬓已非昨，壶里冰心犹似痴。
病后微躯难胜酒，幽怀且付竹枝词。

其二

禁苑风光总万分，依依柳色五番新。
诸君正应才无碍，多士合当文不群。
才见殿堂追盛世，又欣天府广殊珍。
波云谲诡寻常事，毕竟人间多暖温。

其三

天高云淡雁啁啾，花甲今逢意绪稠。
胸次渐开驰瀚海，眸中顿豁上高楼。
回头仿佛华胥梦，引领还须蚱蜢舟。
唯有一言恒自惕：纵生老气不横秋。

其四

豕出辽东貌相殊，吉祥百变任求需①。

少时已改黄金运②，壮岁常思白简书。

十丈红尘多障翳，三千世界贵真如。

衰年戒得尤须记③，何处觥觥不丈夫！

二〇〇七年十一月

【注】

① 丁亥为猪年，吉祥猪大行其道。

② 作者名字中的"欣"原为"鑫"，三十二年前所改。

③ 《论语·季氏》："君子有三戒，……及其老也，血气既衰，戒之在得。"

西江月·澄城新貌

垒垒行宫遗址，熊熊炉火瓷窑。依稀风雅在坡坳，拴马石桩称妙。　　大步流星刚健，雄图古徵娇娆。集思广益有新招，自是家山更好。

二〇〇七年十二月三十一日

贺新郎·汶川大地震周月感怀

真是天公妒？刹那间，山崩地坼，汶川惊怖。居室市廛尘与土，满目圮桥断路。更忍看、生灵颠仆。望帝精魂啼杜宇，问幽明、羌笛凭谁诉？五一二，永铭铸。　　煌煌人性光今古。莽神州、捐钱献血，匹夫争赴。忘死舍生英烈传，义薄云天名著。且又获、寰瀛相助。多难兴邦邦益固，但听得、已响三通鼓。同勠力、劫波渡。

二〇〇八年六月

贺新郎·汶川抗震英模颂

万户争相睹。展光华、为人舍己，死生艰阻。壮举何曾分老少，更见军民心许。共患难、尤知肺腑。箪食壶浆求呴沫，看凡间、有爱斯多祜。天地裂、鬼神楚。　　英模再现无双谱。大中华、罡风正气、蕙兰芳杜。辉耀灵明非小事，尤贵良知顿悟。直铸就、昆仑一柱。莫叹红尘纷扰甚，自期得、浇俗当应去。鸿鹄志，帜高举。

二〇〇八年六月

浣溪沙·题祖莪画集①

勃勃鹰扬凌九天，山村淡远一河弯。新声古趣俱盎然。　　摹到生时堪辟径，思臻悟处自参玄。原来长著祖家鞭。

二〇〇八年七月一日

【注】

① 祖莪为故宫博物院研究馆员，从事古书画临摹复制工作。二〇一二年评为国家级非物质文化遗产古书画临摹传承人，亦为中国美术家协会会员。

减字木兰花·洛阳博物馆五十华诞①

文明渊府，到此方知华夏古。帝阙千年，德厚流光岂等闲。　　商彝周罍，奇丽还推三彩马。国色天香，莳护殷殷当更芳。

二〇〇八年七月九日

【注】

① 洛阳博物馆是国家一级博物馆，也是中国地方性的综合历史博物馆。一九五八年建立。洛阳博物馆集中收藏有洛阳地区出土的上自史前，下迄明清时期的各类珍贵文物，尤以夏商周三代青铜礼器、汉唐陶俑、唐三彩和宋代瓷器等，藏品数量较大，种类丰富，富有地域特色，在中国文物界占有一定的地位。

减字木兰花·烟台博物馆五十华诞①

玉瓶牙席，禁苑遗珍堪体味。周鼎秦权，征伐求仙事未湮。　　芝罘横卧，胜境人间花一朵。大衍欣逢，鼓棹今当破浪风。

二〇〇八年七月二十六日

【注】

① 烟台博物馆于一九五八年在福建会馆基础建立。福建会馆又称天后行宫，为全国重点文物保护单位。馆藏文物五万四千余件。包括陶瓷器、玉石器、青铜器、书画等十几个品类，国家一级文物六十二件，如西周己侯夔纹壶、战国晚期谷纹青玉璧、玉圭、玉觿、元青花缠枝莲纹玉壶春瓶、清宫象牙席、清乾隆雕蟠龙御题玉瓶等。

水调歌头·北京第二十九届奥运会开幕

四海不眠夜，亿众共凝看。鸟巢艳丽光景，盛况直空前。万国衣冠汇聚，华夏文明展现，和字谱新篇。奥运百年梦，尽在此宵圆。　　止争斗，弭战火，舞翩跹。奥林匹克神髓，但愿久存传。奇迹频频创造，人类潜能惊进，营建好家园。寄语健儿辈，奋力勇登攀。

二〇〇八年八月

鹧鸪天·北京第二十九届奥运会闭幕

八月京华捷报频，连宵赛事变风云。名家竞上金银榜，新秀欣鸣雏凤音。　　中国印，地球村，原来对手可相亲。莫言帷幕今终落，人性长光谊自存。

二〇〇八年八月二十四日

行香子·中国艺术研究院研究生院成立三十周年

学囿轮囷，艺苑逡巡。自来是、问道艰辛。东风绛帐，指点迷津。看汝昌思，其庸学，梦溪文①。　　匆匆卅载，历历前尘。最堪道、开放图新。弦歌响彻，桃李含芬。况花迎春，时当泰，我逢辰②。

二〇〇八年九月

【注】

① 周汝昌先生为著名红学家、古典文学研究家、诗人。冯其庸先生为著名红学家，曾任中国艺术研究院副院长、中国文字博物馆首任馆长。刘梦溪先生为国学研究的著名学者，中国艺术研究院中国文化研究所所长、《中国文化》杂志创办人兼主编。

② 作者有幸受聘为中国艺术研究院兼职博士生导师。

贺新郎·唐双宁书法

橡笔龙蛇舞。展云笺、从心所欲，一天风雨。意气每生忘所以，迷倒颠张醉素。酌浊酒、更如天助。倪论亦曾掀波浪，试平章、都是心中语。情与感，几多缕！　　间关万里长征路。仰毛公、迹踪遍觅，沉潜参悟。银界今朝身手好，才艺偏成机杼。况又见、诗怀栩栩。戛戛从来尊独造，岂能拘、不走邯郸步。谁解得，毁而誉。

二〇〇八年

贺新郎·改革开放颂

回首来时路。忆神州、有风乍起，小岗田亩。霹雳一声惊劫后，满眼争荣万树。三十载、骎骎国步。奥运恰才扬四海，更问天、神七长空舞。叹变化、竟如许！　　兴衰成败今尤悟。念泱泱、汉唐气度，撷芳环宇。千古邓公金石语，实践当驱迷雾。须记取、求新革故。大好河山兴复计，画图宏、料是多艰阻。吾往矣、莫旁骛。

二〇〇九年一月

台北故宫博物院周院长一行来访感赋 四首

二〇〇九年二月中浣，台北故宫博物院周功鑫院长一行莅临北京故宫访问，商谈合作，成果颇丰，兴之所至，感赋四律。

其一

夜来好雨浣轻尘，迎客燕山草已春。
京内传媒称甲子①，岛中舆论话庚寅②。
国琛聚合非言梦，鸾鸟翩翔可问津。
信有中华补天手③，同心今共品鲈莼。

其二

款步穿行五凤楼④，太和巍焕感同仇⑤。
禁城风物应无恙，宝岛佳人许莫愁。
殿庑珍奇频颔首，库房书画久凝眸。
多情最是养心处，典雅三希忆旧游⑥。

其三

一湾浅水路何赊，破雾排云二月槎。
漫溯渊源鹡鸰鸟，且瞻前境棣棠花。
磋商可谓双鑫会⑦，笑语当须七碗茶。
更喜凭栏抬望眼，延春阁上醉流霞⑧。

其四

本来天地一家亲⑨，交错觥筹意绪殷。

烽火南迁江上月，胆肝相照故宫人。

不期共望清明景，有感同寻杨柳津⑩。

犹是新正春却早，回黄转绿物华新。

二○○九年二月廿五日

【注】

① 故宫部分文物于一九四九年迁台，至二○○九年适为六十周年。

② 屈原《离骚》："摄提贞于孟陬兮，惟庚寅吾以降。"故宫部分
文物迁台后，于一九五○年入藏台中县新库，是年适当庚寅，
或以是年为台北故宫博物院之初始。

③ 原台北故宫博物院院长秦孝仪先生赠余《鹊桥仙》词，内有"谁
是补天高手"之慨。

④ 故宫午门又称五凤楼。

⑤ 一九四五年十月十日，故宫太和殿广场万人聚会，举行华北日
军投降受降仪式。此日亦为故宫博物院成立二十周年纪念日。

⑥ 周功鑫院长曾参观养心殿三希堂。

⑦ 作者名"欣淼"之"欣"原作"鑫"，一九七五年工作调动时始改。

⑧ 两院会谈于建福宫花园举行。延春阁为建福宫花园主要建筑。

⑨ 台北故宫博物院回请北京故宫，地点定于东华门外"天地一家"
饭店。

⑩ 两院互赠礼品，皆为院藏《清明上河图》复制品，并议论该
图桥梁甚多，认为两岸故宫亦亟需桥梁沟通。

回访台北故宫博物院散记 十六首

二〇〇九年三月初，为进一步协商，余率北京故宫博物院代表团回访台北故宫博物院，多有感触，拟小诗十六首，聊志鸿爪。

其一

二〇〇二年十二月下浣，余曾赴台访问，时经香港转机，颇费周章。此次直航，不足三小时。

又见齐州九点烟，春风送我出云天。
此行端赖直通力，历块过都抵掌间。

其二

二〇〇九年三月一日飞抵台北，下榻圆山饭店，即接受传媒采访。

应对深知少辩才，言行磊落岂衔枚？
圆山初会传媒界，枨触多端且骋怀。

其三

余曾于二〇〇二年十二月三十一日参访台北故宫博物院。

此行皆说破天荒，前度刘郎兴未央。
栋宇翚飞浑似昨，也随访客敬心香。

其四

三月一日晚，台北故宫博物院于"故宫晶华"宴请北京故宫代表团一行，酒有金门高粱，菜有肉形石、翠玉白菜等。

三口金门气若虹，华筵直比五侯封。
菜形翠玉肉形石，果是晶华在故宫。

其五

三月二日午前，进山洞库房参观文物。

箧箱斑驳旧痕深，洞映灵光魂梦寻。
风雨凭看一周甲，沧桑尽付七弦琴。

其六

三月二日午后，两岸故宫进一步协商，达成并细化八项共识。

云锦漫天费剪裁，长河当自滴涓来。
议成八项非常事，始信精诚金石开。

其七

两岸故宫交流，以台北故宫博物院举办雍正帝"为君难"展览而向北京故宫商借文物为始。

惊鸿一瞥美无伦，十月方期探紫宸。
难矣为君雍正帝，故宫交往记斯人。

其八

三月二日午后举行新闻发布会，余以《周易》六十四卦为喻，认为两岸故宫关系，已过否卦，现处同人阶段，正共同为达到大有而努力。

根脉相承情亦通，同人一句款深衷。
者番且卜文王卦，否去还迎大有功。

其九

张大千先生故居"摩耶精舍"现由台北故宫博物院管理，内有先生蜡像及先生生前饲养猿猴标本。

奇石盆栽香径幽，潇潇暮雨吊梅丘。
摩耶原有大千界，生死相依人与猴。

其十

一九三五年，故宫南迁文物于沪进行清点，马衡院长以"全材宏伟""溏上寓公"八字，重造三馆一处南迁文物编号与箱号。此次于台北故宫博物院文物登记处亦见到当年油印的清册。

沪上寓公情未了，泛黄清册现长庚。
八年艰蹇堪回味，千古长怀马叔平。

其十一

于台北故宫偶遇高老先生，为故宫文物南迁时工作人员。

热血当年不世勋，此生无悔白头吟。
秋来饮马长城窟，快意神州梦可真。

其十二

至善园为台北故宫一处中国传统园林，秦孝仪院长任上所建。

水光潋滟竹朦胧，春色满园如鬼工。
千古风流称至善，徘徊曲榭忆秦公。

其十三

三月三日午后，出席台湾艺术家出版社为拙作《天府永藏》繁体本举办的发表会。

流光碎影看绳绳，天府珍琛启玉扃。
惭愧虽无燕许笔，赤心但有一壶冰。

其十四

三月三日晚，林百里先生宴于阳明山食养山房禅室，陈美娥女士携汉唐乐府演员表演助兴。

淡饭新茶皆有禅，阳明山雨已绵绵。
南音助兴清欢夜，辜负可怜红杜鹃。

其十五

三月一日至三日，或阴或雨；三月四日离台，则艳阳高照。

草自青青花自妍，别离喜见艳阳天。
人间毕竟晴方好，放眼圆山云水宽。

其十六

两岸故宫院长互访，相加仅八天时间。

八天忽忽往而还，难了相思六十年。
力薄如今惭任重，催驱尔汝竞先鞭。

二〇〇九年三月十五日

浣溪沙·李良画集①

清迥疏林近夕阳，沉雄危壁气昂藏，农家小
院菜根香。　璀璨画坛扬一帜，慨慷燕赵拥千
章。李良笔底味悠长。

二〇〇九年四月二十日

【注】

① 李良，河北人，毕业于天津美术学院，曾任唐山市美术家协
会副主席，副研究馆员。李良先生油画、国画、版画皆能，
近年画作以北方农村风景为本，兼以西洋画法，不拘古人藩篱，
画风独树一帜，渐为时人所重。

鹧鸪天·内子六十生辰

六十年华不可追，衰颜犹记嫁时衣。胼胝曾织桃源梦，濡沫同吟赤壁词。　　瓜压架，豆爬篱，燕郊风物老来宜。何时最是多生趣，一抹斜阳雨后畦。

佛踪吟记　六首

二〇〇九年三月下浣，余有印度、尼泊尔之行，得瞻佛陀诞生、悟道、初转法轮、常住弘法、大般涅槃及佛教最高学府诸遗址，圣迹俨然，兴衰历历。巡礼既遍，感怀良多，遂成五古六首，各以二十韵记之。

其一　蓝毗尼

蓝毗尼意译"花果等胜妙事具足"等，处古印度拘利与迦毗罗卫间，今尼泊尔南部之鲁明迪。据佛经记载：此为释迦牟尼降生地。初，迦毗罗卫国净饭王之妻摩耶夫人四十五岁有娠，于蓝毗尼园内娑罗树下右胁降生悉达多太子，亦即后来之释迦牟尼。其地仍存僧院、沐浴池、摩耶夫人祠、阿育王石柱诸遗址。原娑罗树已老死，其址长有巨大菩提树，供人凭吊。摩耶夫人祠现属印度教徒管理，当地土著视夫人为职掌生育之女神，常行祭祀，并于石雕表面涂抹朱色颜料，以求吉利。其旁有藏传佛寺及零散村落。

珠峰秀八表，摩耶诞凤麟。七步芙蕖涌，双脚不染尘。
环顾无限意，触处尽芳温。一声狮子吼，天地我独尊！
岂为齐东语？相传如是闻。迷离兼惝悦，邈绝岁月湮。
花木扶疏日，驱车访旧痕。名园应犹在，僧院基仍存。
幽幽一池水，太子曾净身。更有阿育柱，铭文记吉辰。
惜无娑罗树，菩提冠如云。净饭夫人像，亦成送子神。
世尊指事图，祭祀抹朱殷。又见中华寺，藏幡舞缤纷。
寂寞少游客，荒阙有古魂。淑气充村野，风俗依旧淳。
不知今何世，祷祝总情真。般若辟新境，波罗启妙门。
千枝复万叶，在此植深根。斯土韫奇瑰，令人唯逡巡。

其二　菩提迦耶

　　菩提迦耶亦称"佛陀迦耶"，古印度摩揭陀国尼连禅河（今法尔古河）西岸，今印度比哈尔之格雅县。相传释迦牟尼二十九岁舍俗离家，寻觅大法，经六载笃修苦行，其间且尝衰弱虚脱，得牧羊女乳糜供养，始复体力神智，最终于此菩提树下结跏趺坐，悟四谛而成等正觉。其地仍有菩提树、石栏楯、佛足印、金刚座、七周圣地、大菩提大塔诸遗址。原菩提树屡遭回禄之劫，又屡于其址再发新枝，今又成枝柯繁茂之大树矣。大菩提大塔周遭雕刻佛像，内供佛祖"降魔正觉"金身，多作"转法轮印"或"降魔触地印"，据云亦均为屡经劫难后所重修。其旁仍有西藏、缅甸等信众捐建之祠寺。

果然非常地，默塞待延伫。天地俱肃穆，佛陀正觉处。
曾躭锦绣堆，却思人生苦。离家访真谛，罔顾别妻孥。

苦行凡六载，羸弱意凄楚。尼连禅河中，沐浴理前绪。
清波映澄心，稍须释疑阻。出水力不支，幸觏牧羊女。
乳糜为供养，方能续踽踽。冥想日复日，如何解网罟？
劲矢破无明，终豁菩提树。罣碍原在己，自证亦自悟。
今寻昔日树，新枝遮庭宇。沙石筑栏桷，青岩印佛武。
阿育金刚座，七周圣迹古。更有大塔兀，雕像难计数。
其内供金身，手印似有语：建毁如轮回，劫波知几许？
四海信众集，五方比丘聚。但敬一瓣香，烛烟看缕缕。

其三　鹿野苑

　　鹿野苑亦称"仙人论处"，属古中印度波罗奈国，今印度北方邦瓦拉纳西城西北。相传释迦牟尼成道伊始，首次在此说法，即所谓"初转法轮"，昔日一并笃修苦行之五名同伴，亦即所谓"五比丘"，于此皈依佛法，成为首批佛教信徒。是后，其地佛教兴盛无比，玄奘《大唐西域记》对此颇有描述。惜不久毁于回教东征。现仅存笈多王朝所建僧院、法王塔、达美克塔、阿育王石柱、五比丘迎佛塔诸遗址。僧院残址所见古建筑均相互堆叠，即后之建筑建在前之建筑上，有四五层之多。阿育王石柱柱首为四狮雕塑，柱身镌阿育王申明戒律之敕文，后遭雷击断为两截。法王塔遗址曾出土舍利子，引起学界关注；又出土佛陀初转法轮雕像，神情安宁平和，似见怪不怪、若有所思焉。

驻足鹿野苑，未闻呦呦鸣。但见灵踪在，遥想曾传灯。
法轮初转日，长夜飘爝萤。娓娓解脱道，循循缘起经。
苦修五比丘，蓦然梦寐醒。佛法僧三宝，同将大纛擎。
圣教何其盛，光芒逾长庚。浩劫不速至，回教犁其庭。

顷刻化灰烟，岂亦属冥冥。拆迁无朝夕，官祸甚于兵。
僧院存残址，堆叠四五层。阿育石柱断，敕戒留碑铭。
四狮空昂首，咆哮忆峥嵘。唯有达美克，孤独叹伶仃。
周身俱雕塑，无言诉枯荣。所幸法王塔，遗迹擅令名。
舍利现世界，佛像显安宁。冷眼观今古，历史难变更。
蓝天碧如洗，绿草杂繁英。僧俗来顶礼，法脉今又赓。

其四　王舍城

　　王舍城乃古印度摩揭陀国都城，今印度比哈尔邦底赖雅附近。相传摩揭陀国国力强盛，于恒河十六国独树一帜，王舍城亦为恒河一带文化中心。佛陀成等正觉前，曾造访王舍城，并师事附近二禅师研习禅定。佛陀初转法轮成功，化度外道告捷，欲以此城为常住之地，遂率千余弟子再入此城。平时游历传教，雨季安居弘法，凡经十余雨季。佛陀早期重要入室弟子舍利弗、目犍连、大迦叶等均皈依于此，恶弟子提婆达多觊觎佛位、分裂教团之首次"破僧"事件亦发生于此。其地仍有七叶窟、竹林精舍、灵鹫山说法台、耆婆芒果园精舍、阿阇世王佛塔诸遗址。竹林精舍居城内，又称迦兰陀竹园，系佛教首座精舍。灵鹫山居城外，简称灵山，上有佛陀说法台。七叶窟为佛陀寂灭后，大迦叶针对分裂言论，组织五百僧，首次结集之地。佛教原始经典《律藏》与《阿含经》等，均为此次结集所出。

莫谓何寥廓，昔年惊天竺。恒河十六邦，王舍文最笃。
尝师二沙门，在此习禅牍。既获无上慧，更使外道服。
千人成浩荡，终究去而复。弘法十余季，往略不一足。
佛塔旧址存，池水依然绿。迦兰陀竹园，精舍称首筑。

静修破俗尘，青竹犹簇簇。灵山说法台，奥赜传眇穆。
山径洞穴寂，巨岩鹫喙突。闻道恶弟子，曾欲另立纛。
破僧衒阋墙，影响非短促。释尊初寂灭，又呼解缚束。
值此危难际，迦叶挺身出。招徕五百僧，结集七叶窟。
拈花微笑时，早已获衣钵。故能如是闻，字字似珠玉。
三藏经律论，法弘长明烛。吟罢有所思，前行更肃肃。

其五　拘尸那揭罗

拘尸那揭罗亦译"俱尸那"等，古印度末罗国都城，约当今印度联合邦之迦夏城。相传佛陀八十岁，于该城郊外娑罗树下涅槃，有遗嘱与遗偈传世。其地仍有娑罗树、卧佛殿、大涅槃塔、安迦罗塔诸遗址。原娑罗树已不存，今卧佛殿前所见二树属新植替代品。卧佛殿又称大涅槃寺，内有六尺卧佛塑像一尊，观赏角度不同，塑像表情亦异。大涅槃塔前身即玄奘所见"阿育王所造之塔"。塔下曾出土铜盘，上有铭文，可证年代久远。安迦罗塔为佛陀荼毗处，当时远近送别信众甚夥；仪式完成，又发生八王争舍利之举，幸得平安解决。

一入无尘境，弘法志益坚。游历毋栖止，意兴未阑珊。
难免老病苦，二三子凋残。行至俱尸那，八旬心力殚。
夜宿娑罗林，终将遗嘱宣：精勤不放逸，无常皆因缘；
法戒以为师，正道自可传。其语虽断续，其言却不刊。
巨星陨落时，此夜月独圆。今看卧佛殿，花香伴烛烟。
安怡枕右手，侧身面西天。窗牖光影移，尊像幻容颜。
又有涅槃塔，覆钵何巍然。但知岁月迥，铭文记铜盘。
佛陀荼毗处，园林花木繁。遥想送别时，远近皆攀援。

八王争舍利，禅风亦漫延。盛衰具史乘，淹久亦难湮。
休说万千劫，人生步履艰。遗偈予智慧，当裨心地宽。

其六　那烂陀寺

那烂陀意译"施无厌"，古印度摩揭陀国王舍城东名寺，今印度比哈尔巴腊贡附近。相传佛陀曾于此处安居说法。佛陀高弟舍利弗亦于此诞生及圆寂。然该寺出现较晚，约当西元五世纪，并为古印度最宏大之佛寺与佛教最高学府。其最负盛名之主持，为号称"正法藏"之戒贤。唐僧玄奘在此求学多年，即以戒贤为师。该地曾产大如乌豆、饭香百步之"供大人米"，系专供国王与大德，玄奘亦得此厚遇，每日可得米一升，其时全寺受此殊遇者不过十人。后亦毁于回教东征，仅存若干寺塔遗址及铜、石佛像等。考古人员已发掘出一座九层楼建筑、六座寺庙及十二座僧院，现仍在继续发掘中。今之那烂陀大学，存有得之中国的清代雍正朝汉文大藏经。中国政府又捐资于那烂陀附近修建玄奘纪念堂。二〇〇六年，中国国家主席胡锦涛又将玄奘于摩揭陀国所摹佛足印拓本转赠那烂陀寺。

苍苍阿育树，辉辉古遗址。遥想施无厌，当年何瑰玮。
宝台如星列，琼楼似岳峙。伽蓝何其众，此寺屈一指。
戒贤正法藏，唐僧大人米。名师二千人，高弟万余子。
修习重博通，辩论穷至理。今行废墟间，沧桑感尺咫。
柱廊可来回，僧院犹栉比。天井向昊空，圣殿瑞光弥。
智慧舍利弗，灵塔极高峛。奇幻佛本生，繁复雕饰美。
眼前残垣迹，脚底伤痛史。遽尔一炬灾，又罹回教毁。

岂是旦暮间，风光长已矣？要在势已颓，佛法渐失旨。
梵学近又兴，轮回泰代否。雍正大藏经，西归还真髓。
玄奘纪念堂，友好充节使。仍有佛足印，尘世祈祥祉。

二〇〇九年四月

贺新郎·印度那烂陀寺遗址怀玄奘法师①

踽踽穿关隘。更何堪、流沙穷漠，雪山苍霭。漫漫行程当五万，百国看过千态。可记得、身边险殆？西土取经求真谛，但虔虔、心正皆无碍。十七载、不曾懈。　　博闻强识何超迈！想依稀、香花幢相，象舆华盖。那烂陀中惊才辩，曲女城头风概。又译事、弘传梵呗。最是精神如瑰宝，看古遗、仿佛唐僧在。凭吊处、思澎湃。

二〇〇九年四月

【注】

① 中国唐代高僧玄奘赴印度求法，前后十七年，历经百余国，行程五万余里，其间，曾赴印度著名佛学中心那烂陀寺学习五年。今那烂陀寺遗址附近有中国政府捐资兴建之玄奘纪念堂。

贺新郎·小驻尼泊尔怀思乾隆朝廓尔喀之役

往事犹堪忆。保金瓯、岂容侵扰，劲师迎击。冰雪征程多少阻，捣穴擒渠破敌。生与死、山青血碧。雄主禁城飞谕旨，更洞幽、善后须长策[①]。勋业在、珠峰立。　　睦邻今日寻陈迹。道蜿蜒、龙兴之地，殿孤田瘠。骁勇亦曾图霸业，一旦恚然冰释。谁记得，弯刀往昔。塔庙未随时月改，但依然、有众欣和辑。廓尔喀、漫寻绎[②]。

二〇〇九年四月

【注】

① 廓尔喀即今之尼泊尔。乾隆皇帝"十全武功"，即含两次征伐廓尔喀。其时廓尔喀侵扰后藏，洗劫扎什伦布寺。乾隆五十六年，福康安率军讨伐，乾隆皇帝要求"捣穴擒渠"，清军打入距阳布（今加德满都）仅二十里地，廓王请降，签写"永不犯藏"之甘结。战后，清廷颁行《藏内善后章程二十九条》，强化中央对西藏地方之管理。

② 廓尔喀今为尼泊尔中部城市，系十八世纪以来尼泊尔统治者沙阿王朝发祥地。一九九〇年，比兰德国王宣布准备接受君主立宪制，二〇〇六年恢复民主制度，结束沙阿王朝长达二百余年之统治。余小驻尼泊尔，曾专程赴廓尔喀县，瞻览廓王发迹遗址。

菩萨蛮·武功五咏

公元两千零九年清明节回陕祭黄帝陵，武功县委书记孙亚政君邀余往彼县览胜，因有武功之行。武功古为有邰地，文物斐然，名人辈出。拟小词五阕，略志行止。

其一　后稷①

生民早慧知耘耨，秬秠穈芑邰之亩②。往事岂湮埋？今登教稼台。　　幸而终未弃，且迈文明履。今日更峥嵘，赫然农技城。

其二　苏武③

陵园欣看三春景，令人遥想胡天迥。北海忍饥寒，那堪十九年。　　一心持汉节，双眼长安月。斯世竞蝇营，常怀苏子卿。

其三　苏蕙④

璇玑五彩情丝纤，超今迈古回文锦。千百转柔肠，果然兰蕙香。　　飞光幽韵迥，何处孤坟影？熠熠有余辉，名闻苏绘衣。

其四　李世民⑤

　　杂花蔓草禅家院，兀然一塔旋胡燕。报本已留踪，孰知庆善宫？　　悬弧为济世，提剑酬吾志。今日再弯弓，无劳歌大风⑥。

其五　康海⑦

　　麦田荒冢依稀在，祠堂寂寞空文采。负义肆中山⑧，状元终寡欢。　　林泉三十载，易辙创天籁。自乐演新腔，文章与并芳。

二〇〇九年四月

【注】

① 后稷为古代周族始祖，相传为有邰氏之女姜嫄踏巨人足迹而生，因一度被弃，故初名"弃"。长而好农耕，尧举为农官，舜封之于邰，始号后稷，主管农事，教民稼穑。武功现有后稷祠、教稼台等遗迹。二十世纪三十年代，武功杨陵成立西北农林专科学校，于右任先生曾任校长。杨陵现为全国农业科技中心。

②《诗·大雅·生民》系周人记始祖后稷诞生及种植五谷之什，中云："维秬维秠，维穈维芑。恒之秬秠，是获是亩。恒之穈芑，是任是负。"

③ 汉苏武墓位于武功镇龙门村，代有封修，现墓前犹有清乾隆年间陕西巡抚毕沅书"汉典属国苏公墓"碑。一九七九年列为陕西省重点文物保护单位。

④ 苏蕙字若兰，善属文，十六国前秦陈留令武功苏道质第三女，嫁扶风窦滔为妻。《晋书·列女·窦滔妻苏氏传》载："滔，

符坚时为秦州刺史，被徙流沙，苏氏思之，织锦为回文旋图诗以赠滔。宛转循环以读之，词甚凄婉，凡八百四十字。"后人称为《璇玑图》。唐武则天《织锦回文记》谓苏蕙"才情之妙，超今迈古"。近年武功县多有以"若兰""苏绘"等为品牌之工艺品问世。

⑤ 唐太宗李世民，隋开皇十八年生于武功李渊别宅。李渊即位，改别宅为庆善宫，后废为慈德寺，即今报本寺。《武功县志》载："报本寺，高祖别宅也，在武功县北门外。世传唐太宗为其母太穆（窦）皇后建，故名报本。"今存李世民《冬狩》《过旧宅》《幸庆善宫》等与武功有关诗五首。

⑥ 李世民《过旧宅》："八表文同轨，无劳歌大风。"

⑦ 康海字德涵，号对山，武功浒西庄人，明弘治十五年状元，授翰林院修撰，为"前七子"之一。武宗正德三年，李梦阳下狱，求海相救，海转求宦官刘瑾，不日梦阳得释。后刘瑾事发，海以同乡受株连，削职为民，终老林泉，李梦阳未曾进一言相救。海有感于此，乃作杂剧《中山狼》，谴责忘恩负义之人。后创办康家自乐班，又与鄠县王九思共创"康王腔"，于康家班基础上组建之张家班，活动长达五百年，对秦腔艺术发展贡献颇大。海著《对山集》、编纂《武功县志》，亦颇受赞誉，均收入《四库全书》。《武功县志》明清时皆推为第一。

⑧ 清蒋士铨《桂林霜·完忠》："不思报再造之洪恩，转欲肆中山之反噬。"

二〇〇九年四月廿三日

踏莎行·张仃先生"丘壑独存"绘画展①

脱颖申城，展才延阜，而今石屋萧然叟②。云霞过眼自峥嵘，豪情犹有茶当酒。　　学重它山，艺轻株守，东西融合看浑厚。晚来焦墨一枝新，胸中丘壑尤深秀。

二〇〇九年四月

【注】

① 张仃先生，中国当代著名国画家、漫画家、壁画家，曾任中央工艺美术学院院长。

② 张仃先生青年居上海即以漫画驰名，后赴延安鲁艺执教，现居京西某山沟，屋为乱石所砌。先生别号"它山"，编有《它山文集》。

清平乐·题胡介宇《胡杨礼赞》油画

夏披绿冠，秋尽金光灿。待到寒冬犹劲健，一曲胡杨礼赞。　　茫茫瀚海奇珍，悠悠天地精魂。长卷雄姿毕现，满堂顿觉清芬。

二〇〇九年四月三十日

题《汉藏交融——金铜佛像集粹》①

怒目低眉看种种，慈悲为念此心同。

慧根岂辨华夷界，宝相堪融汉藏风。

且证文明嬗演史，仍窥艺事去来踪。

今朝诸佛一堂萃，盛会当应谢李公。

二〇〇九年五月二十二日

【注】

① 《汉藏交融——金铜佛像集萃》由王家鹏、沈卫荣编著，中华书局二〇〇九年出版。该书精选了李巍先生收藏的金铜佛像，并将这批金铜佛像放回到元、明、清时代中央政府对西藏的管辖与治理、汉传佛教与藏传佛教交流的大背景中逐件考证，个案研究，对汉藏两种佛教造像艺术风格的渗透和交融，进行新的探索和发掘。

满江红·影集《高天厚土——印象青藏高原》出版自题①

荒漠阑干，休只道、雪峰沙碛。回眸处、恁多生趣，静看秀色。五彩经幡天地迥，一川水草牛羊积。更伽蓝、迤逦梵音传，晨而夕。　　莽寥廓，曾幸陟。烟与雨，今留迹。竟年年漫记，不期成帙。樽酒摩娑消鄙吝，杯茶体味摅胸臆。归去来、犹是梦魂中，闻羌笛。

二〇〇九年八月

【注】

① 《高天厚土——印象青藏高原》，郑欣淼著，吉林美术出版社
　　二〇〇九年出版。

减字木兰花·单演义先生百年诞辰

　　爬罗剔抉，不惜工夫铸寸铁。尔雅温文，
千丈红尘忆德醇。　　春风桃李，鲁学欣多千里
骥。承教难忘，唾玉咳珠回味长^①。

　　　　　　　　　　　二〇〇九年八月二十五日

【注】

① 单演义先生长期执教于西北大学，二十世纪八十年代曾招收
　　"鲁迅研究"专业研究生，后多成长为鲁迅研究及中国文化研
　　究名家，作者亦曾向先生请益。

腾冲行　八首

其一

　　余甫至保山，即获当地考古学家耿德铭先生所赠《哀牢国与
哀牢文化》大著，其中对出土铜案及石斧等颇有研究。东汉明帝
永平十二年(西元六十九年)，哀牢王柳貌率种人内属，设立永昌
郡，奠定吾国西南疆域。腾冲属古哀牢国腹地，郡治哀牢县即在
腾冲。余九年前曾考察永昌郡城遗址。

　　哀牢踪迹费寻求，铜案斑污石斧幽。
　　内属迄今无限事，郡城犹见水东流。

其二

从保山市驱车到腾冲。

> 烟树参差三五村，层岚迭翠远红尘。
> 蜿蜒直上高黎贡，好看滇西磈礧云。

其三

腾冲有民办"滇西抗战博物馆"，收藏相关文物五千余件，殊为难得。余参观并敲钟以示警诫。

> 惨烈滇西唱大风，五千文物见遗踪。
> 匹夫心事系家国，我亦肃然三扣钟。

其四

和顺古名阳温暾村，因有河顺乡流过，遂改名"和（河）顺"。

> 一河冉冉顺乡行，轻棹沿洄入画屏。
> 莲动鸭惊摇茂草，撩人还在洗衣亭。

其五

参观和顺民居，弯楼子、李氏祠堂皆为重要建筑。

> 临水依山巧运思，但惊瑰宝掩边陲。
> 精微自数弯楼子，占尽风光是李祠。

其六

热海洗浴。

蒸腾热海盛名扬，浴德澡身俱未忘。
待到黑甜无梦幻，明皇应悔幸骊汤。

其七

登小空山，观火山口。

巨口朝天似问天，山崩地坼几多年？
老天意匠如神化，腾越奇观自万千。

其八

参观北海湿地。该湿地属"漂浮状苔草沼泽湿地"，大片草
毯漂浮水面，可割成草筏，载人划行。

兼葭泽渚两相间，红褪绿深云雾川。
白鹭当空犹自舞，穿梭草筏地行仙。

二〇〇九年八月三十日

减字木兰花·卡地亚珍宝艺术①

清辉含吐，五凤楼头人似堵。雅韵丰神，
瑰宝沧桑记旧痕。　　欧风栩栩，融汇五洲留片
羽。皇室彬彬，敢望推陈更出新。

二〇〇九年九月四日

【注】

① 故宫博物院于二〇〇九年九月在故宫午门展厅举办了法国"卡
地亚珍宝艺术展"。

台北纪行　二十首

余于二〇〇九年三月初曾回访台北故宫博物院，商谈两院交
流合作事宜。同年十月初，又有台湾之行，专程出席两岸故宫联办
"雍正——清世宗文物大展"开幕式。其间参与多项活动，堪称风
尘碌碌，行色匆匆。兹拟俚句二十首，聊记见闻，并抒所感。

其一

十月五日，由北京乘机直赴台北，出席雍正大展开幕式，距
三月初回访台北故宫，仅七阅月耳，仍下榻圆山饭店九〇六房。

今又凌虚宝岛行，风云幻化看沧溟。
别来半载凭栏处，无恙圆山依旧青。

其二

同日晚宴后，两岸故宫会商，新交流合作事项遂告确定。

人自风流气自雄，大河滚滚总朝东。
瞬间织就天孙锦，千里还须跬步功。

其三

十月六日午后，出席媒体招待会，余以"春华秋实"四字，概括两岸故宫交流成果。

犹记春华烂漫时，而今秋实满桠枝。
果然好雨如期至，敢忘殷勤谨护持。

其四

媒体招待会，两岸故宫互赠礼物，北京故宫所赠为《清乾隆朝满文大藏经》，台北故宫所赠为《清康熙朝藏文龙藏经》，二书均为清代具有重要历史研究价值之大型佛教经典。

喜见清宫梵荚传，殷殷互赠亦为缘。
同生宏愿慈航渡，当有人间兜率天。

其五

　　同日晚，举行雍正展开幕式。展室大门，由两岸故宫院长同时按钮开启，宣告展览开始。

　　　　已是年来望眼穿，殊珍至宝本骈连。
　　　　大门徐启看雍正，盛世鸿泥总斐然。

其六

　　雍正大展，展出两岸故宫珍品凡二百四十六件，内有北京故宫提供多幅行乐图，系雍正皇帝作僧道儒及西洋绅士诸种扮相，为人所关注。

　　　　片羽吉光惊绝殊，君王才艺探骊珠。
　　　　此心九曲谁能识？扮相试看行乐图。

其七

　　十月七日，赴宜兰县，参观罗东林业文化园区，有昔年窄铁轨、小火车、贮木池等。

　　　　波光柳色两依依，此地空余贮木池。
　　　　寂寞闲花侵旧轨，轻悠白鹭展芳姿。

其八

同日稍晚，观赏二〇〇九亚太艺术节"在水之湄"展，及老挝、柬埔寨民间歌舞。艺术节为宜兰台湾传统艺术中心举办，主题为"湄公河传奇"。湄公河发源于青海省，中国境内称澜沧江，流入中南半岛称湄公河，经缅甸、泰国、老挝、柬埔寨、越南等国入海，全长四千八百八十公里，为亚洲最重要跨国水系之一。

澜沧江到水之湄，万里滋濡万里怡。
莫道伊哑难索解，轻歌曼舞已迷痴。

其九

同日稍晚，参观宜兰台湾传统艺术中心所办之台湾民间艺术展览。

中华民艺百花繁，台岛风情自竞妍。
谨向诸君三致意，绵绵一脉赖薪传。

其十

余提出"故宫学"已七年，拙作《故宫与故宫学》繁体版由台湾远流出版公司出版。十月八日午后，远流公司于台北华山创意文化园区举办该书发表会。

鼓吹七载起波澜，笔翰磨人鬓已斑。
我愿诸公多顾念，故宫之学显瀛寰。

其十一

新书发表会，组织者邀请台湾京剧艺术家李宝春与新生代演员黄宇琳演出《四郎探母》"坐宫"唱段，并特邀台湾茶道文化、清香斋主持人谢致璋女士筹办茶座，以京剧雅集与茶道清鉴祝贺新书出版。

丰神秀质令名扬，袅袅余音尚绕梁。
更有香斋谢女士，品茶论道胜飞觞。

其十二

新书发表会后，赴台北诚品书店购书。诚品书店全天二十四小时营业，顾客络绎，名声颇大，亦为一般来台旅游者必到之处。

琅函宝笈播斯文，一店临街洗俗尘。
最是夜阑风助雨，匆匆犹有购书人。

其十三

十月九日，赴台湾政治大学演讲，按约定时间早到半小时，余云："到早了。"文学院周院长连声答："不早不早，已晚了六十年。"

直似桃源世外天，秋云翠麓小河潺。
一声答问心头暖，今我迟来六十年。

其十四

余于台湾政治大学舜文大讲堂以"故宫与故宫学"为题发表演讲，听者甚众，其中且有比丘尼。

故宫深蕴说瑰奇，新命旧邦多所思。
环座莘莘皆学子，凝神还有比丘尼。

其十五

同日下午，拜访李敖先生。李先生曾于二〇〇六年向北京故宫捐献文物。余此次赠先生《韩熙载夜宴图》复制品，先生则赠余台湾七十年代影印《山谷老人书赠其甥雅州张大同卷》（张大千藏品）一函二册，并于其上题"山谷内外 =欣淼永藏"八字，暗嵌余赠先生《紫禁内外》《天府永藏》二书书名。

万卷琳琅绝蠹埃，久违今我进书斋。
咳珠唾玉幸承教，又看题词八斗才。

其十六

庄灵先生为故宫前辈庄尚严先生公子、著名摄影家，曾与余就故宫南迁文物诸事书信往还，此次有幸相会。同日稍晚，庄灵先生携来一批故宫南迁文物资料，欲捐北京故宫，内有一幅贵阳华严洞素描，为当年管理南迁文物刘先生所绘，尤为珍贵者，系后附题跋唱和约二十余则，长达十余米，作者多为文化名人。

诗文唱和竞风流，彩笔已将光景留。
杜宇声中黔洞月，忍教我辈忆前俦。

其十七

张光宾先生今年九旬有三，少时即以书画崭露头角，后入台北故宫服务，仍攻中国古代书画，成果颇丰，于台湾书画界亦有相当影响。此次先生特别托人将其一部论文集、两部书画集为赠。

少时名已动江关，荏苒故宫披寸丹。
虽憾无缘悭一面，三书读罢气如檀。

其十八

十月十日，参观莹玮艺术博物馆。该馆展出皆为翡翠制品，系馆长亲自雕制，构思新奇，据云曾获台北故宫原院长秦孝仪先生指导。

晶莹玮烨亦奇珍，翡翠兰苕追鬼神。
自是秦公曾巧度，匠心用处总求新。

其十九

余甫由台返京，即获台湾高雄寄来一已装裱画作，画面为余与周功鑫院长同捧台北故宫图片。经联系得知，作者刘姮妤女士为职业画家。

一波难阻梦魂通，尤有故宫为彩虹。
不负遥遥画师意，船行何惧打头风。

其二十

　　回京不久，香港饶宗颐先生之婿邓先生来访，谓饶先生托带口信，祝贺两岸故宫成功交流，并望持之以恒，再接再厉。

　　饶公口信感吾侪，细数年来意绪稠。
　　前路风霜焉可卜？嗟余小子不回头。

二〇〇九年十月二十日

高阳台·清宫梵音

　　佛日楼高，雨花阁峻，菩提双树葱茏①。黄教西来，梵音漫绕清宫。莫言唐卡多精妙，更堪看、造像神工。想当时、法鼓金铙，共祝时雍。　　平边绥远兴邦策，有喇嘛之说，一振昏聋②。禹甸泱泱，江河万里宗东。从来前事明如鉴，岂只供、凭吊遗踪？愿今朝、中外攻研，藏学兴隆③。

二〇〇九年十月十六日

【注】
① 故宫佛日楼、雨花阁皆清宫佛堂，今犹保存完好；英华殿前有两株明代菩提树，亦青翠茂密。
② 乾隆帝于乾隆五十七年（一七九二年）御制《喇嘛说》一文，阐明对喇嘛教即藏传佛教之政策，强调"兴黄教即所以安众蒙古"之重要性，高屋建瓴，意义深远。
③ 故宫博物院藏传佛教文物研究中心于二〇〇九年十月成立，延聘了一批中外著名的藏学研究专家、学者。

高阳台·宫廷

殿陛鸣蛩，薨标凝露，禁垣御柳含烟。触目沧桑，几多岁月痕斑。明清一部宫闱志，但惊心、拍遍栏干。更曾经、参斗尘寰，社稷江山。　　寸砖尺木风云染，况深幽大阙，疑案谜团。国宝琳琅，曾经多少藏传？千门万户皆存史，待究研、莫使沉湮。喜群贤、重幕层开，当铸宏篇①。

二〇〇九年十月二十日

【注】

① 为加强宫廷文化研究，故宫博物院于二〇〇九年十月成立了明清宫廷史研究中心。

行香子·己丑暮秋，同学欢聚渭南华都酒店，小词记之

秋色漫弥，故土和熙。更佳日、当尽盈卮。豪情虽减，谈舌难羁。记骊山梦，华山愿，燕山思。　　岁月如诗，世事如棋。亦曾经、英发雄姿。而今花甲，衰鬓难欺。看杯中酒，笑中泪，话中痴。

二〇〇九年十月二十五日

蝶恋花·生朝

西历十一月一日为余六十二岁生朝，是日寒潮突袭，京城大雪。

又是一年秋色暮。存问声中，枯坐迎初度。壮不如人今更悟，斜阳衰草崦嵫路。　　怪底寒潮来突兀，匝地漫天，仿佛梨花舞。紫禁银装堪返顾，征衫待浣淄尘污。

二〇〇九年十一月一日
丁丑年九月十五日

浣溪沙·读马凯同志《心声集》

天下安危系庙堂，兴怀馀事付吟囊。又看新集贵洛阳。　　豪气如虹三尺剑，柔情似水九回肠。心声心画见心香。

二〇〇九年十一月二十日

浣溪沙·秦腔晋京演出观感　五首

　　五十年前，陕西秦腔晋京演出，轰动一时。二〇〇九年十一月中浣，陕西秦腔文化周又在京隆重举办，近千演员先后登台，折子、本戏，现代、古典，秦腔、郿鄠，精彩纷呈，极一时之盛。余有幸连看三场，情不能已，遂填《浣溪沙》五阕，聊记观感。

其一

　　搏髀弹筝肝胆倾①，秦王击缶善秦声②，梨园青史亦峥嵘。　　梆子源流凭远溯，康乾花雅自相争③。至今犹忆魏长生④。

其二

　　五十年前曾晋京，彩腔板路九天萦⑤，者番雅韵更琼琤。　　渭水俊才夸伎艺，燕山瑞雪喜逢迎。千人今日尽倾情。

其三

　　古调逢时当独弹，新笙歌里旧衣冠，移风易俗着先鞭⑥。　　经典常闻三滴血，宫商每练四更天。满堂喝彩入云端。

其四

秋燕七旬尚朗然⑦，摄魂一句艳阳天，依稀
春野柳含烟。　　台上功夫求象外，曲中韵味忘
情间。黄公词翰忆乡贤⑧。

其五

莫叹人生桥路弯⑨，须知世事本难全，氍毹
弦管演悲欢。　　高义直如山伟峻，至情终得月
团圆。欷歔我亦泪衣沾。

二〇〇九年十一月廿四日

【注】

① 李斯《谏逐客书》："夫击瓮叩缶，弹筝搏髀，而歌呼呜呜快耳者，
真秦之声也。"

② 《史记·廉颇蔺相如列传》："蔺相如前曰：'赵王窃闻秦王善
为秦声，请奏盆缶秦王，以相娱乐。'……相如顾召赵御史书曰：
'某年月日，秦王为赵王击缶。'"

③ 有清康乾中，雅（昆曲）、花（地方戏）二部有所谓"花雅之
争"，秦腔终占上风。后秦腔流衍影响，成梆子戏之祖。

④ 乾隆中期，秦腔名伶魏长生于都下演出《滚楼》一剧，饰主
角苗赛花，轰动京辇。

⑤ 秦腔唱腔为板式变化体，"板路""彩腔"二部为其构成要素。

⑥ 一九一二年西安成立易俗社，系著名秦腔科班，宗旨为"移
风易俗，辅助社会"。一九二四年暑期鲁迅先生莅临西安讲学，
曾观看演出，并为易俗社题"古调独弹"匾额。

⑦《梁秋燕》为二十世纪五十年代新编大型眉户剧，反映婚姻自由，梁秋燕由李瑞芳饰演，风靡大西北半个世纪。李瑞芳现已七十五岁，此次仍来京登台清唱，嗓音柔美，令人惊叹。

⑧《梁秋燕》剧本为敝县黄俊耀先生创作，黄为著名秦腔剧作家，已辞世多年。

⑨ 渭南市剧团演出现代秦腔剧《桥弯弯，月圆圆》，反映社会伦理，曲折动人，观众落泪者甚多。

鹧鸪天·曾昭燏先生百年

寂寞孤坟山一隅，百年风雨悼前驱。李庄早已才情展，苍洱更教意气舒。　　长短句，雅深书，旧文遗稿史班姑。中心谁解千千结？灵谷塔旁长叹嘘①。

二〇〇九年十一月二十六日

【注】

① 曾昭燏先生（一九〇九至一九六四），中国著名女考古学家和博物馆学家。一九三七年获英国伦敦大学考古学硕士学位。抗战全面爆发后回国，曾任四川李庄中央博物院筹备处代理总干事，并参加云南苍洱考古发掘，诗词、书法亦颇有造诣。一九五〇年任南京博物院副院长，一九五五年任院长。为第二届全国政协委员，第三届全国人大代表。一九六四年从南京灵谷寺塔上纵身跳下，享年五十五岁。

鹧鸪天·夜读李煜

灯下轻吟神会时，沈腰潘鬓貌依稀。双螺长思人空老，一梦浮生乌夜啼。　　辞庙泪，虏臣唏，僝僽最是在芳菲。锦心至性通今古，千载不磨后主词。

二〇〇九年十一月二十七日

鹧鸪天·南唐二陵

雾漫冬山净野氛，南唐往事尚留痕。千年文韵秦淮水，三代兴亡钟阜尘。　　荒径冷，藓苔侵，俑人零落伴晨昏。二陵莫道俱萧瑟，何处更寻后主魂①？

二〇〇九年十一月二十七日

【注】

① 南唐，五代十国之一，凡三十九年，三代君主。二陵为先主李昇永陵、中主李璟顺陵。宋兵破金陵，后主李煜被虏至汴京，两年后中毒卒，墓已不存。

蝶恋花·青海同事小聚

　　难得一年重晤面，寒禁京华，指动高原馔。八秩尹公欣拇战①，飞觞快意谈锋健。　　我亦滥竽青藏线，日月山雄，油菜湖边灿。梦里常将时物挽，渐衰筋力犹能饭。

二〇〇九年十一月二十八日

【注】

① 尹公，指尹克升同志，曾任中共青海省委书记。

西江月·题芷兰斋

　　既讶芷斋缃素①，又惊天禄琳琅②。牙签玉轴墨犹香，坐拥何妨自王？　　穷竭卅年兀兀，欣成二酉洋洋。京华人海觅行藏，谁识先生草莽！

二〇〇九年十二月四日

【注】

① 韦力先生为当代中国著名古籍善本收藏家，有宋元版典籍若干，庋藏之所一名"芷兰斋"。

② 韦力先生又藏有清宫散佚图书若干，其中"天禄琳琅"数种尤为珍贵。

悼王世襄先生

锦心锦翰锦灰珍，博物风云老斫轮。
感念平生无限事，此身曾是故宫人。

二〇〇九年十二月四日

鹧鸪天·故宫学海

气象看来总万千，短章宏制尽斐然。青襟多
露峥嵘角，皓首更成济溺篇①。　　三大殿，五
阶禅②，紫垣攻读亦艰难。故宫学海无涯涘，敢
掣鲸鱼翻碧澜。

二〇〇九年十二月二十九日

【注】
① 为总结故宫博物院科研成果，表彰近二十年来在科研工作中
做出突出贡献的专家、学者，营造良好科研氛围，推动博物
馆事业全面发展，故宫博物院对一九九一至二〇〇八年的科
研成果进行评奖，评选出获奖作品六十个，其中荣誉著作奖
二个、最佳类奖十一个、优秀类奖四十七个，涉及五十七个
个人和集体。二〇〇九年十二月二十九日召开了颁奖大会。
② 据唐宗密《禅源诸诠集都序》卷一记载：佛教禅宗将修禅分
为五个阶次，即外道禅、凡夫禅、小乘禅、大乘禅、最上乘禅，
由浅入深，循序渐进。

紫垣集

己丑 選堂題

（下）

和熊召政迎春诗　二首

庚寅年新正元日及初三，召政先生手机发来诗二首，步韵奉答。

其一

箫鼓东风春悄然，京华犹见起寒烟。
先生荆楚迎新岁，雄句自当惊四筵。

初二晚

其二

春来已觉步蹁跹，爆竹连天凝紫烟。
莫道长安不眠夜，九州处处是琼筵。

初三午后

附　熊召政诗

其一

殿前御柳知春至，起舞婆娑扫雪烟。
旧阙每添新气象，一廊一馆一华筵。

元日晨七时

其二

故人一念思悠然，身在江南伴柳烟。
问我此时何所忆？文华殿里读经筵。

初三晨

千秋岁·谢辰生先生八十八寿辰

九州奔走，文脉殷勤守。真卫士，痴心叟。正颜陈病弊，薄海蒲牢吼。多少事，沧桑过目成渊薮。　　二竖何曾疚，斗室休言陋。欣八八，人如旧。热肠搜秀句，衷愫为公寿。今更约，期颐再祝流霞酒。

二〇一〇年三月

北京海棠诗会① 四首

其一

身家御苑岂寻常，更有胭脂态万方。
莫道高墙遮秀色，花开几度见沧桑。

其二

今日寻春春已深，海棠花盛又轻阴。
三杯未过饶诗兴，且看骚人共朗吟。

其三

蕊凝珠露树凝烟，丽质盈盈正可怜。

才见蝶蜂来去舞，随风绛雪落筵前。

其四

无端暮雨洒云天，犹自惜花魂梦牵。

一夜红英殆无恙，明朝日出更嫣妍。

二〇一〇年四月二十五日

【注】

① 此次诗会，于中央新闻纪录电影制片厂数株海棠树下举行。据云此处海棠系由颐和园移来。

少华山

谷雨春色遍，少华绿披纷。

峪道深且阻，坡闲野草侵。

漆树叶滴翠，龙柏播芳馨。

花间穿蛱蝶，鸦雀送好音。

飞瀑连幽湫，坠露沁无尘。

野飧农家乐，朵颐皆山珍。

忽想九纹龙，何处史家村①？

二〇一〇年五月一日

【注】

① 《水浒传》开篇，言九纹龙史进家在少华山附近史家村。当然此为小说家言了。

和熊召政读《丑牛集》诗 二首

召政先生读余《丑牛集》，赋得二首见示，原韵奉和。

其一

谁遣身为孺子牛，自嘲杞虑敢优游？
手中秃管眼前事，一样心波见事由。

其二

难忘最是月当楼，莫问尘间春与秋。
忽发诗魔伴天籁，清香一室有茶瓯。

二〇一〇年五月六日

附 熊召政诗

读欣淼先生《丑牛集》赋得 二首

其一

欣看人间一丑牛，春花秋月伴翱游。
几多尘事融诗境，直与东风竞自由。

其二

风扫前阶雨洗楼，何人闲处读春秋？
慕君不惮诗翁苦，尽采烟霞铸锦瓯。

召政于武汉梨园
二〇一〇年五月一日

白居易诞辰一二三九年

唐白居易为陕西渭南下邽人，今渭南举办纪念诗人诞辰一二三九年活动，谨赋此律，以襄盛事。

骚魂千古大名垂，膴膴下邽犹可追。
乐府新声兼讽谕①，江州旧事尚嘘唏。
昔时域外惊佳句，今日寰中逞远思。
最是故园常入梦，渭川芳草正离离。

二〇一〇年五月十八日

【注】
① 《旧唐书·白居易传》：“题为《新乐府》者，共一百五十首，谓之讽谕诗。”

读熊召政《闲庐诗稿》　二首

其一

闲人自合有闲庐，闲里行吟意更殊。

鸿爪东西多少事，一襟清胜气凝珠。

其二

羡君琴剑恁风流，楚水燕山漫去留。

锦绣诗肠良史识，轻讴一例自清遒。

二〇一〇年五月

出席中华诗词学会第三次全国会员代表大会感赋　五首

其一

禹甸兴吟曾几时？诗骚并峙衍瑰奇。

云峰烟水三唐律，铁板珠喉两宋词。

无尽韶光留采笔，有涯尘世记幽思。

故园风雅煌煌史，戛玉敲金有慜遗。

其二

一自狂飙起域中，痛教诗国毁黄钟。
吟坛惯见生荒草，骚客忍闻鸣暗蛩。
今古中西鸡鹿塞，精华糟粕马牛风。
十年最是不堪忆，折桂摧兰嗟懵憧。

其三

终到霾除晓色开，菁华岂可久湮埋。
江山已待掣鲸手，时世方期倚马才。
九曲潜流腾细浪，三春古木伴芳埃。
悠绵文脉今赓续，欣看神州竞放怀。

其四

兀然一会自嶙嶙，弹指廿年思旧尘①。
正本坫坛寻坠绪，滋人兰畹继真醇。
休拈破帽呻吟语，但索锦肠金石音。
满树繁枝犹有待，殷勤鼓吹更耕耘。

其五

刚惜京华春事迟，欣逢盛会绿偏肥。

九州生气凤凰笔，千古文心瑰玮词。

耆彦正声犹俊健，霸才高格自嵚崎。

忝移前座惭惶甚，诗运中兴何敢辞。

二〇一〇年六月

【注】

① 中华诗词学会成立已廿三年。

和刘云山同志致中华诗词学会第三次全国会员代表大会诗

吟坛孟夏响黄钟，情自沛然才自雄。

大块从来多丽藻，更迎时雨快哉风。

附　刘云山诗

致中华诗词学会第三次代表大会

江山有幸诗人幸，文运当凭国运兴。

盛世何必喧箫鼓，清辞丽赋唱雅风。

和马凯同志贺中华诗词学会第三
次全国会员代表大会诗

才到骚人兴会时，便翻杨柳万千枝。
江山依旧酬佳句，兰畹尤兼雨露滋。

附　马凯诗

写在中华诗词学会第三次全国会员代表大会召开之际

又是春风染绿时，唐松宋柏吐新枝。
缘何叶茂参天立，赖有根深沃野滋。

和马凯同志贺中华诗词学会成立
二十周年诗

回首廿年风雨稠，多情难共水长流。
诸公才调今超昔，馀子襟怀放胜收。
唯有琢磨珠玉在，岂无唱和胆肝留。
清时原本重觞咏，携手同登百尺楼。

附　马凯诗

贺中华诗词学会成立二十周年

漫卷吟旗岁月稠，今声古韵共风流。
情如心曲清泉涌，境赖眼独画笔收。
炼字无痕雕饰去，求新有味自然留。
引吭盛世砭时弊，翘首诗坛更上楼。

千秋岁·徐邦达先生百岁华诞

声名播早，海上先知晓。米氏韵，苏公调。
丹青山水远，赏鉴壶天妙。多少事，期颐回首堪
谈笑。　　只眼看珍宝，健笔言深奥。十六卷，
传精要。宫城犹壮伟，桃李欣繁茂。无量寿，风
华不老星辉耀。

二〇一〇年五月

和熊召政端午诗

端午获召政先生诗，时在京郊，菜园翠绿，风雨又作，感而
和焉。

耀眼榴花角黍香，小园犹自蝶蜂忙。
遥思鼓棹龙舟竞，风雨声中入梦乡。

附　熊召政诗

端午节车过汨罗题诗并寄欣淼院长

岸畔丛丛艾叶香，汨罗水上竞舟忙。

诗人乘愿归来否，一路青葱到故乡。

召政于粤汉高速列车上

农历五月初五

木兰花慢·大高玄殿

二〇一〇年六月十一日，部队与故宫签约，交还占用六十年之大高玄殿古建筑，即俗称"三座门"者。六月二十四日午后，余进殿考察，赋此以为纪念。

旧时西苑地，门三座，禁犹深[①]。想羽服黄冠，科仪祝读，斋醮晨昏。青词懋中称旨[②]，况难能符水幸仲文[③]。祈雨求晴扰攘，宫闱多少烟云。　悠悠往事未沉湮，且觅梦中痕。看庑殿重檐，琉璃剥蚀，草木荒侵。天圆地方静立[④]，尚依稀藻井慰行人[⑤]。甲子方成完璧，故宫今又逢辰。

二〇一〇年六月

【注】

① 大高玄殿始建明嘉靖二十一年（一五四二），为明清皇室从事道教活动及奉焚修、祈雨雪之所在。

② 袁炜,字懋中,明世宗时以擅撰青词得宠,时有"青词宰相"之诮。
③ 陶仲文,明世宗宠信之道士,擅符水之术。
④ 大高玄殿有象征天圆地方之建筑,名曰乾元阁、坤贞宇。
⑤ 大高玄殿惟藻井保存状况尚可。

南歌子·沈鹏先生八十寿辰

沈鹏先生八秩华诞,晓川公(周笃文先生)以《南歌子》一阕见示并嘱和,遂步原玉,兼申贺忱。

鹤发神犹旺,童心气必清。尧天舜地祝遐龄,杖履春风谁谓日西倾?　　四海书坛骋,三馀吟草成。沈家标格世皆惊,君子自强不负洗心经①。

二〇一〇年六月廿九日晚于北戴河全国政协干部培训中心

【注】
①《周易·系辞传》有"圣人以此洗心"句,故《易经》又称《洗心经》。

附　周笃文词

南歌子·寿鹏公八十

诗品东阳逸,襟怀秋月清。八方瑞气庆椿龄,喜见蟠桃寿酒两同倾。　　今代无双士,龙头属老成。挥毫墨浪九州惊,胜似黄庭初写换鹅经。

满江红·"温故知新：重走故宫文物南迁路"南京考察感赋

烽火南迁，胡氛炽，撼天一幕。根脉计，故宫文物，万方倾瞩。辗转写成山水册，守藏谱就风雷曲。且回眸，高义薄长空，犹流馥。　　浦口站，新草绿①；轮渡处，江波逐②。更当年旧库，颓颜仍矗③。白下城屠玄武咽，国琛魂系神州肃。叹木箱，历历迹痕深，堪追述！

二〇一〇年六月

【注】

① 浦口站为一九三三年故宫文物运抵南京时之车站，该站至今保存且仍在使用。

② 铁路轮渡遗址位于下关区老江口五十七号，基本保留完整。一九三七年西迁北路之七二八七箱文物经此沿津浦线北上。

③ 为存放故宫南迁文物，一九三六年修成朝天宫保存库，库内至今仍有二千余箱南迁文物暂存。

满江红·贵州华严洞①

净土华严，看多少，尘间诸色。幽洞里，护藏勋业，亦曾深匿。阆苑缥缃穷地徙，子规魂魄荒陬泣。似今时，树茂读书山，犹清寂。　　淞沪月，桴海笛②；灵麓燹③，黔中碧。忆播迁国宝，匹夫当责。沥胆庄公饶雅兴④，正身马老留残墨⑤。但长嗟，惊世故宫人，风云迹。

二○一○年六月

【注】

① 贵州安顺读书山华严洞，故宫第一批西迁文物曾于此存放，长达六年之久。

② 故宫文物尝于一九三五年由英国军舰护送，赴英参加"伦敦中国艺术国际博览会"。

③ 此批文物西迁，曾存放于湖南大学图书馆，搬迁不久，图书馆即被日机炸毁。

④ 庄公指庄严，时为安顺办事处主任，尝云："居安顺时，余好题名，每一登临，必有爪痕。"

⑤ 马老指院长马衡，庄严尝记："卅二年叔平（马衡字）师因事至安小住月余，一日酒后忽发奇想，老头子竟攀梯登三丈许，亟崖大书百余字，可作纪念。"今题词犹可辨识。

贺新郎·凤阳明中都皇故城遗址

濠上龙兴地。大明朝、中都紫禁，尽销王气。颓落午门寻威势，坛殿残基次第。待指点，高墙遗址①。雕石劫余犹横竖，绿波摇、稻菽添生意。披夕照，护城水。　　逝川渺渺烟云碎。但规橅、北京宫阙，已相承继。雄略当推朱皇帝，荒馑偏多桑梓。花鼓响，声声和泪。山野蒹葭仍如旧，晓风催、换却人间世。恁独树，小岗帜②！

二〇一〇年六月

【注】

① 中都皇城东侧建有"高墙"，尝多达五十八宅，专门禁锢朱明皇室罪犯。清代以后遂废，仅有遗址存焉。

② 一九七八年十二月，凤阳县梨园公社严岗大队小岗生产队于全县率先实行农业大包干到户责任制，揭开中国农村改革序幕。

读《杨万瑛先生回忆录》

岂少人生十八滩，朝华晚叶亦回甘。
翻书便觉清清气，草野原存方寸间。

二〇一〇年七月

读李永谦同志《风雨年华》

　　李永谦同志曾任陕西省澄城县政协办公室主任，二十世纪七十年代与余为澄城县委宣传部同事，同在当时县委的"县长楼"住宿办公。此楼为民国时期建筑物，西式风格，据云已拆除，颇多感慨。

古稀凝一帙，踪迹亦崚嶒。

故里迎风柏，长天沐雨鹰。

寸心原可剖，逸兴恰才腾。

楼小今安在？宁忘子夜灯。

二〇一〇年八月一日

榆林行　四首

其一　飞机上俯视榆林

沙白草尤绿，风高秋未衰。

古来征战地，原是锦霞堆。

三代长城老，九边台堡嵬①。

澄湖涵雁影，塞上画图开。

其二　榆林古城

扰扰市声漫，弈棋街一隅。

垣砖藏轶事，楼阁迤通衢。

曾羡桃花水②，今看康乐图。

婆娑两行树，柳茂却无榆③。

其三　榆林展览馆

别来情不禁，何处旧痕寻？
榆塞腾奇彩，驼城传好音④。
晴川遮草树，暗壑蕴珍琛。
最是流沙固，典型牛玉琴⑤。

其四　榆林民间歌舞晚会

青青崖畔树，群壑绕珠喉。
心逐长河壮，声弥荒碛遒。
慨悲筘鼓曲，亢美信天游。
今又重吟对，歌诗岁月稠⑥。

二〇一〇年八月

【注】

① 榆林今存战国魏及汉、明三代长城。九边又称九镇，明朝弘
治年间在北部边境沿长城防线陆续设立的九个军事重镇，榆
林为其中之一。

② 榆林城有井水，常用之于人皮肤有益，人称"桃花水"。

③ 榆林以广植榆树得名，现今多柳。

④ 榆林城又名驼城。

⑤ 牛玉琴为上世纪八十年代著名治沙模范。

⑥ 榆林市诗词学会工作活跃，近年积极开展创作活动，颇见成效。

临江仙·与原陕西省委研究室诸老相聚

难得别来相会聚，几杯便已微醺。座中莫道俱惛惛。亦曾风雨起，劲笔动三秦。　　耄耋何妨思万仞，今番却感温文。此心一濯自无尘。青山明夕照，不作白头吟。

二〇一〇年八月二十五日

浣溪沙·悼王荣祥同志

一九八五年余在陕西省志丹县周河乡蹲点，王荣祥同志时任乡党委书记，后任志丹县委副书记，常有联系，不幸于二〇一〇年因糖尿病引起的综合症逝世。

执手西京已断肠，俱知痼疾在膏肓，乍闻噩耗亦难当。　　陌上曾寻杨柳色，村头惯听野山腔。廿年旧事怎能忘？

二〇一〇年八月

千秋岁·答和范曾先生述怀词

范曾先生荣获法兰西骑士勋章，以词述怀，并嘱和，因次韵以答。

　　放怀吟啸，总是心相照。盛世景，清平调。殊荣来异域，高处堪临眺。当记得，曾经风雨曾经诮。　　湖海犹光耀，岂必依廊庙？且莫道，流萤爝。舒毫醖墨彩，我自拈花笑。凝目处，诗思种种烟云绕。

二〇一〇年九月四日

附　范曾词

千秋岁

九月九日获法兰西最高荣誉军团骑士勋章述怀

　　登高长啸，晔晔朝阳照。环宇奏，宫商调。故园添胜迹，骑士欣遐眺。休再问，风流总被无端诮。　　今见心旌耀，盛誉归宗庙。狐鼠辈，朝天爝。诗人飞斝饮，谈士挥毫笑。从今后，祥云瑞霭神骢绕。

和张福有《三谒问心碑》诗

　　吉林公主岭怀德镇有清末《问心碑》，张福有先生撰《三谒问心碑》诗，遵嘱步韵奉和。

文物昭融何处寻？时人竞说此官箴。
但期怀德留恩德，还望问心存素心。
兀尔一碑心矫矫，卓然数语意深深。
今当欲海横流日，亭下徘徊尤敬钦。

二〇一〇年九月十一日

附　张福有诗

三谒问心碑

客岁风光岭上寻，吟旌指处赋成箴。
清官无愧石怀德，勤政有方人问心。
未息铁肩忧责重，漫挥诗笔挚情深。
以碑为镜鉴今古，天地悠悠俯仰钦。

霍松林先生九十寿辰①

今日骚坛有白眉，犹能策杖唱新词。
思连海岳唐音阁②，意适田园陶令篱。
陇右风高多凛烈，秦中文盛独瑰奇。
我今遥献九如颂，预卜期颐敬寿卮。

二○一○年九月

【注】
① 霍松林，一九二一年九月生，甘肃天水人。著名的中国古典
文学专家、文艺理论家、诗人。一九五一年赴陕执教至今，
曾任陕西师范大学文学研究所所长，中华诗词学会顾问。
② 霍松林先生有《唐音阁诗词集》刊行。

附　霍松林和诗

次韵酬谢郑欣淼先生

瑶笺读罢已舒眉，觊寿犹颁绝妙词。
恰值望京依北斗①，欣闻回陕访东篱。
昌诗目醉群花艳②，博物胸罗旷世奇③。
翘盼重阳来赏菊，共对南山举酒卮。

【原注】
① 老杜《秋兴》句："每依南斗望京华。"
② 欣淼先生任中华诗词学会会长。
③ 欣淼先生任故宫博物院院长。

浣溪沙·中秋

庚寅中秋之夕，与家人欢聚恺庐酒家。

耿耿天河万古光，今宵对月且盈觞，清风珠露送新凉。　　圆缺安心思自远，蛰螫悦耳兴偏长。漫看孙女捉迷藏。

二〇一〇年九月二十二日

读牟玲生同志《躬行集——我的回忆录》①

履迹遥遥记却新，华编捧读麝兰芬。
少年烽火伏波志，壮岁琴书异域云②。
陕北曾商治沙计，汉中续写送穷文。
躬行笃谨今犹昔，高谊长存我忆君。

二〇一〇年九月二十四日

【注】
① 牟玲生为陕西扶风人，曾任中共陕西省委副书记，主管农村工作。
② 牟玲生上世纪五十年代初曾在前苏联留学。

蝶恋花·太和邀月①

玉露金风秋色绮，三五良宵，素魄清如洗。学士诗佳成祖喜②，清宫亦有东山祭③。　　　圆缺岂关兴与替？尘世熙平，总是殷殷意。天降银辉弥殿陛，太和邀月同倾醴。

二〇一〇年九月二十六日

【注】

① 从二〇〇六年至二〇一〇年，每当中秋月圆之际，由故宫博物院与中国美术家协会、中国书法家协会联合主办"太和邀月"招待会，清词丽句，彩笔妙墨，共创诗文书画艺术与古老宫殿交相辉映的盛世佳境。

② 《万历野获编》载：永乐中，上于中秋开宴，月为云掩，命学士解缙赋诗，因口占《落梅风》以进。上大喜，复命以此意赋长歌。半夜月复明，上大喜曰："才子，可谓夺天手段也！"此事又见《七修类稿》，情节稍有出入。

③ 《礼记》载：天子春朝日，秋夕月；朝日以朝，夕月以夕。《中国宫廷文化大辞典》等载：清宫亦恒于中秋之夜，选某一宫苑（以乾清宫为多），向东摆一屏风，其前设八仙桌，供月饼并时令瓜果等，月出东山，燃香行祭礼。盖渊源有自焉。

鹧鸪天·永宣文物

凤阙秋深又启扉，大明雅韵小钩稽。史家乐道永宣治，艺士愿言文物熙。　　台阁体，御窑瓷，铜炉身世费猜疑。动情最是回宫像[①]，驻足还看帝笔奇[②]。

二〇一〇年九月二十六日

【注】

① 作为明代历史上颇有作为的帝王，永乐、洪熙、宣德三朝皇帝（一四〇三至一四三五年）所施行的一系列大政国策，使当时的明朝成为遥领世界之先的东方强国，对后来中国历史的发展演进产生了深远的影响。明代前期宫廷文化艺术多姿多彩，取得了令后世瞩目的成就。故宫博物院于二〇一〇年九月底在午门举办"明永乐宣德文物特展"，展品有铜鎏金观音立像，高一米四六，加座通高二米二，为永乐帝钦赐青海瞿昙寺旧物。

② 展品有宣德帝创作山水人物画。宣德帝工书画，故宫藏其作品多幅。

唐山　四首

其一　唐山印象

昔日东征地，今犹闻马嘶[①]。
莫言经劫难，信道重和熙。

花散滦津色②，树含燕赵姿。
枕山抱海处，且赏画中诗。

其二　南湖公园

初暾穿晓雾，风静曲栏烟。
五岛酿秋色，九湖呈夏妍。
棹歌传远近，鸥舞见斜偏。
昨者吁荒秽，今朝变乐园③。

其三　开滦煤矿

神州名早著，矿业着先鞭。
攘夺风云起，折冲国运牵。
嗟哉伤痛史，快矣奋强篇。
井架仍无语，慨然思万千④。

其四　唐山抗震纪念馆

创痛一何巨，逡巡多触枨。
大悲生大勇，真爱有真情。
旧劫痕犹在，新图貌已更。
凤凰虽寂灭，浴火又重生⑤。

二〇一〇年九月

【注】

① 相传唐太宗两次东征，均屯兵于今唐山市区之大城山，赐山姓唐，为唐山得名之始。

② 清末唐山因矿业发达，相对富庶，有"小天津"之称。今"引滦入津"工程亦始于此。

③ 南湖公园之南湖，由五小岛、九小湖组成，面积为杭州西湖两倍。该地原为采煤塌陷区，十余年前实施生态绿化工程，现为颇负盛名之休闲娱乐场所。

④ 开滦煤矿原为开平、滦州二煤矿，《清史稿·食货志五》矿政条早有记载，后合并为开滦煤矿，为列强争夺之所。

⑤ 相传唐山城曾有凤凰歇息，故有凤凰山，又名凤凰城。

鹧鸪天·冯其庸先生八十八寿辰暨《冯其庸文集》出版

余受邀出席冯其庸先生八十八寿辰暨《冯其庸文集》出版会，因出差不克亲往，谨奉小词祝贺。

重九登临四望收，淡如黄菊自清道。痴心已在荣宁府，逸气还留瓜饭楼①。　　天际梦，浪中鸥，犹堪大阪记西游②。煌煌緗帙名山业，好景人生玉露秋。

二〇一〇年十月十日

【注】

① 冯其庸先生为著名红学家，斋名"瓜饭楼"。

② 冯其庸先生晚年曾追随唐玄奘取经足迹，翻越新疆及中亚的高山大坂。

鹧鸪天·罗哲文先生从事文物工作七十年

　　皓首回眸履迹深，李庄风雨北京尘①。冲冠一怒遗珍护，凝目三思文脉存。　　欣摄影，喜长吟，人生况味自缤纷。八旬犹负千钧重，时现神州不老身。

二〇一〇年十月十日

【注】

① 罗哲文先生，中国古建筑学家，国家文物局古建筑专家组组长，原中国文物研究所所长。抗战时营造学社迁于四川宜宾李庄，罗哲文于一九四〇年进入中国营造学社，师从著名古建筑学家梁思成、刘敦桢等。

定风波·重阳

　　萧瑟秋风淡淡云，登临可见远山痕。斜雁一行天际去，心许，重阳触目更消魂。　　衰鬓凋颜君莫笑，人老，也堪回首忆芳辰。黄菊浮卮长短句，清趣，不应辜负苦吟身。

二〇一〇年十月十六日

登大雁塔

别来廿载正重阳①，雁塔登临放眼量。
犹见关河唐气象，更思陵阙汉文章。
蹉跎春月天难老，萧瑟秋风叶渐黄。
我亦怀忧非旷士②，但惭无有济时方。

二〇一〇年十月十六日

【注】

① 一九九一年十一月，余曾陪客人登大雁塔；二〇一〇年重阳节，
余参加第四届长安雅集活动，再次登临。

② 杜甫《同诸公登慈恩寺塔》："自非旷士怀，登兹翻百忧。"

念奴娇·武当山 二首

二〇一〇年十月末，余承湖北诗词学会罗辉先生等陪同，又有
武当之行。罗先生以《念奴娇》二阕见示，今步原韵，以为酬答。

其一

巍巍太岳，有凌霄天柱，千峰环立。俯瞰河山
如带砺，雄胜世间难觅。北接函关，西连蜀道，唯
叹冥冥力。云霞缥缈，个中多少幽秘？ 想尹喜
归栖，阴生求隐，真武曾翔逸。果是甲兵神道佑？
玄教又崇新脉①。洞壑烟霞，观宫紫气，虚室斯生
白。殷殷成祖，帝王心事谁述？

其二

　　又凌绝顶，更撼怀寓目，猗欤文物。皇室道场多胜概，堪比太和高阙。蹬道迂回，垣墙广绕，往谢凭谁说？几多惆怅，残秋枯草黄叶。　　犹记初次登临，前番远眺，今者尤萦结。恰见四方阴霭布，一刹飘飘凉雪。山畔青松，岩边艳菊，不忍匆匆别。红尘轻浣，静心应对斜月。

二〇一〇年十月

【注】

① 明成祖朱棣在夺取皇位后，大肆宣扬和神化玄帝在"靖难之役"中的庇佑功能，加封玄帝为北极镇天真武玄天上帝，并调动军民三十余万人，修建武当山道观。

附　罗辉词

念奴娇

其一　咏武当山

　　武当山上，见峰朝金顶，四周躬立。造化无声生圣境，引得有心寻觅。栖木乌鸦，连云宫殿，太极千钧力。阴阳鱼里，一图多少神秘①？　　遥忆朱棣黄袍，风寒辇路，入梦难安逸。欲借道家传妙语，凝聚九州人脉。流水潺潺，炊烟袅袅，何事难清白？玉盘圆缺，是非今古评述！

其二　陪同中华诗词学会领导登金顶感赋

陟高携手，咏武当仙境，漫山风物。七十二峰朝大顶，齐拜玄都金阙。太子坡前，太和宫里，自古多传说。千秋银杏，欲将心事题叶。　　薄暮凝目烟岚，如画如诗，脉脉情千结。一步凌空腾紫气，引得晚来飞雪。灵菊银妆，神鸦素裹，胜景难辞别②。道崇清静，涧流相伴明月。

【原注】

① 阴阳鱼句：即指太极图。

② 灵菊：指大理菊，它仅在金顶周围生长，深秋怒放。神鸦：武当山多乌鸦，并将其称为"神鸦"。

念奴娇·明显陵

红墙掩映，更川平山缓，无边衰草。内外罗城存气象，谁识个中玄奥？涵影明塘，萦河九曲，神道如龙绕。祾恩遗址①，惹人思绪多少！　　漫想嗣主追尊，争仪执礼，上下三年拗。杖责当廷飞血肉，方有显陵崇耀②。一刹沧桑，断残垣壁，犹可寻鸿爪。我今访古，寂然纯德秋杪。

二〇一〇年十月

【注】

① 明显陵在今湖北钟祥纯德山下，系嘉靖帝为其父兴献王所建造，祾恩殿为陵内主要建筑，毁于明末李自成起义。

② 明嘉靖帝是以藩王身份继大统，即位后，下令礼臣议其生父兴献王朱祐杬尊号。朝臣中出现意见对立的两派，争论长达三年。嘉靖三年（一五二四）四月，嘉靖令将固争的大臣一百三十四人下狱，廷杖而死者十六人。九月，尊孝宗为皇伯考，其生父献皇帝为皇考。史称"大礼议"。

浣溪沙·耿宝昌先生赠字

耿宝昌先生书"博爱"二字相赠，盖有寓意焉，谨以小词答谢。

　　埏埴风云一柱擎，人生有幸对青莹，依依弥老故宫情。　　眼底功夫惊宇甸，腹中锦绣岂明清①？但怀爱意自如冰。

二〇一〇年十月

【注】

① 耿宝昌先生为著名瓷器研究大家，有《明清瓷器鉴定》等著作出版。

水龙吟·秋游富春江

富春百里风烟，萧萧秋色来天际。苍茫迭
嶂，晴明岸树，沙洲禽戏。勋业孙郎，高风严
子，郁家兰蕙①。看古今雅韵，山川人物，浑无
尽，澄波里。　　美景自应沉醉。有宏图，大痴
曾绘②。笔凌畦径，思通造化，赫然神似。聚讼
纷纭，难分真赝，笑贻清帝③。更藏传轶话，烬
余合璧④，岂冥冥意？

二〇一〇年十一月

【注】

① 孙权，字仲谋，吴郡富春（今富阳）人，孙坚次子，终成三
　国孙吴帝业。严光，字子陵，与光武帝同学，光武帝建立后
　汉，召为谏议大夫，不就，隐于富春山中。郁达夫，富阳县
　人，现代著名作家兼革命者，其兄郁华为人刚正，同情革命，
　三十年代末遭暗杀。
② 黄公望，字子久，号一峰，又号大痴道人，元山水画家，所画《富
　春山居图》，后人誉为"画中兰亭"。
③ 清宫先后入藏子明、无用师二本《富春山居图》，乾隆帝谓子
　明本为真，无用师本为赝，该图真赝之辩自此而起。今之论
　者多谓子明本为赝，无用师本为真。
④ 相传《富春山居图》之无用师本清初为云起楼主人旧藏，藏者
　临终欲以该本相殉，取以付火，为戚属抢出，自着火处剪去一段，
　即后来浙江省博物馆所藏之《剩山图》。据传台北故宫藏无用
　师本与浙藏《剩山图》将于二〇一一年于台北合璧展出。

访台纪事 十首

其一

台北故宫博物院于二〇一〇年十月八日至十二月二十六日，举办"文艺绍兴——南宋艺术与文化特展"，余十二月二日下午参观该展。七日午时，周功鑫院长于三希堂宴请，冯明珠副院长谓菜肴中有新开发之"南宋菜"。

文艺绍兴文脉流，铜瓷书画任勾留。

嘉肴更有名南宋，千里遥思楼外楼。

其二

十二月三日午前，参观台北县三峡镇长福街。其地存有众多日据时代建筑物，建于清代之三峡祖师庙尤为著名，内有石柱百余根，精雕细刻，世所瞩目。

店肆长廊俱比邻，寻痕访旧尽游人。

天工雕镂祖师庙，香火犹看意笃纯。

其三

十二月三日午后，参观一零一大厦。大厦高耸入云，可供远眺，不由怀想于右任先生之《望大陆》诗。先生乃陕西三原人。

兀然大厦入云天，四望茫茫人欲仙。

但使三原髯老在，凭栏当酿望乡篇。

其四

一九九五年十月，余赴美考察访问月余，其间，经介绍，尝赴纽约某台胞夫妇家作客。该夫妇现返台北，知余来台，十二月三日晚，专程到余下榻处叙谈。

异域飞舷当有缘，浮生尘事未如烟。
谁知一十五年后，小叙圆山岁暮天。

其五

十二月五日晨，游花莲县七星潭。其地实无潭，惟东临太平洋，有海滩，滩上尽是碎石，中有奇石，远近闻名，现已禁止游客带石出境。

但见汪洋未有潭，早潮飞浪意犹酣。
上天偏是多恩眷，乱石海边神韵涵。

其六

十二月五日午前，游太鲁阁公园。

路回九曲谷深幽，太鲁纵横烟嶂稠。
已觉平添阳健气，陶情还在小溪流。

其七

十二月六日午前，游日月潭。日月潭地区乃绍族人居住地，而拉鲁岛为邵族人祖灵地。日月潭之得名，乃因潭面以拉鲁岛为界，东边形似"日"轮，西边形似"月"钩也。

> 朦胧烟水最多情，曙色熹微奇境生。
> 更上绍人拉鲁岛，荻花苍树小船轻。

其八

十二月六日午时，参观中台禅寺。老和尚惟觉招待代表团一行午餐，又陪同参观寺院博物馆。

> 不见三门不见坛，摩天金顶众山环。
> 禅风习习中台寺，文物昭彰佛迹斑。

其九

十二月七日午前，游台北国际花卉博览会，参观"梦想""未来"等馆。

> 怪奇俱是地霓裳，锦簇浑如花海洋。
> 但有心花能自放，人生无已梦无央。

其十

　　十二月七日午后，应邀赴台湾新竹清华大学讲演。台湾清大自二〇〇九年秋开设"故宫学概论"课，计入学分，报名、听讲者甚众。当晚，陈力俊校长设宴招待，谓两岸清华大学有友好往来，二〇一一年将共贺百年校庆。朱自清《清华大学第五毕业级级歌》："水木清华，相与徜徉。"

　　清华两岸百年芳，隔海故宫扬耿光。
　　文脉源源相接续，我来新竹亦徜徉。

二〇一〇年十二月

浣溪沙·澳门行纪　四首

其一　郑观应故居"郑家大屋"①

　　大屋百年深巷藏，颓垣残圃记沧桑，风雷曾酿小轩窗。　　盛世当生强国梦，危言不啻济和方。感时何况总蜩螗。

其二　"斗色争艳——故宫藏清代御窑瓷器精品展"开幕

　　又到濠江岁暮时，故宫珍宝月同辉，争奇斗艳御窑瓷。　　陶冶画图呈绝艺②，珐琅彩器见新姿③。欣逢佳日已风靡。

其三　澳门摄影家协会张理事长陪同拍摄民俗风情

浴海初阳别样鲜，码头侵晓市声喧，旧街犹
见岁留斑。　　神像佛龛烟袅袅，老人花树步蹦
蹦。崇楼咫尺两重天。

其四　出席澳门诗词学会"中华诗词与文化外交"高层论坛有感

莫道葡风曾纵横，中华文脉自绳绳，论坛高
见动南溟。　　镜海同声相感应④，濠江雏凤又
嘤鸣。清时能不尽吟情？

二〇一〇年十二月

【注】

① 澳门郑观应故居又称"郑家大屋"。郑观应是清末维新派先驱
思想家和著名实业家，他的《盛世危言》一经问世，朝野震动，
不仅影响了当时的思想界，而且惠及后世。

② 展品有表现陶瓷制作流程之《陶冶图》画册。

③ 清代成功创制珐琅彩、粉彩等新瓷器品类。

④ 澳门有《镜海同声集》一书，为本地七位当代诗词前辈之选集。

母亲逝世三周年述哀并序　四首

　　二〇〇七年，母亲八十大寿，亲朋共贺。是年冬，来京与余兄弟同住。春节前，突发急症，手术两次，药石无功，竟于二〇〇八年二月九日（戊子正月初三）逝世。旋即送灵回故里安葬。一切事发突然，如晴空霹雳，常疑梦寐。三年来，屡拟写诗纪念，终难成篇。值三周年之际，方成小诗四首，以述哀思。

其一

举觞才庆寿，永诀又当辰。
天际难眠月，年关不夜人。
霜欺秦晋道，风肆柳杨津。
郁曲今犹在，书空泪湿巾。

其二

仿佛昨天事，犹疑是梦乡。
三年悲未尽，正月思尤长。
坟上柏方翠，陇头草尚黄。
白云凝伫久，村野固苍茫。

其三

原是持家手，劬劳独自撑。

春荒糊口计，秋肃捣衣声。

儿女千钧重，危艰百事轻。

我今衰鬓日，忆念更伤情。

其四

病榻弥留际，呱呱孙女生；

仰天悲洒泪，堕地喜添丁①。

悲喜自无序，地天原有情。

苍灵催晓色，爆竹听余声。

二〇一一年二月

【注】

① 母亲去世前一周，余孙女姗姗出生；母亲三周年当日清晨，余孙子城城出生。

次韵答冯刚毅先生

待到倾筋鬓已秋，论坛我亦愧全牛①。
幽香原在滋兰畹②，襟抱当生观海楼。
跌宕歌行摅锦思③，腾升濠镜壮鸿猷。
感君最是多清气，快意栖迟浪里鸥。

二〇一一年二月二十六日

【注】

① 冯刚毅先生为中华诗词学会名誉理事、澳门中华诗词学会创
会理事长。二〇一〇年十二月，余应邀赴澳门出席"中华诗
词与文化外交"高层研讨会，与先生相识。

② 刚毅先生号兰海散人，为中华兰文化研究会会长。

③ 刚毅先生诗擅歌行体。

附　冯刚毅原诗

谢郑欣淼诗家惠赠《丑牛集》

荻花吹絮过严秋，午夜挑灯读丑牛。
笔底波峰连宝岛，胸中画卷展龙楼。
学坛翘首瞻贤达，诗国擎旗仰大猷。
镜海识荆匆又别，水云深处怅闲鸥。

题曹安吉《人生往事六十年》①

凝情走笔记华年，回首真如上水船。
一念牵牵应县塔，朔州秋景自堪怜。

二〇一一年四月二十九日

【注】
① 曹安吉同志曾任大同市文物局长，后在应县木塔修复办公室工作。

贺山西编纂张颔先生作品集

张颔先生，著名古文字学家、考古学家，在诗文、书法、篆刻方面也颇有造诣，山西省实验中学拟为先生编纂作品集，邀余作序跋，谨以小诗一首为贺。

河汾风雨老，张子思犹遒。
履展留三晋，盟书著九州。
诗文须铁板，篆刻见银钩。
鲁殿灵光在，江山期俊流。

二〇一一年四月三十日

浣溪沙·张裕艾斐堡酒庄雅集

绿满京城柳絮飞，密云春事正芳菲，欧风小镇在山隈。　健笔书家龙凤笔，锦心吟客雅骚词。酒甘惟少夜光杯。

二〇一一年五月七日

贺新郎·天津梁启超饮冰室

攘攘人间世。看先生、饮冰内热①，寸心如此！振臂一呼存亡策，古国潮汹风起。总不负、维新巨子。幻化政坛沉浮影，护共和、莘莘严泾渭。堪细数，卓而异。　　文章自是千秋事。更曾经、笔锋情愫，九州风靡。又有小楼穷学理，博识浑无涯涘。室若旧、人文高帜。雕像恂恂斜阳暮，正芳春、满院丁香醉。情不断，海河水。

二〇一一年五月

【注】

① 《庄子·人间世》："今吾朝受命而夕饮冰，我其内热欤？"梁氏书斋即得名于此。

贺新郎·天津静园①

今我园中仁。想依稀、俨然行在，往来旁午。兀自孤家还宫梦，一刹当年风雨。犹说是、秋江心绪②。扰扰寇氛灵明昧，堕儿皇、更把终身误。年半百，始惊悟。　　小楼依旧堪回顾。亦喧腾、淑妃革命③，禁中珍贮④。静坐端居知多少⑤？不识潮流难拒。且放眼、春光仍煦。一架藤萝参差影，更院庭、绿树沾飞絮。尘与泡，蝶来去。

二〇一一年五月

【注】

① 静园位于天津市和平区鞍山道七十号，原日租界宫岛街，建于一九二一年，初名乾园，为北洋政府驻日公使陆宗舆宅邸。一九二九年至一九三一年，末代皇帝溥仪于此居住，更名"静园"，寓意"静养浩然之气"。

② 溥仪一九三〇年写有《秋日感怀》诗，中有"心如秋江静"句。

③ 淑妃革命，指溥仪的妃子文绣，于一九二五年八月正式向溥仪提出离婚，最终于一九三一年十月二十五日双方协议离婚的事件。

④ 溥仪当年从故宫盗出去的一千二百余件书画古籍珍品及其他宝物，均存放于天津静园。

⑤ 静园大客厅有对联"静坐观众妙，端居味天和"。

端　午

南熏饶瑞气，节物感明霞。
槐绿百年树，榴红五月花。
艾符情密迩，蒲酒意幽遐。
霜鬓他乡客，犹思陇上麻。

二〇一一年五月十三日

首届中华辞赋北京高峰论坛召开

莫道已成尘，再生如有神。
诗骚觞滥久，班马派流新。
志念凭营构，韶华任饰陈。
诸公高会日，浏亮蓟门春。

二〇一一年五月二十五日

悼徐苹芳先生

盛会方聆教，今闻噩耗惊①。
蜚英传大著，醒世护名城。
纵乏回天力，犹存掷地声。
欣看桃共李，斯道有新赓②。

二〇一一年五月三十日

【注】
① 徐苹芳先生为著名考古学家、国家文物局专家组成员，曾任
中国考古学会理事长，故宫修缮工程专家咨询委员会委员。
五月十一日，故宫修缮工程专家咨询委员会开会，先生尝莅
临指导；二十二日，先生病逝。
② 先生学生散居海内外。近年指导之一韩国女博士，论文为中
国佛教研究，紫禁城出版社正在编印，十一日先生还曾催问，
谓欲亲读校样，不幸竟成遗愿。

悼杜仙洲先生

生年将满百①，回首自无伦。
霜冷长城窟，月明萧寺门。
构堂求蕴理②，梓艺授精魂。
诗是君家事，瑶章我幸存③。

二〇一一年五月三十一日

【注】

① 杜仙洲先生一九一五年生于河北迁安，著名古建筑专家、中国文化遗产研究院教授级高级工程师，九十六岁辞世。
② 肯构肯堂，语出《书·大诰》，原指营缮房屋。
③ 杜甫《宗武生日》有"诗是吾家事"句。余存有仙洲先生赠诗。

中国共产党成立九十周年

匆匆未及浣征尘，又届花开九十春。
忆昔长天换星月，至今大地扫荆榛。
拔山自有千钧力，浴火终成百炼身。
试问生机何郁勃，铁肩筚路总图新。

二〇一一年六月十六日

浣溪沙·聚会小记

　　朋友聚会，酒酣耳热。邹君叙及当年插队巴山深处，与本地某少女渐生情愫，然时乖缘悭，终竟东西；数年后邂逅，女已为人妻，且有二子。邹君今犹忆念不已，遂唱电影歌曲《小芳》一抒心曲，举座为之动容。

　　一曲放喉唱小芳，苍颜老泪不成腔，少年心事自难忘。　　三月巴山明丽景，九秋汉水俭梳妆。重逢犹记费思量。

二〇一一年六月二十六日晚

辛亥百年　四首

其一

破碎山河长夜天，男儿若个肯酣眠。
壮怀沥血民权曲，高志凝魂国粹篇①。
惊起狂飙九万里，喜除专制两千年。
前尘多少随流水，首义武昌金石镌。

其二

果然时势造英雄，泛舸横流求大同。
早建勋名昭日月，更留遗教吐霓虹。

哲思翻解知行论②，博爱恒言天下公。

最是百年回首际，前驱风采念怀中。

其三

匝地干戈较短长，当时国事总蜩螗。

疮痍河岳龙蛇走，憔悴人寰草木伤。

天下纷争真主义，神州苦觅好单方。

从来向背唯民命，红遍遐荒一帜扬。

其四

山河重理换新姿，莫道姗姗来却迟。

百载已圆强国梦，九州又抒展眉诗。

锦程偶遇云中嶂，厄劫每持风里旗。

更有佳音传画卷，富春两岸璧完时。

二〇一一年六月

【注】

① 辛亥革命前，学者欲保国保种，尝力倡"国粹主义"，要"以国粹激动种性，增进爱国热肠"。

② 孙中山先生针对传统"知易行难"说，提出"知难行易"论。

读《杨金亭诗选》

如萍似影记尘踪，齐鲁诗歌别样工①。

好句岂分新与旧，激情总伴雨和风。

怜才搦管青灯下，作嫁为人白首中。

樽酒留欢谁曰老，余霞天半晚尤红。

二〇一一年七月二十六日

【注】

① 杨金亭先生，山东人，笔名若萍、影窗、鲁扬，长期从事诗
　 歌编辑工作，兼擅新、旧体诗，有《虎坊居诗草》传世。

陈烈先生赠《田家英与小莽苍苍斋》①

心志曾期千仞岗，昊天正色莽苍苍②。

庙堂难耐书生气，草野长怀节士伤。

一种根基当马列，三分风骨自浏阳。

不因祸福已身许③，青史犹昭日月光。

二〇一一年六月二十九日

【注】

①《田家英与小莽苍苍斋》，陈烈著，三联书店出版。陈烈现任
　 中国国家博物馆研究员，参加编辑《小莽苍苍斋藏清代学者
　 法书选集》，主编《小莽苍苍斋藏清代学者法书选集续》等。

②《庄子·逍遥游》："天之苍苍，其正色邪。"又："适莽苍者，
　 三飡而返，腹犹果然。"浏阳谭嗣同有"莽苍苍斋"，家英因慕谭，

名其斋曰"小莽苍苍斋"。

③ 是书收"小莽苍苍斋"藏清及近人墨迹图片甚夥，中有陈巨来刻林则徐"苟利国家生死以""敢因祸福避趋之"诗印二方，尤为醒目，家英心志可知矣。

张颔先生赠字

文物考古大家张颔先生书"大象无形"四字，遣哲嗣及学生从太原专程赴京相赠，感荷之余，谨赋小诗致意。

> 汾水秋风意不禁，得书何啻得南金。
>
> 十年未醒华胥梦，九土徒传梁甫吟。
>
> 敢著高情岂秦晋？犹存古道总胸襟。
>
> 都门今已饶清气，阑夜更摩师友箴。

二〇一一年八月二十九日

鹧鸪天·中华诗词研究院成立

> 诗国长河几道湾，华章巨手待评铨。骚坛犹少金针样，史馆今增玉笋班。　宫苑露，鸟巢烟①，京华秋意正新尖。忽闻动地歌吟起，始信心声不等闲。

二〇一一年八月三十日

【注】

① 正在建设中之中华诗词研究院位于鸟巢之旁。

读袁行霈先生赠书四种 四首

其一

四卷洋洋史脉长①，阐幽抉奥葆辉光。
浩茫谁省铭心事？振振声中国学昌。

其二

五字七言回味醇，美文摇曳见天真②。
风流吾爱袁夫子，一种清澄谁与伦？

其三

诗文已见用情深，黄菊东篱风一襟。
影像尤看千百态，殷殷总是慕陶心③。

其四

诗史分明凝百章，月华星彩任徜徉。
怜才更重丈夫气，芒角森然论短长④。

二〇一一年八月三十一日

【注】

① 《中华文明史》，袁行霈先生等主编，凡四卷，北京大学出版社，
二〇〇六年。袁先生又任北大国学研究院院长，力倡振兴国学，
弘扬传统文化。

②《愈庐集》，袁行霈先生撰著，收诗四十七首，文三十一篇，线装书局，二〇〇八年。

③《陶渊明影像——文学史与绘画史之交叉研究》，袁行霈先生撰著，中华书局，二〇〇九年。此前，袁先生已撰著《陶渊明研究》《陶渊明集笺注》并和陶诗若干。

④《论诗绝句一百首》，袁行霈先生撰著，北京大学出版社，二〇一一年。

蝶恋花·故宫黄苗子郁风书画展

百岁光阴今细数，一半晴明，一半风和雨。难得依依濡沫侣，艺天长振差池羽。　　偏是文心多意绪，不尽才思，漫付惊人句。彩墨尤传山水趣，丰神未与桑榆暮。

二〇一一年九月十二日

赠郭永峰等同志　四首

郭永峰等县领导来京，宴聚于西单静雅饭店，叙桑梓之情，致慰释之意，敬赋五律四首奉谢。

其一

情愫自重重，家山念念中。
月华唐塔影，天籁岳楼风。

乡党输诚敬，塬沟忆茂丰。
坐看云雾起，心气已如虹。

其二

"老哥"誉渭北①，斯土一何深！
耿耿立身计，觥觥处世襟。
莫教灵府陋，自是菜根金。
忽看秋风起，且听游子吟。

其三

幽绵意绪遐，世味薄如纱。
岂有忘忧草，还看溅泪花。
暑除金露沁，风爽玉钩斜。
休道三千路，疏林盼暮鸦。

其四

侧身天地间，却顾似登山。
亦见风云色，曾留岁月斑。
已知多阻险，未可顺弯环。
触目崦嵫景，行行敢等闲？

二〇一一年九月二十五日

【注】

① "澄城老哥"，是陕西渭北地区对澄城人文化性格的一种概括，包含着性子倔、说话直、心眼实等特点。

水龙吟·故宫兰亭大展

合教大雅长存，兰亭一序传千古。暮春好景，临流觞咏，晋人风度。信笔行书，骋怀遣兴，直惊天助。看世殊事异，斯文犹在，山阴道，芳如故。　谁识太宗心绪？夕阳中，昭陵无语。唐摹宋刻，乾隆迷醉，情衰碑柱①。浪涌波翻，泽绵恩永，九霄飞羽！正人间盛事，四方神品，午门欣聚。

二〇一一年九月

【注】

① 乾隆皇帝将清宫收藏的唐代虞世南、褚遂良、冯承素等临摹的《兰亭序》帖，以及其他有关《兰亭诗》帖刻在八根石柱上，此即"兰亭八柱"，曾在圆明园"坐石临流"亭，亭中又有"兰亭碑"，碑的正面镂刻有王羲之等文人雅士《兰亭修禊》图，碑阴刻乾隆御笔诗四首。"兰亭八柱"现放置在北京中山公园"景自天成"亭内。

凡尔赛宫　五首

其一

宏丽今犹雄四方，堪当盛世一华章。
休夸砖石金为饰，最负盛名当镜廊①。

其二

卧室东西向太阳②，允文允武不寻常。
依稀风雅宫闱事，尽在昭昭宝物藏。

其三

欧土艺文扬一旌，中华帝国亦峥嵘。
惺惺自是惺惺惜，犹有珍琛任点评③。

其四

风雨皇宫迹已陈，乾旋坤转记犹新④。
人间长叹几多事，片羽尤珍劫后尘⑤。

其五

心中伤痛未磨消，往事分明不觉遥。
此地曾惊华夏梦，天安门涌学生潮⑥。

【注】

① 镜廊即镜厅，系凡尔赛宫著名大厅，一边为十七扇高大拱形窗，一边为四百余小镜片组成之十七大镜面，廊顶为九幅巨型油画与十八幅圆形彩画。

② 凡尔赛宫建筑以东西为轴，南北对称。路易十四以"太阳王"自居，宫内卧室亦正当太阳东西起落轴线。

③ 中国康熙皇帝与法王路易十四同时代，同为幼年继位，同样雄才大略，又同有了解世界之愿望，故曾开创中法两国早期之官方交流。二〇〇四年三月，北京故宫博物院曾于凡尔赛宫博物馆举办《康熙时期艺术展》，二〇〇五年四月，凡尔赛宫博物馆亦曾于北京故宫博物院举办《太阳王路易十四——法国凡尔赛宫珍品特展》。

④ 法国大革命恐怖时期，凡尔赛宫曾被民众多次洗掠，宫殿门窗亦被砸毁拆除；一七九三年，宫内残余艺术品与家具全部运往卢浮宫。一八三三年，奥尔良王朝之路易·菲力普国王始令修复凡尔赛宫，将其改为历史博物馆。

⑤ 凡尔赛宫博物馆着力回收宫中流失家具及艺术品，海外亦有相关组织从事此项工作。

⑥ 第一次世界大战结束，英、法、美、日等国于巴黎召开"和平会议"，并于凡尔赛宫镜厅签署"凡尔赛和约"。中国北洋政府代表团参加和会，提出维护国家主权及利益之要求，为帝国主义国家所拒绝，中国代表团竟欲签字认可，消息传至国内，迅即爆发五四爱国运动。后中国代表团拒绝合约签字。

卢浮宫　四首

其一

博物前驱名久彰，昔时宫殿亦沧桑。
个中瑰品岂三宝①？天下珍稀多庋藏。

其二

卢浮当冠法邦文，流衍难忘拿破仑。
犹记午门珍品展，天骄一代见其魂②。

其三

交通早已史长垂，今看花开又一枝。
欲识深宫紫禁事，卢浮宫里启重扉③。

其四

文化中西共所求，骎骎来往结良俦。
年时才定远图策，今日尤商跬步谋④。

【注】
① 俗以《蒙娜丽莎》画像与《维纳斯》《胜利女神》雕像为卢浮宫镇宫三宝。

② 二〇〇八年四月，故宫博物院于午门举办"卢浮宫·拿破仑
一世展"。

③ 二〇一一年九月二十六日，故宫博物院"重扉轻启——明清
宫廷生活文物展"于卢浮宫开幕。

④ 二〇一〇年十一月四日，故宫博物院与卢浮宫博物馆经中法
两国元首胡锦涛与萨科齐共同见证，正式签署二〇一一至二
〇一五年合作协议。二〇一一年九月二十六日，故宫展览在
卢浮宫开幕当日午时，亨利·卢瓦耶特馆长与余商谈具体落
实协议问题。

莫奈故居　四首

其一

双河相会秀灵钟，到处小村留雪鸿。
干草堆和白杨树，半生光彩捕寻中①。

其二

推窗可见四时佳，只合斑斓度有涯。
画室尚留调色板，忍看苔藓上前阶②。

其三

雾轻露沁自含娇，花圃秋深仍媚娆③。
蛛网尤惊大于尺，几多印象色盘调。

其四

翠树妍花笼野烟，游人倒影小桥偏。
莫家池水无春草，乍醒睡莲犹可怜④。

二〇一一年九月

【注】

① 法国印象派画家莫奈一八八三年卜居于巴黎近郊吉维尼村，
此为爱蒂河与塞纳河会合处。莫奈四十三岁来此，又四十三
年后在此去世。《干草堆》《白杨树》皆是莫奈重要作品，为
吉维尼村景物记录。

② 莫奈故居为一栋三层楼房，今尚保留当年画室及装饰有风俗
画珍藏品之餐室。

③ 莫奈居室前有花园，广种花木，从早春到晚秋，一直色彩斑斓。

④ 莫奈花园有睡莲池塘，池上筑有小桥。莫氏去世前献给法国
政府一套睡莲组画，即写生于此。

马赛马拉歌

　　肯尼亚马赛马拉动物保护区始建于一九六一年，面积一六七二平方公里，系世界最佳野生动物禁猎区之一，亦系世界最大野生哺乳动物家园，拥有九十五种哺乳动物与四百五十种鸟类。

仿佛鸿蒙初开时，皆随狉獉返太古。
低丘平野无边阔，拉马河映夕阳暮。
游目雨霁连天草，疏疏兀立平顶树。
世间犹留处女地，生类陶陶诚乐土。
文质彬彬长颈鹿，野牛徘徊象回顾。
角马此时静如许，当日汹汹同抢渡。
草丛忽窜豺狗辈，树下更听狮子怒。
苍昊秃鹫展劲翮，鸟名秘书自媚妩①。
行行难觅金钱豹，款款惯见蛱蝶舞。
风吹云散牛羊闲，天高地迥不相忤。
尤看雄悍马赛人，红衣荷矛何威武！
天生万物非刍狗，万物熙和应共处。
攘攘休言竞自由，冥冥之中有定数。
日落月出知何年，岚气榛烟凝紫雾。
夜阑众籁俱未寂，天人之道今更悟。

二〇一一年十月

【注】

① 秘书鸟系肯尼亚产之一形态独特之鸟，高近一米，嘴似鹰，腿似鹭，羽毛大部为白色，中间两羽极长，达六十余厘米，仿佛两条白色飘带，头长数根如羽毛笔似灰黑色冠羽，类中世纪帽上插羽笔之书记员，故俗称秘书鸟，学名"鹭鹰"或"蛇鹫"。

卡伦曲　并序

　　参观内罗毕卡伦故居卡伦·布里克森（Karen Blixen　一八八五至一九六二年），丹麦著名女作家，一九一四至一九三一年曾在肯尼亚生活，后回丹麦，一九三七年以其亲历写成小说《走出非洲》（Out Of Africa），并被拍成同名电影。其内罗毕故居亦因此成为肯尼亚著名景点。笔者亦曾参观过卡伦回丹麦后写出《走出非州》的故居，感慨良多。《走出非洲》主人公卡伦原为丹麦富家女，聪慧多情、又慕虚荣，为获男爵夫人之号，而与远在非洲之布里克森男爵结缡。卡伦喜原始森林与野生动物，在此结识英人丹尼斯，丹曾救卡伦于狮口，二人遂成好友。男爵生性放荡，终患梅毒，且传染卡伦，卡伦回丹麦治病，归后男爵已出走，婚姻仅存名分耳。卡伦与丹尼斯来往密切，同游大草原，情愫日深。卡伦独立经营农场，创土著人学校，倾注心血。后咖啡园突遭火灾，几成灰烬，欲与其长相厮守之丹尼斯亦因飞机失事而殒命。经济拮据，爱人长逝，卡伦遂满怀哀怨离开非洲。

莫道虚名误佳人，非洲风物自壮丽。
榛莽可寻桃源津，鸟兽同乐葛天世。
卿本殷实富家裔，背井投荒但率意。
指望共看日升落，良人不淑焚五内。
安知惊魂狮口缘，岂非幽眇上天赐？
心有灵犀恨见晚，从此时光皆旖旎。
绕梁常伴莫扎特，总有好事入梦寐。
凌空难忘飞机上，大野俯瞰更奇伟。
盈盈爱意不可遏，纤手一握两心契。
落落终得须眉尊，殷殷深结土人谊。
蛮荒小试树艺才，巾帼初展经略志。
花开花落日日新，洞天福地乐无已。
果然红颜命乖舛？终见泰去运转否。

一炬焦土咖啡园，苦辛冀幸付流水。
更闻霹雳失所爱，机坠人亡尘土里。
祸福原在刹那间，横祸飞来惊魂褫。
铩羽折返父母邦，怏怏卜居海之澨。
扶疏花木掩层楼，门前沧波云霞蔚。
浪打潮回月轮孤，披衣最是静夜思。
他乡栖处十七春，萦萦岂仅留怨恚？
浩瀚草原赤道雨，开怀平添丈夫气。
艳花茂草葱茏树，始知世间多焕绮。
飞鸢走兽饶生机，民胞物与自同类。
缠绵所爱谱传奇，蚀骨铭心惊天地。
回首当非断肠词，脉脉尤多温情记。
揽镜莫叹朱颜改，拂之难去多少事。
郁积不吐终不快，茕茕搦管道娓娓。
哀感顽艳情何物，书成已贵洛阳纸。
犹有银幕漫演绎，绝唱一曲传遐迩。
自是生前落拓甚，孰料身后名鹊起。
今来非洲访故居，故居依然拥芳翠。
红瓦灰墙犹寂然，蓝天白云雨才洗。
古玩曾见中国风，餐桌空余当年味。
满架图书泽惠远，壁上玉照多风致。
咖啡花园记沧桑，遗物尤感岁月逝。
不变唯有恩贡山，攒绿泼黛势迤逦。
主人对山曾数拳，高高低低连天际。
人去山在忆念深，历历前尘未往矣。
寻常终究不寻常，嗟哉尘间奇女子。

二〇一一年十月

埃塞俄比亚　十首

其一

化石森森印迹踪，熙熙夐古有生丰。
人猿揖别几多事，尽在东非裂谷中^①。

其二

开启尘封岁月遐，可知何处是天涯？
露西此地现身后，四海果然为一家^②。

其三

光耀原来有慧根，溯源身世所罗门。
传闻恍惚尤惊甚，圣玛丽堂约柜存^③。

其四

气吞红海扼西东，虎踞一方跻四雄^④。
零落子遗何处诉？千年霸业晚风中。

其五

方尖碑耸傲穹苍，堪叹文明又一章。
国宝未忘攘夺事，昭昭青史记荒唐^⑤。

其六

片言折服亦因缘，耶教皈依岂偶然⑥。
铁马金戈征半岛⑦，分明遗迹往尘镌。

其七

巧思天工感自多，沧桑犹可见规模。
补天新建圣城志，消息今留约旦河⑧。

其八

教堂独石盛名彰，地下大千尤隐藏⑨。
日月不关兴与废，苔芙波涌菊犹黄⑩。

其九

登临古堡目方恢，文物旧都连翠微。
颓圮莫生衰盛叹，依然帝国有余晖⑪。

其十

我有一箱如杳鹤，归来已带美洲尘⑫。
行囊少后方潇洒，原本累人为自身。

二〇一一年十月

【注】

① 东非大裂谷从东北至西南斜穿埃塞俄比亚国境。考古数据显示，此处曾经历从猿到人之进化全过程，系人类最早发源地。位于首都亚的斯亚贝巴之国家博物馆，亦收藏并展出大量古猿人及其他脊椎动物化石。

② 一九七四年十一月，埃塞俄比亚之阿瓦什河谷考古，发现一具距今三百五十万年前之不完整女性骨骼化石，俗称露西女士。此系当时发现之最早类人猿化石，人类学家皆谓系现代人之共同祖先。此后，又于埃国其他地区及肯尼亚等地发现时代更早之类人猿化石。

③ 埃塞俄比亚有阿克森姆古城遗址。据旧约圣经及埃塞俄比亚圣传记载：阿克森姆国王原系示巴女王与以色列所罗门王所生。示巴女王赴以色列朝拜，与所罗门王有染，回国途中产下一子，名埃布纳·哈基姆（意为智者之子），即后来之孟尼利克一世。埃国所罗门家系即从其开始。相传孟尼利克又赴以色列朝拜，偷走约柜，现存阿克森姆之圣玛丽教堂。

④ 阿克森姆为今埃塞俄比亚之起源，曾为非洲大陆最著名文明古国之一，因都城为阿克森姆而得名。阿国兴起于基督纪元之初，至七世纪为其最繁荣昌盛时期，与同时期之中国、罗马、波斯并列为世界四大强国。

⑤ 方尖碑为阿克森姆文明最突出代表，存世约一百三十余座，均由整块花岗岩雕刻而成。最大者高三十三米，重五百二十吨，现已倒塌。稍次者高二十四米，重约一百五十吨，一九三七年意大利侵埃，墨索里尼下令运回罗马，埃国一直索要，二〇〇五年始归还，现重立于阿克森姆。

⑥ 相传基督教系埃扎纳国王统治时期（三二五至三五五年）传入阿克森姆。初，有弗鲁门蒂乌斯者，出身希腊腓尼基家族，随人赴印度群岛，因船遭袭击，流落至阿克森姆，任王室儿童导

师，对埃扎纳灌输基督教知识及礼仪，埃继任国王后皈依基督教，并使之成为国教，弗氏亦被亚历山大城大主教任命为阿克森姆主教。但据史家研究，阿克森姆信奉基督教，并非仅因弗鲁门蒂乌斯之传教，盖另有商业利益及政治考虑等深层原因。

⑦ 公元六世纪，希姆亚尔犹太国王对佐法尔和奈季兰等基督徒进行大屠杀，阿克森姆国王卡莱布出兵征讨，大获全胜。

⑧ 拉利贝拉之石头教堂系十二及十三世纪基督教文明在埃国繁荣发展之非凡产物，其中十一座教堂已列世界文化遗产名录。据研究：拉利贝拉基督教建筑物有统一规划与整体构想，即旨在再现圣城耶路撒冷面貌。因耶路撒冷于一一八七年为萨拉丁所占，导致第三次十字军东征，香客无法前往朝拜。拉利贝拉之一条溪流被命名为约旦河，一个石制十字架注明此为施洗礼者约翰为耶稣洗礼之处，盖亦缘于此。

⑨ 拉利贝拉教堂多在整块石头上开凿，亦有几个地下教堂。独石教堂矗立于七至十二米深之井状管道中央，在由深沟将高原其他部分与之分离出来之岩石上直接雕刻而成。

⑩ 苔芙为埃塞俄比亚主要粮食品种。埃国有种雏菊，名为马斯卡尔花，金黄色，漫山遍野盛开。

⑪ 贡德尔为埃塞俄比亚旧都及著名历史文化名城。城内有古代宫殿建筑群，包括拱桥、多层塔、城堡、皇宫、教堂等，惟城垣宫殿多有倾颓，状况危殆。

⑫ 作者随带之一行李箱在巴黎托运内罗毕时丢失，在埃塞俄比亚首都亚的斯亚贝巴机场返回北京时始追回，据云辗转数国，最后系从哥伦比亚首都波拿大运来。

减字木兰花·故宫胡焱荣翡翠艺术展

百年好合，并蒂兰苞凭蝶哑。一露甘甜，荷叶凋残秋水含①。　　摄魂刻骨，翠艺今开新格局。莹玮深心，大匠胡公梦已真。

二○一一年十月

【注】

① 二○一一年十月，故宫博物院接受台湾莹玮艺术翡翠文化博物馆馆长胡焱荣捐献作品两件——"百年好合"与"一露甘甜"，并举办"百年好合——胡焱荣翡翠艺术展"。

贺新郎·梅岭古道

梅岭何奇崛！更雄关、扼喉抚背，楚天南粤。十万秦兵存迹否？开凿唐功尤烈①。念往昔、阛阓踵接。野草休看侵古道，石阶残、多少风云阅。天地转，几时月？　　擅名梅国梅堪说②。一枝春、红梅如火，白梅如雪。迁客流人梅折处，留得诗中凝血。又遍诵、将军三阕③。隐隐粉云苞正孕，老干枝、商略冲寒发。且骋望，自心热。

二○一一年十月

【注】

① 梅岭即大庾岭，当赣、粤交界处。唐开元年间，岭南道按察选补使张九龄尝在此开凿岭南驿道。

② 梅岭多梅，号称"梅国"。
③ 二十世纪三十年代，陈毅在油山、梅岭坚持三年游击战，写
　有《梅岭三章》。

贺新郎·南华禅寺

　　千古禅门史。别新宗、明心见性，觉醒凭
己。眼底本来无一物，顿悟当多理趣。鼎革力、
獦獠一偈①。夺法死生刀剑影，大庾巅、直似传奇
类②。衣钵继、叶枝累。　　今来幸谒曹溪水。早
蜚声、卅年弘法，宝林扬旆③。两树菩提婆娑绿，
七进深深名寺。瞻宝物、南禅迹履。六祖肃然真
身像，更阿罗、尽说雕工最④。般若在，晚钟里。

二○一一年十月

【注】
① 《坛经》：弘忍责惠能："汝是岭南人，又是獦獠，若为堪作佛？"
　惠能答弘忍："人即有南北，佛性即无南北。獦獠身与和尚不同，
　佛性有何差别？"
② 《坛经》中记有"大庾岭夺法"事件。
③ 南华禅寺，南朝梁武帝天监元年（公元五○二年）始建，赐
　额"宝林寺"。唐高宗仪凤二年（公元六七七年），六祖来寺
　弘法，成为六祖道场。后又几度更名。宋太祖赵匡胤开宝元
　年（公元九六八年）赐额"南华禅寺"，沿用至今。

④ "阿罗"乃"阿罗汉"省称。南华禅寺现有三百六十尊北宋木雕
罗汉坐像，皆用整块松木、樟木或楠木雕成，高约六十厘米，雕
刻技艺精湛，所刻发愿文内容丰富，其中五十尊现藏故宫博物院。

访台杂咏　二十六首

其一

两岸故宫博物院破冰交流，始于二〇〇九年，余于是年三
月、十月，二〇一〇年十二月，凡三次因公访台；二〇一一年
十一月十四日至二十日，系第四次访台，出席两岸故宫博物院第
三届学术研讨会。

两岸三年四去来，破霾终有一声雷。
图南又藉好风力，放眼倪黄长卷开。

其二

在飞机上读连横《台湾通史》。连横撰《台湾通史》杀青，
尝题诗纪念，中有"拼将心血付三台"句。

忍教文献尽沉埋，操翰穷搜费剪裁。
克绍今能传四代，拼将心血付三台。

其三

两岸故宫博物院第一届学术研讨会于二〇〇九年十一月在台北故宫召开，主题为"雍正其人其事及其时代"；第二届学术研讨会二〇一〇年十一月在北京故宫召开，主题为"永宣时代及其影响"；第三届学术研讨会二〇一一年十一月在台北故宫召开，主题为"十七、十八世纪（一六六二至一七二二）中西文化交流"。

佳境才看感大千，切磋盛会已连三。
莫言前路多风浪，两岸故宫文脉牵。

其四

观台北故宫博物院"康熙大帝与太阳王路易十四特展"。

东西雄踞震瀛寰，一点灵犀自百端。
佳话今看文物展，道来件件起波澜。

其五

台北故宫博物院现藏清鸦片战争以降与列强签署条约、协议一七三件及界图六一五幅，二〇一一年举办相关档案展。有清一代与列强签署之条约、协议，多为不平等之条约、协议，《中英江宁条约》（简称《南京条约》）系一八四二年签署之第一个不平等条约。《中英江宁条约》展品为中英文合璧互换本，后有耆英及璞鼎查签字画押，钤英国国徽火漆印，另附英国维多利亚女皇肖像蜡制封泥，置于铸有英国国徽铜制印盒内。

瓜剖斯为第一章，眼前盒印甚堂皇。

不堪回首痛心史，前鉴昭明当自强。

其六

林恭祖先生为台北故宫博物院研究员，年逾八旬，工旧体诗，二〇一一年十月厦门第三届中国诗歌节上与余相识，此次访台专门约会。

初逢鹭岛见吟哦，同气相求又着魔。

攘臂高呼当助力，好诗两岸不嫌多。

其七

拙著《游艺者言》由台湾艺术家出版社出版，余专程登门拜访该社何政广社长。

试从艺海驶轻舟，原本人生光景稠。

方寸但能存五彩，不书不画亦风流。

其八

雾峰林家为台湾五大家族之一，以建筑聚落分为顶厝（景薰楼）、下厝（宫保第）及莱园三大建筑群。清乾隆时，林家始由福建泉州渡台垦殖；咸丰、同治间，下厝之林文察、林朝栋父子以武功屡受封赠，名声大振；光绪而后，顶厝之林文钦、林献堂父子重视文化传家，在近代台湾颇有影响。

下厝武功遐迩闻，绵延顶厝尚斯文。

沧桑犹自存文脉，触目依稀百载尘。

其九

莱园始建于清光绪十三年（一八八七年），系林幼山为奉养其母罗太夫人而建。因仿老莱子孝亲，故名。该园建筑精致典雅，兼具休闲娱乐、待客观戏等功能，与台北吴园、新竹北郭园及板桥林本源园邸合称台湾四大名园。梁启超尝撰《莱园杂咏》十二首。

莱园自是不寻常，妙笔曾留十二章。

谁道地天翻覆后，林家犹见孝思长。

其十

五桂楼为莱园之重要建筑，初为罗太夫人（林奠国夫人、林文钦之母）起居之用。梁启超曾于此楼下榻五日，有诗曰："娟娟华月雾峰头，泛泛光风五桂楼。""五桂楼"之名得自楼前所种五株桂树，代表当时对于顶厝五位堂兄弟富贵腾达之期望。一九九九年台湾"九·二一"地震，莱园损毁严重，五桂楼亦受重创。林献堂先生孙媳林芳媖女士，经过十余年艰苦努力，终于修复五桂楼，并逐渐恢复莱园风貌。

绝胜尤推五桂楼，几多雅韵海之陬。

今当修复葳工日，巾帼劳劳志竟酬。

其十一

栎社为诗社名，系台湾日占期汉文旧诗团体，一九〇二年由诗人林痴仙（名朝崧，一八七五至一九一五年）与赖绍尧等于台中成立，与台北"瀛社"、台南"南社"鼎足而三。一九二〇年后活动多于莱园举行，一九二二年镌勒之"栎社二十年题名碑"至今犹存。

风云栎社兀诗碑，吟坫当年扬一旗。
春草池塘才藻竞，弦歌声里汉宫仪。

其十二

梁启超于宣统三年（一九一一年）二月底至三月底赴台游历，考察日占期台湾政经情况并为创办日报筹款，此行得诗八十九首，得词十二首，编为《海桑吟》。《桂园曲》作于宣统三年（一九一一年）三月十三日，述明故宁靖王朱由桂并王妃王氏、袁氏、荷姑、梅姑、秀姑死国事，哀痛顽艳，风格近《长恨歌》。

屈指方惊百岁侵，萍踪尽在海桑吟。
凄然最是《桂园曲》，忍泪瓜分意自深。

其十三

故宫文物迁台，尝存台中糖厂，而糖厂现已不可寻矣。

穿越街廛又陌阡，分明往事岂如烟。
当时糖厂从何觅，问遍路人犹惘然。

其十四

故宫文物迁台，一九五〇年至一九六五年尝存放于台中雾峰乡北沟村。

雾自腾腾草自芊，台中依旧九秋天。
神差鬼使北沟幸，国宝曾存十五年。

其十五

一九六三年三月上巳，台北故宫博物院同人慕兰亭雅集，于北沟附近小溪行曲水流觞之礼，今小溪已成枯沟。

清韵兰亭演雾峰，流觞曲水恰飞红。
枯沟不复当年迹，魏晋风流骋想中。

其十六

一九六五年，故宫文物由北沟迁至台北市外双溪新建筑物，北沟一度成为电影拍摄基地，后弃置荒芜，当年存贮文物之山洞，今犹垒封。

因慕前修寻旧容，颓垣道是影城踪。
披荆开路步轻蹑，有洞豁然犹垒封。

其十七

北沟村陈先生，现供职高雄某医院，与庄灵先生熟识，闻余等欲来北沟，专程从高雄赶回陪同，并请余在其所购拙作《天府永藏》上签名。

曾贮珍琛果不群，徘徊处处有芳痕。

相逢我亦衷肠热，天府永藏思小村。

其十八

当年故宫文物迁台，海运至基隆港，余来访旧迹，基隆市柯副市长陪同，在市府大楼六层指点俯看，港口历历。当年国民党曾由大陆运台大量黄金，最近始经媒体披露，岛内外议论颇多。

凭楼指点迹堪寻，风雨基隆岁月深。

国宝话题犹未了，近来热议运黄金。

其十九

于右任先生尝在梅亭小住。

铜像曾经谨鞠躬，再趋孤冢拜髯翁。

此行不尽秦人念，雨里梅亭寻旧踪。

其二十

庄灵系庄严先生公子，家住新北市淡水区树梅坑，离市区较远。

不恋红尘不羡仙，远离城郭一楼偏。
尤当竟日廉纤雨，排闼秋山送黛烟。

其二十一

庄灵先生夫人陈夏生女士为余等亲煎珍藏多年之普洱茶。陈女士亦曾服务于台北故宫博物院，已退休。多年前曾筹办"中国结"展览，张大千先生为之赠画一幅，余有幸观赏。

见面方知老故宫，陈茶漫品味无穷。
连环巧结大千笔，别有衷情记雪鸿。

其二十二

庄灵先生生于故宫文物西迁途中之贵阳，后又于贵州安顺止居多年，对文物南迁史有浓厚兴趣，二〇一〇年与余共同参加两岸故宫博物院重走文物南迁路活动。

去年黔洞说萦纡，今日北沟相与俱。
君有覃思挥不去，传承一念致区区。

其二十三

　　庄严先生字慕陵，参与故宫博物院肇建，曾任台北故宫博物院副院长。著有《山堂清话》，紫禁城出版社二〇〇六年以《前生造定故宫缘》为名出版。

　　前生造定故宫缘，矻矻慕翁殊可怜。
　　遗泽赫然今幸睹，雅怀一种更堪传。

其二十四

　　庄严先生藏师友书函及其它故宫资料甚夥，均极珍贵，庄灵先生保存完好，余有幸亲睹。

　　翻来页页幻风云，散玉遗珠墨尚新。
　　犹有陈茶留数块，慕翁真是有心人。

其二十五

　　余访台期间，台北故宫博物院吴先生请为其孙取名，余以《周易》中之"大有"名之，期望两岸故宫博物院交流有更大发展与收获。

　　苍昊升腾看巨龙，江回河阻总朝东。
　　同仁大有千秋计，此意殷殷岂尔翁。

其二十六

十一月十九日晚，台北故宫博物院院长周功鑫为余饯行。

碌碌营营共鼓吹，几多风雨自家知。
感君盛意三杯酒，退食应非袖手时。

二〇一一年十一月

贺新郎·杭州西溪

二〇一一年五月九日，余在杭州，浙江大学张曦先生邀游西溪，因故未往，七阅月又有杭州之行，遂践前约，感而赋此。

尽说西溪好。我今来、越天清绝，孟冬秋杪。荒渚野凫舟自在，残柿枝头独老。更掩映、芦花夕照。烟水潆洄连云岭，两三声、梵寺啼鸟绕。可探得，韵多少？　　看来世事真难料。俊游邀、宕延半载，这番才到。未见杂花春暮景，萧瑟秋容窈窕。莫憾惜、皆呈其妙。最是轶闻传一语，且留下、宋迹何从考①？真处子，静而佼。

二〇一一年十二月九日

【注】
① 相传当年宋高宗赵构曾有"西溪且留下"口敕。

贺新郎·夜游南通濠河

波冷濠河水。漫逍遥、黝空星映，一舟轻驶。亭榭楼台灯明灭，细数穿桥有几？大抵是、张公遗惠。梵寺钟声狼山影，遍周遭、忘却人间世。风乍起，浪花碎。　　草间自感清新气。更堪看、闲云野鹤，海端江尾。绰约梅庵无语立，幽谷尤多兰蕙。也恰似、朱生画味①。材与不材谁评说，任荣枯、不负天公意。夜正静，不能寐。

二〇一一年十二月十一日

【注】

① 梅庵书苑主人冷雪兰、画家朱建中陪同夜游。

贺新郎·赠雷抒雁同志

余与抒雁同志相交于"文革"之初，后时有往来，今年十月又同出席厦门第三届中国诗歌节，感慨良多，赋此相赠。

往事那堪说？正神州、红羊历劫，万般萧瑟。君露峥嵘《新西大》，我在骊山一豁。便尔汝，因缘天设。渭水长安初阅世，祖龙陵、更见秦时月。鹭岛会，念尤切。　　玉台一雁高颃颉。振金声、放歌小草，杜鹃啼血。我亦鸿泥留吟絮，平仄藩篱偶涉。漫嗟叹，诗肠自热。好句非关新与旧，但真情、今古相连结。且共勉，莫停歇。

二〇一一年十二月二十八日

附　雷抒雁答词

欣淼同志与我相识四十载，近日有词《贺新郎》寄我，抒写朋友情谊，让人感动。我回诗一首。可惜我不谙诗词，乱写一首，但仍依着词的腔调，因不能唱，故不敢说是自度曲，一乐而已。

从来诗文酿往事，逢凶年，毛锥更应铁铸。那年月，恶乌贼狂吐漫天雾，纵有垂天翼，难遂少年展翅。转飞蓬，浑无路，书生塞上耕陇亩，学子困守渭北一隅。人间哀怨触天怒，情入草木也如是。　　血绽红花虚春景，却原是窦娥新版旧故事。也是天意怜勤苦，助君天阶平步度。人生修齐蓄大志，平平仄仄终归微末事。吾老矣，羞说尚能饭否！漫说还有余勇一缕，不敢向人问沽。君尚健，平仄藩篱，宏图壮志岂能缚得住！

望　岳

新年伊始日，雾锁秦川道。
河岳均茫茫，白日敛光曜。
不见千仞花，难窥奇险貌。
天半若瀛海，中疑仙人岛。
三峰隐隐出，藐姑影窈窕。
谁识仙人面？仙人应不老。
陈抟对弈否？洞箫何年调？
夭矫苍龙在，毛女容仍佼。
绰约远尘垢，驰想亦缥缈。
云雾终当散，此际且莫扰。

二〇一二年一月

西岳庙

初谒西岳庙，文革犹未了；
时为细柳营，森森莫近靠；
传闻逗悬想，不知其中奥。
再来己卯春，已届世纪杪；
庀工脚架立，修缮全面肇；
政府大擘划，巨资复旧貌。
旧貌岂能复？隳败出所料：
殿堂面目非，碑折铺路道；
城墙更颓圮，所见何草草！
我心常戚戚，我念常绕绕。
今番岁云暮，我又来访造。
修葺殚细精，肃然叹壮巧。
唐碑记沧桑，周柏多雀鸟。
文物尽搜求，石雕尤呈妙。
巍然万寿阁，阁高凭远眺，
最是城垣上，泾渭依稀找。
煌煌少皞都，郁郁生气葆。
真有回春力，虑念自一扫。
神庙久盘桓，岳峰正夕照。

二〇一二年一月

老 腔

黄渭洛汇处，艺文亦渊薮。

自古孕奇声，老腔一枝秀①。

秦人尚武烈，秦声自赳赳。

若论雄壮者，无出老腔右。

开腔全身力，其声屋瓦透。

弹拉逐兴高，板凳挥在手。

但到动情处，忽作狮子吼。

帮腔拉坡声，起伏又悠久。

酣畅淋漓际，满台风雷走。

每看演出时，观者如醉酒。

莫讶太家常，莫嫌近粗陋。

人贵原生态，原生见重厚。

溯源汉唐远，寻根众人口。

此花不凋零，此花总带露。

二〇一二年一月

【注】

① 老腔即皮影小戏，俗称"老腔影子"者也。相传源出陕西华
阴磈峪乡泉店村，宋元初孕，明渐成熟，至清兴盛。泉店正
当黄、渭、洛三河汇流处，汉长安粮仓恒置于此，有码头通
东西，交通便利，该戏亦曾因此流播邻县及晋、豫交界地区焉。

谒郑桓公陵

有陵一何陋①，风概今犹在。

王畿受封日，郑乃见光彩。

棫林与拾地②，缁衣颂遗爱③。

迁国千秋计，延祚四百载。

踪迹遍中州，枝叶散海外。

公陵鸠庀时，我来谨谒拜。

遥想开筚路，不觉已暮霭。

二〇一二年一月

【注】

① 郑桓公陵位于陕西华县西关，相传为西周郑国肇建者郑桓公姬友之墓，一九五七年被陕西省人民委员会列为省级重点文物保护单位，有旌功坊等建筑物，近年正在进行维修。

② 郑桓公先后居棫林（又称咸林）与拾，二地均在今华县东北。

③ 《诗经·郑风》有《缁衣》篇，《诗序》谓系赞美郑之桓公、武公父子之诗。

渭　南

此地曾行役，弹指已三纪。
国步正艰蹇，世相亦变异。
地震甚惊怖，农村多凋敝。
渭南十四县，县县留痕记。
我方涉世浅，进退无所忌。
渭水秋波袅，华岳夕照绮。
人间存风谊，田垄有诗意。
自是堪回味，况当鬓华际。

二○一二年一月

聚　会

老去故人疏，阔别聚首难。
忆名费寻思，衰颜笑华颠。
津津当年事，纤毫在眼前。
遭际多蹭蹬，此心已安澜。
辄惊侪辈殂，忽忽感逝川。
当记春日好，亦曾桃李妍。
飒飒西风摇，代谢天地间。
骋目宇宙大，放怀天地宽。
慎言伏枥志，人重识途篇。

二○一二年一月

返 乡

匆匆渭北道，别来又经年。

飞车远村邑，驰路直如弦。

残枝无茂树，荒垄有芜田。

大棚白逾雪，壑沟展素颜。

秋霾多枯草，晴日凝寒烟。

天下已攘攘，农家冬犹闲。

二〇一二年一月

祭 扫

飒飒坟草黄，苍苍冢柏翠。

香纸寄哀思，欲哭已无泪。

父逝十三年，母殁亦四岁。

父逝未永年，此意犹恻悱。

母殁太突兀，此念更憾悔。

父母是桑梓，人去枝叶萎。

父母是春晖，人去日月晦。

悠悠父母心，我老渐体味。

亦为届老境，尤觉孝心贵。

重泉当平安，更知东流水。

墓园残雪在，迎春已孕蕾。

二〇一二年一月

卸任故宫博物院院长感赋

一路前行今息肩，始知岁月正如川。

红尘难觅三生幸，紫苑方赓十载缘。

往迹栖栖待追忆，襟期落落任评诠。

迷魂不得雄鸡唱，梦里当看祖氏鞭。

二〇一二年一月十日

海山集

（上）

移故宫御史衙门办公

卜居正是一天寒，老树迎人犹素颜。

入眼风光总看好，回头时月敢言艰。

吃茶且在衙门里，觅句还须山海间①。

尘世本来多况味，此身此日果能闲？

二〇一二年一月十七日

【注】

① 御史衙门在景山西门与北海东门之间，大高玄殿之后，现陟山门街五号。清雍正四年设立稽查内务府御史，此为御史衙门，系故宫之一部分，为保存完整的清代皇家衙门。

贺新郎·张忠培先生过访

壬辰正月初四，故宫博物院前院长张忠培先生枉顾敝舍，相谈甚欢，赋此为谢。

星鬓看华发。待回头、流光九秩，嶂关千迭。监典国琛膺大任，我辈曾经忝列。肝胆在、遑言巧拙。紫禁猗欤连今古，遍瀛环、如日中华崛。尽力矣，一腔血。　此中况味从何说！有谁知、寅村冤状，叔平萧瑟。君是潇湘奇男子，亦负萦纡心结？似这等、悲歌未彻。滚滚长河多泡沤，又一春、宫柳催新叶。应共庆，好时节。

二〇一二年二月

蝶恋花·阎崇年先生、于丹女士过访

余在御史衙门，阎崇年先生、于丹女士过访，并贺移迁，留共午馔，晤谈甚欢。

湖瘦山寒冬过半，有鸟嘤鸣，顿觉春光绽。贺意殷殷无近远，年时存问今犹暖。　自是寻常肴与馔，一席清欢，笑里深深院。阎氏清宫残照晚，于家诗国卿云漫①。

二〇一二年一月卅一日，壬辰年正月初九

【注】

① 时阎崇年先生在中央电视台讲《大故宫》、于丹女士讲中华诗词。

铜川、延安杂咏　八首

其一　耀州

晴烟迟日好风徐，丘壑丛花间绿芜。
今我华原蹑春步，溪山犹见范宽图①。

其二　陈炉

环山小镇看沧桑，窑洞层层罐罐墙。
炉火依然千古焰，兰花老碗韵悠长②。

其三　照金

嶂叠林深自远偏，当年一柱共撑天。
硝烟散尽薛家寨③，草自芊芊花自妍。

其四　玉华寺

姗姗春到翠微巅，果是人间兜率天。
追慕法师传译业，肃成院址思油然④。

其五　黄帝陵

桥山古柏有深根，每到清明看翠云。
华夏图强梦多少？年年都在祭陵文。

其六　延安

武略文韬自不群，依然宝塔对初昕。
汤汤延水流无已，切切犹闻论甲申⑤。

其七　《在延安文艺座谈会上的讲话》

延安四月感春和，说唱也曾掀大波。
七十年间多少事，源流宏论自难磨。

其八　聚会

梦里几番回志丹，三川犹记已喧喧⑥。
别来老友欣相聚，抵掌直呼天地翻。

二〇一二年四月十日

【注】

① 北宋山水画大家范宽出生于现铜川市耀州区，其代表作为《溪山行旅图》，耀州区原名耀县，宋时名华原。

② 铜川耀州瓷窑的主产地，明以前主要在黄堡，明以后则在陈炉。陈炉为中国历史文化名镇，耀州窑工艺列入国家级非物质文化遗产项目，兰花大老碗为其传统产品。

③ 耀州照金位于桥山山脉南端突出地带，林茂山环，地势险要。薛家寨在照金镇绣房沟，山寨形似葫芦，东南西三面为悬崖绝壁，易守难攻，一九三二年，刘志丹、谢子长、习仲勋等开创了以照金为中心的陕甘边根据地，一九三三年，陕甘边党政军领导机关驻薛家寨。

④ 铜川玉华寺，地处子午岭东南麓，原为玉华宫，是唐代皇家避暑之地，高僧玄奘称其为"阎浮之兜率天"。佛教谓兜率天为弥勒菩萨的居所。唐高宗永徽二年（六五一年）改玉华宫为玉华寺，玄奘法师在玉华寺肃成院译经四年多，共译佛典十四部、六八二卷，超过了他在长安十五年间的译经总数，后玄奘圆寂于肃成院。

⑤ 一六四四年是甲申年，是年李自成起义失败，一九四四年是甲申三百年，郭沫若写了《甲申三百年祭》一文，探讨李自成起义失败的教训，曾列入延安整风学习材料，全党进行讨论。

⑥ 作者于二十世纪八十年代中期曾在延安市志丹县蹲点。志丹县境内有三条大川。

洛阳牡丹　四首

其一

大唐佳话记犹新，千载风流花自珍。
何处天涯无此盛？游人偏爱洛都尘。

其二

牡丹九色叹人工①，争斗芳菲未有穷。
休道乱花迷客眼，耐看还是洛阳红②。

其三

古城国色蔚明霞，深锁园林人似麻。
个里可知真况味，且看自在路边花。

其四

娇艳凝香领众芳，一朝萎落岂堪伤。
花枝春满怜旬日，露电人生看北邙。

二〇一二年四月十七日

【注】
① 洛阳主要牡丹观赏园内，一般有红、粉、白、紫、蓝、黑、黄、
　绿、复色等九大色系牡丹。
② 洛阳红为洛阳牡丹的传统品种。

恭王府壬辰海棠雅集　六首

其一

海棠又到盛开时，王府尤惊西府奇①。
自占春光应一半，沧桑老树惹幽思。

其二

一抹胭脂看浅深，雍容清丽现风襟。
春醑又遇廉纤雨，最是怜人花有阴。

其三

岂负骚肠八斗才，海棠树下且徘徊。
花时岁岁吟难尽，国艳合为诗客开②。

其四

幽香绰约几繁枝，澹澹轻烟凝浅绯。
果是此花能解语？落红随曲也飘飞③。

其五

东君岂亦妒繁英，风雨夜来犹未停。
树下今看铺锦雪，绿肥红瘦更婷婷。

其六

海棠诗会记前贤，岁月尤多风雅镌。

莫笑雕虫诚小技，文心一点自堪传。

二〇一二年四月二十一日

【注】

① 恭王府海棠品种为西府海棠。

② 海棠盛开，堪比牡丹，故亦有"国艳"美誉。

③ 雅集有吴钊先生抚琴助兴。

临江仙·范曾先生游故宫，午在御史衙门设馔招待

余新移御史衙门，范曾先生雨中枉顾，并游故宫，午馔在衙门，霁翔院长、亚民副院长同席，言笑燕燕，多关诗事。

小院春光犹觉浅，老槐新叶生迟。邻家琼岛已芳菲。润酥微雨里，待客正相宜。　难得一尊文字饮，又看讲席风姿。兴来百转总关诗。遑论多少事？我辈寸心知。

二〇一二年四月廿四日

浣溪沙·赠梦芙先生①

诗国灿然焕国琛，岂教散玉任湮沉，爬罗剔抉见奇嵚。　　月夜青灯犹织梦，江城霜鬓且磨针，几多心事啸云吟②。

二〇一二年四月三十日

【注】

① 刘梦芙先生为安徽省政府文史研究馆馆员，当代诗词名家，着力于诗词理论研究与诗词创作，近年来整理现代名家诗词多种，有学术著作多部，并主编、审校诗词丛书多种。

② 刘梦芙有《啸云楼诗词》问世。

赠李文儒同志　四首

其一

璞有潜光剑有锋，当年一报震寰中①。
才思曾袅河东柳，襟抱尤凭蓟北风。
笔底波澜敢称老，胸间葱郁自如童。
温文最是连儒雅，快意人生花几丛。

其二

岂非神使鬼差中，初识真应谢迅翁②。
临路彷徨一轮月，当窗呐喊五更风。
红楼光景堪为壮，蓝寺文章亦自雄③。
不负当时台岛约，十年青琐又留鸿④。

其三

十载俄然岂可忘，曾抛心力在红墙。

奇峰嘉树乾坤气，暗雨回风冰雪肠。

自是卧龙唯谨慎，翻成鲍老太郎当。

今当紫禁龙腾日，且喜新图又一章。

其四

诗书惠赠意难平，蹀躞尔来相伴行。

玉阙貌新看气象，故宫学显露峥嵘。

五天京兆君须敬⑤，半载闲鸥我自鸣。

尤有一言当记取，友朋欢聚尽三觥。

二〇一二年五月八日

【注】

① 李文儒八十年代在山西办《语文报》，影响甚巨。

② 作者与李文儒相识于九十年代初，与纪念鲁迅活动有关。

③ 李文儒原在国家文物局机关工作，该局时在红楼，后到中国
文物报社工作，报社在北京柏林寺。

④ 作者与李文儒于二〇〇二年底前后赴台访问，此行商定他来
故宫工作。

⑤ 李文儒为故宫博物院副院长，时已超过任职年龄，即将退休。

梁东先生八旬寿辰

心中有兰蕙，鸿雪自芳芬。

玉振长江浪，锦舒天柱云。

传诗情婉转，纵笔气氤氲。

杖履犹豪兴，庐州绿欲醺。

二○一二年五月十一日

次马凯同志咏海棠原韵

繁花老树拂西墙，独占春光一段香。

夕月翻移疏密影，朝暾映衬浅深妆。

每教明艳摩昏眼，直欲清纯洗俗肠。

莫笑骚人吟不尽，诗囊早已改诗筐。

二○一二年五月十二日

附 马凯诗

七律 咏海棠

叹观海棠老树，岁愈百年，春华秋实，生机依然。又闻海棠诗社重启，凑为几句，聊以助兴。

老干新枝也出墙，嫩芽争放送清香。

风来漫地梨花雪，雨过摇身碧玉妆。

难怪苏家常上火，顿怜贾府总回肠。

而今只待金秋到，肥果胭红装满筐。

壬辰春日马凯

悼罗哲文先生

仲春犹记语温馨，凶问乍闻如迅霆^①。

十载维修同筑梦，四方风雨各扬舲。

岂因卓识惭南郭，但以澄怀傲北溟。

自是此生惟古建，一饶诗兴眼还青。

二〇一二年五月十六日，于出访巴黎途中

【注】

① 公历三月末，罗哲文先生尝亲临故宫博物院举办之《明代宫廷建筑大事编年——洪武建文朝》新书发布会，并殷切寄语,不幸竟成绝响。

澄城县老年大学开办十五周年　四首

笔者家乡澄城县老年大学开办十五年，李清芳校长电告将编辑出版纪念图册，嘱共襄盛事，遂赋小诗四首助兴。

其一

当年犹记菜根香，县长风华雅素妆^①。

渭北一声如面命，京华我即索枯肠。

其二

心力劳劳陇亩知，春花秋月向崦嵫。
生涯岂只油盐米，怡悦还须书画诗。

其三

又是窗前老学生，为开新境响金钲。
华颠试问痴何甚，游艺时光自遂情。

其四

卅年弹指叹须臾，梦里家山犹故吾。
冉冉休言人已老，拼将余力在桑榆。

二〇一二年五月三十一日

【注】
① 李清芳同志二十世纪八十年代曾任澄城县副县长。

罗马尼亚纪游　七首

其一　布加勒斯特①

小楼多彩自宁康，烟树尚疑城抑乡。
十二镜湖云弄影，几分灵韵已飞扬。

其二　喀尔巴阡山脉②

平芜尽处入林泉，花谢才看绿染天。
道上山阴无限意，风情楚楚在蜿蜒。

其三　佩雷什皇宫③

明珠一颗锡纳亚，幽谷余霞落故宫。
武库森森饶剑气，百年国步可寻踪。

其四　布朗古堡④

古堡依然对雪山，一夫昔日正当关。
金戈烽火可曾记，雨洒黄昏草自闲。

其五　布罗索夫⑤

旧舍寂然时月藏，古风还在老城墙。
迂回石径且停步，顾曲琴声黑教堂。

其六　德古拉伯爵⑥

伯爵今尤天下传，虐行令誉俱如烟。
歘歘但衍海山誓，吸血惊情四百年。

其七　锡吉什瓦拉⑦

水绕山环黛色浓，巍然要塞势犹雄。
塔台巷陌悠悠事，尽在行人指点中。

二〇一二年五月

【注】

① 罗马尼亚首都布加勒斯特多小楼，城内树木极多，并有十二个湖泊。

② 喀尔巴阡山脉为东欧重要山系，在罗马尼亚国土上蜿蜒而过，形成一弓形山势，先向东南延伸，然后折向而西。喀山风景秀美。

③ 锡纳亚号称"喀尔巴阡山脉明珠"，卡尔一世的佩雷什皇宫建于此，为罗马尼亚最宏伟的宫殿，内有武器厅。

④ 特兰西瓦尼亚地区的布朗古堡位于雪山脚下，建于一三七〇年，为典型的哥特式城堡，是中世纪特兰西瓦尼亚公国通往罗马尼亚公国的重要关隘。德古拉伯爵率军驻守于此，扼守

两山间的布兰小镇。但因吸血鬼德古拉故事的流传，此城堡令人想到恐怖气氛，现城堡陈列展览一些历史文物。

⑤ 布罗索夫市为罗马尼亚古城，建于一二一一年，城内中世纪房屋建筑仍保存当年的风貌，城内"黑教堂"是闻名全国的古建筑，内有建于十九世纪下半叶的大型管风琴。

⑥ 弗兰德·德古拉出生于一四三一年，曾担任过当时罗马尼亚三个公国中瓦拉几亚公国大公，在罗马尼亚人眼中是抵抗异教入侵的民族英雄。但由于他惯用酷刑为人所诟病，被民间传说为吸血鬼的代表。十九世纪末，爱尔兰作家布莱姆·斯托克据此传说写就的《德古拉》，创造了欧美文学史上最有名的吸血鬼——来自东欧的德古拉伯爵，《吸血惊情四百年》为一部关于吸血鬼的影片。

⑦ 山城锡吉什瓦拉为中世纪要塞，环绕着十四世纪的城墙，后又增建十四座塔和五座炮台，最高处有教堂，德古拉伯爵出生于这里，为世界文化遗产，景色十分优美。

减兰·悼周汝昌先生

学行彪炳，自在红楼寻梦影。吟坫旗扬，赏会诗词锦绣肠。　　私心向慕，但憾无缘陪杖屦。惊坠文星，遗泽宛然惠后生。

二〇一二年六月八日

赠单霁翔同志

共事月余非偶然，今番踵继见前缘。
君能说项思扬善，我亦慕韩曾荐贤。
力助千钧阙方补，泉滋万斛帜当搴。
丽春迟日贾祠内，犹记同传汲引篇①。

二〇一二年六月二十日

【注】

① 唐代诗人贾岛出生于北京房山。单霁翔院长倡议在房山石楼
镇贾公祠内建图书馆，并自捐文博类图书万余册。作者又请
饶宗颐先生书"汲引阁"三字。四月二十三日贾岛图书馆和
贾岛纪念馆同时建成开馆。

神舟九号飞船成功返回

又见酒泉飞客槎，摘星扪月探天涯。
太空雄健中华步，大地芳妍古国花。
通话玉音弥九宇，腾身铁翼绕三沙。
蛟龙更值潜深海，好事连连豪气加。

二〇一二年六月二十九日

怀朱平同志　四首

其一

风雷一自起秦川，意气由来属少年。
危处披肝可涂地，舛时放胆不求天。
一腔血沥马栏路，寸管情留牛喘篇①。
遭历几多堪返顾，蓝关雪拥未成烟②。

其二

经世文章重任肩，能从脚下觅真诠。
陌阡已著千钧力，笔翰才看万选钱。
一纸流澜调研策，九泉怀憾运筹编③。
日斜却喜雨方霁，但惜天公不假年。

其三

既许今生一寸丹，事功残岁更斑斓。
关中鹊起凤凰笔，雁塔钟传玉筍班④。
有力秋霜评骘里，无声春雨润滋间。
嗟哉零落二三子，廿五年来憾未删。

其四

有幸我曾亲炙多⑤，梦中形影尚嵯峨。

澄潭映月典型在，玉树临风气象和。

畎亩曾祈嘉谷瑞，康衢犹望庆云歌。

长怀余泽心香远，人世苍茫叹逝波。

二〇一二年六月

【注】

① 马栏在陕西旬邑，一九四〇至一九四九年为中共陕西省委（后改为中共关中地委）驻地，曾办《关中报》，一九五〇年停办，报名先后为习仲勋、毛泽东同志题写。朱平同志曾任《关中报》副社长。

② 蓝关在陕西蓝田，朱平同志为蓝田人。

③ 朱平同志曾主编《调查研究概论》一书，陕西人民出版社一九八三年出版，影响甚广。朱平同志又拟主编《决策概论》，终因病逝而未能如愿。

④ 朱平同志曾任中共陕西省委常委、省委研究室主任，培养造就一批调研人员。

⑤ 作者于二十世纪八十年代初曾任朱平同志秘书。

河西访古　四首

其一　嘉峪关

边墙关塞老，岁月古今稠。
楼映祁连雪，野行戈壁舟。
墓砖思魏晋，锋镝想貔貅。
心绪亦东向，苍茫象外搜。

其二　阳关

烽燧仍危立，阳关址已茫。
轶闻李广杏，佳话左公杨。
送别歌三叠，言欢酒百觞。
渭城千古句，风韵且寻唐。

其三　玉门关

颓垣犹壮伟，洪业有余霞。
周匝骆驼草，间开红柳花。
雄浑当汉室，闳放数唐家。
不碍春风事，明空万里沙。

其四　莫高窟壁画

窟乃丹青库，禅门亦艺渊。
熙熙诸色相，察察善因缘。
说法情焉尔，思惟面澹然。
翩跹舒袖去，最爱是飞天。

二〇一二年七月十八日

赠黄宏同志① 二首

其一

犹记风烟在玉泉，殷殷同构济时篇。
慧心君有游于艺，藏界徘徊非偶然。

其二

抚惜摩挲堪自鸣，卅年藏迹亦峥嵘。
探寻大美骊黄外，三昧之中漫赏评。

二〇一二年七月二十三日

【注】

① 黄宏，与作者二十世纪九十年代曾为中共中央政策研究室同事，后
又任国防大学马克思主义研究所所长，工作之余倾心于文物收藏。

水调歌头·景山万春亭远眺

花柳各争胜，城阙正春喧。沉沉一线中轴，气象逼云天。次第巍峨宫殿，左右堂皇坛庙，辐辏涌波澜。西北五园迹，遐思到邯郸。 阪泉血，燕市筑，蓟门烟。几多龙虎挈掷，得意此江山。漫道金元擘划，更叹明清造建，宏构震瀛寰。总是京华好，一脉自绵绵！

二〇一二年七月三十一日

悼辛高锁同志

段勇同志从拉萨发短信，告当年陪我们去阿里、喀什的西藏文化厅辛高锁副厅长已于四年前去世，不胜感慨，特赋诗悼念。

久未通音信，有信人已去。
岂是萍水缘，半月同旦暮。
阿里我梦往，君亦心驰骛。
油菜花盛时，西行且结侣。
一掬圣湖水，又仰神山雾。
天工叹土林，古格惹幽绪。
茫茫天地间，踽踽新藏路。
雪峰融冰漫，大坂曲尤阻。
几多惊心事，回味反有惧。
一自南疆别，七载不堪顾。

晋音总在耳，容貌犹栩栩①。

感慨唏嘘间，忽然有所悟：

人生轻重事，短修岂足语；

电光只一瞬，要在得意处。

高原君献身，经幡随风舞。

月照坟不孤，昭昭已千古。

二〇一二年八月十日

【注】

① 辛高锁同志为山西石楼人。

有感　四首

近来出席一些会议及展览活动，颇有感触，聊作打油诗记之。

其一

头衔真值钱？只堪笑谈间。

又关"文革"事，恍在卅年前①。

其二

自惭识见少，主人似无伦。

求教所识者，摇头俱未闻。

其三

冠名自堂皇，总觉费寻思。
已自竖一旗，何必附骥尾？

其四

废话已伤神，赴会辄多悔。
莫叹人心浮，还是面情累。

二〇一二年八月十八日

【注】

① 出席一规格较高会议，宣读致大会的"首长贺信"，"首长"在"文革"中的头衔引发议论。

纪念杜甫一千三百年诞辰，用咏怀古迹韵 五首

其一

莽莽乾坤一鹖冠①，半生常在乱离间。
疮痍伤世鲍明远，兵革哀时庾子山。
漂泊每看云岫出，蹉跎难得梓桑还。
有心词客留诗史，犹记病舟思故关。

其二

萧瑟非徒九辩悲，灵犀一点亦堪师。
龙颔敢掣探珠际，虎脊能驯历块时②。
秋老偏宜沉郁气，春深尤惹浩茫思。
清吟岂只吾家事，千载圣名奚复疑。

其三

何处诗城可叩门？厚醇如在绿杨村。
金针每自助津渡，玉韵原能振惑昏。
怀国长留端午泪，忧民犹绕杜鹃魂。
泽流非仅江西派，荡荡泱泱待细论。

其四

沧桑风雨总朝东，直待吟怀协羽宫。
动地心声藏调里，惊天勋业放歌中。
魄魂耿耿追骚雅，气象森森赓杜翁。
肠热自多忧患思，萧条异代好诗同。

其五

常向龙泉祝锋锷，心潮每逐杜诗高。

千章凤髓追三昧，卅载春花叹二毛。

杯里风波笑谁等，人间丘壑待吾曹。

情怀家国自无限，一脉绵绵岂惮劳。

二〇一二年八月

【注】

① 杜甫《小寒食舟中作》："佳辰强饮食犹寒，隐几萧条戴鹖冠。"

② 杜甫《戏为六绝句·其三》："龙文虎脊皆君驭，历块过都见尔曹。"

读唐双宁作品　四首

其一

丈夫不负此心丹，欲往何愁梁父艰。

画角一声惊健鹘，云霄万古仰韶山①。

悃忱曾砥长征路，襟抱犹寻大汉关。

莽莽乾坤人独立，豪情依旧在登攀。

其二

胸有洪炉自铸镕，今犹负笈更丰充②。

风云银海弄潮梦，叱咤生涯逐步功。

忧世当知啼鸟血，救时可见剖肝虹。

近年心力关情处，光大辉煌翘望中。

其三

文酒风流书亦芳，艺精更使逸情张。

淋漓砚墨意才畅，腾舞龙蛇笔已狂。

气壮助君游汗漫，力深使我忆苍茫。

霜凝最是惹幽蕴③，拜览华篇须尽觞。

其四

此身真合作诗翁④，且耸吟肩大野中。

天籁自成新旧体，尘缘不限马牛风。

钱塘潮急浪花白，完璧楼闲暮霭红。

一掬樽前感时泪，回肠最是祭周公。

二〇一二年八月

【注】

① 唐双宁崇敬毛泽东主席，亦曾重走长征路。

② 唐双宁著有《负笈集》。

③ 唐双宁笔名霜凝。

④ 唐双宁擅新旧体诗，有《观钱塘江大潮》《完璧楼感怀》《周总理逝世三十周年祭》等诗篇。

鹧鸪天·李长春同志赠《镜观沧海》

长春同志惠赠《镜观沧海》影集，皆中外自然景物也，清优恬默，令人留连，感而赋此。

冶性陶情余事芳，尘间得睹五云乡。霞飞雪岭神魂净，鹤舞清波物我忘。　　沧海近，昊天长，寰瀛今已共炎凉。感君多有清清气，心底原来山水藏。

二〇一二年九月一日

赠丁芒同志

书剑青春堪自狂，暮年诗赋更名彰。
泗淮不尽风云气，犹有锋芒讵可藏。

二〇一二年九月十五日

纪念吴瀛先生①　四首

其一

洪业堪称第一篇，乾清门内忆流连。
波云诡谲几多事，须借如椽史笔传②。

其二

谁铸奇冤惊宇中？但呼咄咄懒书空。
直披真相慰亡友③，哪管人生如转蓬。

其三

迤水邅山写雅怀，长生殿曲喜而哀。
谢家玉树风流在，不负嶙嶒一代才④。

其四

十载峥嵘曾自雄，余生困顿叹秋风。
胸中块垒终消否？依旧珍藏献故宫⑤。

二〇一二年十月

【注】

① 吴瀛字景洲，江苏常州人，文物鉴定专家与书画家，曾参与清室善后委员会组织的清宫物品清点，故宫博物院成立后任院长秘书，为故宫博物院的生存发展作出了重要贡献，后因涉易培基"盗宝案"而离开故宫并被起诉。所谓"盗宝案"是一个冤案。

② 吴瀛曾著《故宫博物院前后五年经过记》。

③ 吴瀛曾著《故宫盗宝案真相》。

④ 吴瀛善绘画、编剧，有古意《山水图》、话剧《长生殿》等作品传世。

⑤ 吴瀛晚年将珍藏书画陶瓷二百余件捐献故宫，故宫曾编印《吴景洲捐献文物图集》志谢。

水调歌头·赠王亚民同志

　　烜赫帝王府，国宝自藏赅。绵绵禹甸文脉，
传布冀吾侪。锦绣故宫经典，凤彩琅函秘笈，馥
郁到埏垓。昔日武英殿，今者十三排①。　　名
山业，达士志，济时才。半生书剑风概，脱颖畅
襟怀。燕赵犹多奇气，受命危时不辱，际会有新
裁。记否驼梁约？同赏野芳开②。

二〇一二年十一月十二日

【注】

① 王亚民为故宫博物院副院长兼故宫（紫禁城）出版社社长。
十三排在宁寿宫东宫墙外，东依紫禁东城墙，乾隆时建，南
十三排现为故宫出版社社址。

② 王亚民自云家乡河北平山县驼梁风光秀美，多次邀作者游赏，
惜至今未克前往。

受深圳读书月组委会之邀，与周功鑫院长以"两个故宫，一段历史"对话有感

　　年时擘划费周章，今日卸肩同举觞。
　　寻旧疑为蝴蝶梦，维新犹在鹓鸰乡。
　　人间尽道破冰旅，物外仍思治世方。
　　偶聚鹏城皆是客，故宫无恙话题长。

二〇一二年十一月二十八日

话剧《海棠依旧》观后感^①　四首

其一

黔山岂敢等闲看，风雨尤知蜀道难。
国宝存亡悬一线，间关惟有寸心丹。

其二

两岸分襟典守翁，孤轮曾对此心同。
可怜梦里文华殿，岁岁海棠依旧红。

其三

暌违莫问几多年，造化弄人藏奥玄。
待到天开云破后，相逢最忆是南迁。

其四

踵事增华又一程，紫垣岁月总峥嵘。
莫伤耆老凋零尽，温故知新有后生。

二〇一二年十二月三十日

【注】

① 《海棠依旧》为故宫青年职工排演的以三四十年代故宫文物南迁为
内容的话剧。故事以一九三三年至一九四九年期间，故宫博物院古
物南迁、西迁、迁台过程中真实感人的故事为主体，表现故宫人对
于国宝的独特情怀，彰显故宫人融在血液中的责任感与使命感。话
剧中许多细节事实都经过严谨考证，再以艺术的形式重现，隐含杜

甫诗作《新婚别》《垂老别》《无家别》概念，结合故宫人在三个重要历史节点的抉择，于分离时期盼团聚，在生死中传承精神。

老槐四季歌　四首

其一

我来衙门日，周天方寒彻。

有槐形影孤，凌空自直倔。

天半犹纵横，虬枝相纠结。

灰皮布密麟，老干有瘢裂。

青冥瘦硬姿，苍颜映白雪。

暮鸦三匝飞，回风一庭跫。

东对景山高，西邻北海阔。

默塞二百载，几多风云阅？

其二

风雪交加日，京华春可寻。

花柳已争春，老槐似不闻。

春雨犹未染，春风亦未侵。

群芳暮春尽，老槐始有神。

忽然生叶绿，忽然抽枝新。

尤在未经意，老槐已变身。

绿意方弥漫，老槐归其魂。

春色惜阑珊，老槐正欣欣。

莫谓回春迟，原来根柢深。

其三

夏日天气长，老槐见风采。

浑然英雄气，婆娑典雅态。

郁郁一何绿，清韵形骸外。

层层密叶覆，冠擎如华盖。

遮荫送凉意，上下两世界。

最是向晚时，品茗听天籁。

槐花色绿黄，簇簇映青黛。

何处轻风起，幽香已远届。

蜂蝶飞来去，蝉鸣凭自在。

其四

绿意伴夏永，绿萎寒秋后。

槐叶渐凋零，槐花落衣袖。

闲看簌簌花，秋兴宜樽酒。

翌旦庭院里，残英常细覆。

飘叶沐明霞，片片蝴蝶秀。

花叶待尽无，老槐顿清瘦。

迥然华茂样，素容又依旧。

北国朔风紧，风中自抖擞。

四季阅老槐，情殷如老友。

二〇一二年十二月

元旦抒怀

江山无恙总多情，乾转坤旋岁又更。

东海夷氛须廓定，南天民气复充盈。

旧邦风雨唯新命，盛世忧勤谨远程。

隐隐春踪何处觅？周回已看一阳生。

二〇一三年元旦

浣溪沙·赠郭艺

郭艺博士之父郭琳山、母嵇锡贵均为中国工艺美术大师，其本人亦为浙江省工艺美术大师，并任浙江省非物质文化遗产中心副主任。所建"贵山窑"，取其父母名各一字。郭艺今来京，惠赠自制癸巳年"祥瑞吐春"青瓷蛇工艺品，赋小词致谢。

昂首吐春春意饶，灵蛇一握亦含娇。青莹宋韵胜琼瑶。　　妙手大师风范在，慧心嫡派誉声高，炉烟袅袅贵山窑[①]。

二〇一三年一月十一日

大寒日延春阁赏雪

节序大寒至，晨兴瑞雪飘。

漫天竞盈盈，委地亦悄悄。

琼枝十八槐，玉龙金水桥。

红墙湿重厚，白塔映孤高。

登阁任放目，凭栏竟折腰。

京华素裹日，迷茫疑重霄。

气冽俗肠涤，风劲雾霾消。

严冬犹肃杀，延春春已饶。

二〇一三年一月二十日
农历壬辰年腊月初九

傅熹年先生八旬寿诞

傅熹年先生八旬华诞，故宫博物院等单位宾朋十余人，聚于建福宫花园之静宜轩为先生寿。是日节当大寒，雪飞漫天，感而赋此。

渊泊从仁厚，敏求一径幽。

名曾营造法，识又米颠舟①。

源出百家语，学通双鉴楼②。

生朝当快雪，雅意自清遒。

二〇一三年一月二十日

【注】

① 傅熹年先生既为古建筑史专家，任中国工程院院士；又为古

书画鉴定专家，任中国文物鉴定委员会主任。

② 傅熹年先生祖父傅增湘先生，二十世纪二十年代曾任故宫博物院图书馆馆长等职，为著名藏书家，有《双鉴楼善本书目》《双鉴楼藏书续记》等著作传世。

台北故宫博物院冯明珠院长一行过访

小街迓客市声喧，斜日衙门雪未残。
横海诸公方踔厉，临山一老岂闲安。
鹏程才积跬寻步，鸿业还须百尺竿。
更有新裁当岁首，风生水起看波澜。

二〇一三年一月廿一日

临江仙·张传新同志赠茶

二〇〇一年四月余有武夷之行，与张传新君相识，后彼此工作俱有变化，亦未再见，然每届春节张君必馈寄大红袍茶，迄未中辍，不胜感慨。

秀水奇峰阆苑地，雨犹挟绿潇潇。武夷四月更清娇。棹歌游九曲，朱子似相招。　别后十年悭一面，岩茶犹记香飘，当时品饮已神交。不忘湖海里，岁岁大红袍。

二〇一三年一月

痛悼雷抒雁同志

余与抒雁相交于"文革"之初。二〇一一年第三届中国诗歌节在厦门举办，不期而会，余以《金缕曲》相酬，抒雁亦仿《金缕曲》以诗回赠，竟恍然如昨，悲夫！

红羊渭水劫中波，半世相交风雨过。
鹭岛方吟金缕曲，燕山竟唱薤蒿歌。
陇原小草曾惊世，文苑病躯犹荷戈。
忍泪新正伤大雅，诗碑常在自巍峨。

二〇一三年二月十四日

浣溪沙·戏赠卫建林同志

造化磨人笔一枝，笼纱覆瓿倩谁知？肚皮哪管合时宜！　　偏是悠悠抬望眼，每于隐隐感惊雷，肃秋况复对春晖①。

二〇一三年二月十九日

【注】

① 卫建林同志多年来研究全球化与第三世界问题，近有《当秋天遭遇春天——危机与后危机世界》一书面世。

泾川　二首

其一

漫步回中日渐长^①，山桃才笑草犹黄。

从来冲要扼关陇，最是风云数魏唐。

迢递城楼垂翼客^②，逶迤泾水向阳庄。

行人尽说西王母^③，欲访瑶池路渺茫。

其二

泾州佛事岂虚传？梵呗当时曾满川。

难觅遗基大云寺，犹留石窟小西天。

重函方兆三番瑞^④，一窖又藏千载缘^⑤。

新塔凭栏多断想，女皇步武果无前。

二〇一三年三月十六日

【注】

① 甘肃泾川历史悠久，西汉元鼎三年（公元前一一四年）置安定县，后秦置雍州，北魏置泾州。唐至德元年改名保定县。金大定七年改名泾川县。泾川又名回中。

② 唐诗人李商隐曾在泾州入泾原节度使王茂元幕府（驻今泾川县）。在泾川的数年中，他写有《安定城楼》《瑶池》《回中牡丹为雨所败》《无题》（相见时难别亦难）等著名诗篇。

③ 在我国各地的西王母宫庙建筑中，甘肃省泾川回山（回中山）王母宫以始建之早、规模之大而被公认为西王母祖庙。泾川"西

王母信俗"已列入国家非物质文化遗产名录。

④ 泾川佛舍利凡三见：隋仁寿元年（公元六〇一），始分舍利于泾州大兴国寺；武周天授元年（公元六九〇），诏于大兴国寺遗址建大云寺，发现隋舍利，遂置金银棺供养。一九六四年，大云寺遗址发现金棺银椁五重套函，内有舍利十四粒，此一见也。一九六九年，大云寺遗址又发现佛舍利若干及套函，此二见也。二〇一三年一月，大云寺遗址东侧又发现诸佛舍利二千余粒并佛牙佛骨。此三见也。大云寺于明洪武年间因水患湮没。

⑤ 二〇一三年一月，大云寺东侧宋龙兴寺遗址发现地宫，窖藏北朝至唐宋佛像约二百四十件（组），地宫砖铭记入藏时间为宋大中祥符六年（公元一〇一三），距今正好千年。

新洲雅集，奉和周笃文先生咏春雪

京华快雪靖游尘，淑气晴光冉冉春。
清景眼前谁道得？新洲觅句有诗人。

二〇一三年三月二十五日

宜兴朱培华先生赠新茶

千里故人阳羡茶，正当寒暖扰京华。
一杯嫩叶凝云雾，漫味回甘宜紫砂。

二〇一三年三月二十六日

金缕曲·奉和叶嘉莹先生癸巳恭王府海棠雅集新词

又到花时节。正春酣、天香庭院，海棠芳
厓。红蕾乍生惊明艳，浅晕更添新叶。漫体味、
胸无俗物。韵致自宜诗与画，一湖风、轻漾融融
月。园萃锦，地铺雪。　　柔枝老干高墙拂。忆
年年、堂前王谢，泡沤曾阅。无履权臣光焉葆①？
末世亲王日拙。风雅事、斋中晋帖②。如此江山如
此树，旧楼台、谁见芳菲歇？但不语，绕花蝶。

二〇一三年四月九日

【注】
① 恭王府原为和珅旧宅，其府内西边一组建筑的中院正厅即和
　珅时的"葆光室"。
② 恭王府有"锡晋斋"，曾收藏西晋陆机《平复帖》。

附　叶嘉莹词

金缕曲

嘉莹幼长于北京，于一九四一年考入辅仁大学，在女院恭
王府旧址读书，府邸之后花园内有海棠极茂，号称西府海棠。每
年清明前后，自校长陈援庵先生以下，与文史各系教师往往聚会
其中，各题诗咏。而当时正值卢沟桥事变之后，北京处于沦陷区
内，是以诸师之作常有"伤时例托伤春"之句。于今回思，历时

盖已有七十二年之久矣。嘉莹一生飘泊海外，近日接获恭王府管理中心之函件联系，获知在去岁壬辰之春，恭王府中曾有西府海棠之会，嘱为题咏。值兹盛世，与七十二年前相较，中心感慨，欣幸不能自已。爰题金缕一曲，以志其盛。

事往如流水。忆昔年、黉宫初入，青春年纪。学舍正当西海侧，草树波光明媚。有小院、天香题记。艳说红楼留梦影，觅遗踪、原是前王邸。府院内，园林美。　　古城当日烟尘里。每花开、诗人题咏，因花寄意。把酒行吟游赏处，多少沧桑涕泪。都写入、伤春文字。七十二年弹指过，我虽衰、国运今兴起。恣宴赏，海棠底。

二〇一三年三月十一日

子曰诗社

兹社休言小，新声天下闻。
无邪思子曰，大雅出诗云。
灵府方充沛，凡尘已郁芬。
伟哉中国梦，根本有斯文。

二〇一三年四月十日

次韵马凯同志　二首

其一　次韵马凯同志开春感怀

迟迟春步渐，残雪映朝晖。

地暖蛰龙动，天清和气吹。

楼台思寥廓，陇亩忆芬菲。

一夜润酥雨，遥看柳色归。

其二　次韵马凯同志雪日读书有感

明窗当快雪，几案一枝春。

书好方凝目，茗香更助神。

忧思到东海，意绪转南村。

多少卿云梦，劳劳织锦人。

二〇一三年五月六日

附　马凯诗

其一　开春感怀

　　党的十八大闭幕时间不长，作八项规定、反舌尖浪费，忌空谈误国、倡实干兴邦，开局良好、人心凝聚，百姓为之一振，感慨系之。

龙腾播瑞雪，蛇舞报春晖。
阵阵清风劲，拳拳暖气吹。
空雷天旷废，润雨地芳菲。
梅领千枝放，秋来好梦归。

其二 雪日读书有感

踏雪独开路，约梅共探春。
寒风添傲骨，飞絮长精神。
几度曾无径，豁然又一村。
但闻香细雨，醉了觅花人。

霁翔同志索句，以七律一首为赠

自有豪情未许删，御园花又两番残。
已堪大任三年艾，更惜前缘一寸丹。
舌敝皆因论曲突，神清好为报平安。
慈宁今亦筹新馆，永巷烟云当细看。

二〇一三年七月

重印《避暑山庄三十六景》题诗

山庄清韵未消磨，盛世风云忆几多。
芳景漫寻三十六，依然致爽有烟波。

癸巳兰月

王国钦同志女儿结婚，来电索句，赋此以贺

向平嫁女自怡怡①，况复金风玉露时。
河岳从来吟不尽，妆奁好送一箱诗。

二〇一三年八月

【注】

① "向平"为"向子平"省称。《后汉书·逸民·向长传》："向
长字子平，河内朝歌人也。隐居不仕，性尚中和，好通《老》
《易》。……建武中，男女娶嫁既毕，敕断家事勿相关，当如
我死也。于是遂肆意，与同好北海禽庆，俱游五岳名山，竟
不知所终。"后有"男婚女嫁，向平愿了"的成语。

林峰先生八秩寿庆

香江吟坛振黄钟①，鸿迹匆匆搴帜翁。
五百诗家当气壮②，三千世界更心雄。
新声每触海陬浪，旧韵还携天际风③。
慷慨犹思听匣剑，峰回园里夕阳红④。

二〇一三年八月二十一日

【注】

① 林峰先生为香港中华诗词学会创会会长。
② 林峰先生编有《近四百年五百家诗选》。
③ 林先生兼写新旧体诗，有诗集《天声海韵》。
④ 林先生编有《中国历代慷慨诗词选》，又曾筑室峰回园，自号峰回园主。

癸巳八月十六晚在西安与朋友相聚

五味果然陈杂间①，秦川秋色正迷漫。

娱心何止含饴乐，回首不堪行路难。

尘世生涯期富贵②，劫波岁月愿平安。

怜人最是玉轮满，莫负清光仔细看。

二〇一三年八月

【注】

① 聚会地为西安市五味什字澄城县办事处。

② 一同学携孙子，其孙小名馥贵。

赠李季同志

总是前缘识未迟，异邦犹记偶谈诗。

故宫无语且寻梦，国宝有灵曾铸词。

回味每当风雨后，感兴常在夕晨时。

衙门今又两相看，余力但输谁谓痴。

二〇一三年十月

蒲州古城遗址①

古遗供吊古，华夏更心铭。

原坂接深脉，风云挟怒霆。

味回桑落酒，韵想绿莎厅②。

曲岸长河水，年年蒲草青。

二〇一三年十月

【注】

① 蒲州古城位于山西永济市西南黄河东岸，传说中的舜都蒲坂
　即此。

② 桑落酒为我国传统的历史名酒，产于永济，距今已有一千六百
　年历史。清乾隆年《蒲州府志》卷三："唐河中府有绿莎厅，为
　诸书记、从事趋府宴会之所，其中芳莎被庭。宋治平中，犹尚
　如昔。据此厅者，日使隶人引水浇泽之。王元之有诗曰'绿莎
　厅事旧蛩鸣'是也，后毁。"

五老峰

秋晚犹凝翠，山高树作声。

烟霞随五老，花草绕三清。

福地仙家事，舜天高士情。

今番方陟踵，联对已心倾①。

二〇一三年十月

【注】

① 山西永济五老峰，为道教名山。作者曾应邀为五老峰撰联，
　悬于灵峰观山门两侧，由时任中国道教协会闵智亭会长手书。
　灵峰观有三清殿。

普救寺

忆昔方鸠庀①，重来萧寺新。
梨花空院落，菊部著瑰珍。
春思两间发，秋波一刹亲。
善哉普救德，眷属有情人。

二〇一三年十月

【注】

① 山西永济普救寺，为《西厢记》故事的发源地。一九八七年
八月作者曾访普救寺，时正开始大规模复建维修。

蒲津渡铁牛

铁牛惊世出①，犹带盛唐尘。
高霭锁河岳，长虹贯晋秦。
势雄磐石固，影倩凤毛珍。
风雨千年后，悠然对夕晨。

二〇一三年十月

【注】

① 蒲津渡遗址位于山西永济，是历史上的著名古渡口。考古发
掘的蒲津渡遗址是唐开元十二年（公元七二四年）修建的"铁
索连舟固定式曲浮桥"的遗址，出土铁牛四尊，各长三点三
米、高一点五米，重约五十至七十吨；每尊铁牛旁各有一铁人，
高约一点九米，重约三吨；还发现有铁山、铁柱等，有着多
方面的重要研究价值。

登鹳雀楼　四首

其一

廿字足千古，斯楼想盛唐。
今犹无限意，觅句不须长。

其二

风回三省际①，云合两山间②。
不尽古今事，悠然河自闲。

其三

凭高感秋意，天半有余晖。
梦逐凌云雀，河东壮思飞。

其四

名闻客远近，野旷绿参差。
决眦忘情处，长河日落时。

二〇一三年十月

【注】
① 永济地处秦晋豫三省交界之处。
② 中条山在太行山与华山之间。

访乐山安谷故宫西迁文物存放旧址

嘉州山水赋雄诗，文物当年迁播时。
民气充盈为鲁壁，烽烟弥漫矗旌旗①。
宋祠何处寻双桂？萧寺有踪留半碑。
梦里奇姿眼前景，今尤惭愧我来迟。

二〇一二年六月

【注】

① 抗日战争时期故宫文物南迁，曾在四川乐山安谷镇安放八年，安谷民众为保护国宝做出了彪炳史册的贡献，获得"功侔鲁壁"的褒奖牌匾。

赞王联春先生

王翁壮举自嵚奇①，安谷盛名人渐知。
总为慕贤弘此道，料应建馆罄其资？
诸公塑像传神际，国宝灵光忆战时。
文脉根深在乡野，泊滩村上思难羁。

二〇一二年六月

【注】

① 王联春为乐山安谷农民企业家，二〇〇八年，年届七十的他开始在原故宫文物存放地泊滩村筹划修建战时安谷故宫文物南迁史料陈列馆，投入两千多万元，二〇一〇年底落成。经过几年努力，初步形成一千三百多平方米的文博展览雏形，每年免费接待海内外参观者逾万人次。

戏赠　四首

出席中国文物保护基金会会议，遇多位数年不见朋友，感慨不已，小诗戏赠。

其一　卜键①

鸿爪雪泥焉可卜？云龙山到大观园。
更怜史识才人笔，嘉靖回肠堪细看。

其二　毛佩琦②

红楼夕照柏林钟，犹记英雄叹路穷。
一自讲坛名鹊起，谁人不识大毛公？

其三　雷从云③

一殿曾连五大洲，中华文物自风流。
武英修竣君知否？浴德小堂游客稠。

其四　张自成④

两书犹记语铮铮，总是深深文物情。
鬓染风霜任方重，当期珍护又新程。

二〇一三年十月

【注】

① 卜键同志为徐州人，红楼梦研究专家，清史专家，时任国家清史编纂委员会办公室主任，近有《明世宗传》赠作者。

② 毛佩琦同志为著名明史专家，自号"大毛公"，曾任国家文物局国际友谊博物馆馆长（馆址时在北京柏林寺），文物出版社副总编（社址时在老北大红楼）。

③ 雷从云同志曾任国家文物局中国文物交流中心主任，该中心曾长期在故宫武英殿办公。浴德堂位于武英殿院内西北平台上，其名源自《礼记》中"浴德澡身"之语，为清代词臣校书值房，专司刊刻、装潢书籍等事宜。

④ 张自成同志时任文物出版社社长，二十世纪末编著《百年中国文物流失备忘录》与《复活的文明》二书，作者曾为此两书作序。

谢辰生先生寒日衙门见过，谈文物保护，感而记之

才过小寒寒正酷，衙门见访谢公展①。

寿斑苍颜白发疏，九旬晋二步犹急。

进屋手袖书一纸②，叙及时弊声已疾。

怪哉重建古董假，扼腕时闻拆真迹。

官员汲汲在政绩，颟顸动辄大手笔。

时下竞言城镇化，慎防文化化中失。

古建不是无情物，浮生何觅灵明宅？

殷殷野老心如焚，察察中枢有明识：

望中应见山与水，心底自可乡愁忆。

谢公连称堪欣慰，付诸实施又何易！

我闻此论感亦甚，危言不啻惊世策。

文物攸关文脉续，当追耆老尽余力。

　　　　　二〇一四年一月六日，小寒次日，

　　　　　　　　　　　于故宫御史衙门

【注】

① 谢公屐为一种前后齿可装卸的木屐，原为南朝宋诗人谢灵运游山时所穿，故称。此处借指谢辰生先生。

② 谢老赠作者二〇一三年十二月二十日《解放日报》，上刊访谈他的题为《不能把文化"化"没了》的文章。

昌斌同志春节前夕因公进京，晚来家小叙

风霜渐已鬓颜侵，剑敛锋芒思转沉。

不叙家常议天下，忧端犹在自难禁。

　　　　　　　　　　　二〇一四年一月

癸巳除夕

千古神州重此宵，老来守岁兴犹饶。

一怀情思眼前近，几许烟云梦里遥。

室有腊梅生意满，户闻鞭炮马蹄骄。

年年总是盼春晚，弹赞依然又旦朝。

　　　　　　　　　　二〇一四年一月三十日

甲午春节感怀

杞人心事在安危，燕语莺啼有所思。

方惕夷氛扰尧域，更忧腐恶蚀根基。

甲申烽火周期率①，戊午风云改革旗②。

清气氤氲看新政，雷霆之力正当时。

二〇一四年二月三日

【注】

① 一六四四年为甲申，是年明亡，李自成起义失败。一九四四年郭沫若写有《甲申三百年祭》，中共作为延安整风材料。毛泽东和黄炎培一九四五年在延安曾有关于历史周期率的对话。

② 一九七八年为戊午，是年中共召开十一届三中全会，开启改革开放新时代。

甲午正月初一至初五在家，未出楼门

五日新正效楚囚，杜门一统在层楼。

暂无尘累茶汤酽，偶有客来意兴稠。

伏枥那看花四野，息心最感柳三秋。

人生难得心思静，我有双眉不锁愁。

二〇一四年二月四日

北京初雪

初雪蛇年落马年，迟迟终见散花天①。

九重宫阙渐藏隐，十丈尘霾已涤湔。

燕蓟纷披动中画，乾坤黑白静时禅。

铮鏦脚下且乘兴，北海柳条凝紫烟。

二〇一四年二月七日，甲午正月初八

【注】

① 北京冬季平均初雪日为十一月二十九日，二〇一三年入冬后一百零七天始降初雪。

鹧鸪天

宏东同学春节前从陕西铜川寄来土特产及所画山水一幅，云蒜及辣椒皆为其亲自挑选

已是残年草木凋，乡间清野室中饶。一堆新买青皮蒜，几串亲挑红辣椒。　心绪静，笔情高，范宽山水又相邀①。依稀五十年前事，梦里分明不觉遥。

二〇一四年二月十日

【注】

① 孙宏东为作者五十年前中学同学，陕西耀县人，喜画山水、
　　花卉。耀县为北宋大画家范宽的家乡。

《诗词月刊》一百期　四首

其一

百期十载不寻常，诗国焕然新帜扬。
鼓吹殷勤无限意，涓涓自可见泱泱。

其二

丈夫辄有不平鸣，秋草春花各触情。
千古今犹诵三别，杜陵念念在苍生。

其三

宋格唐音未许拘，埙篪新曲意方摅。
诗坛当重哥伦布，且入黄公人境庐。

其四

兰苕翡翠亦多姿，豪竹哀丝忧乐时。
最是充盈两间气，白头还味大江词。

二〇一四年二月

保华同志六十生朝，索句，以七律一首互勉

无穷岁月总川流，鬓染微霜惊甲周。

肠热方能存古道，楼高自可豁星眸。

几分豪气梁山泊①，一片挚情黄鹤楼。

马不停蹄鞍不下，依然得得写春秋。

二〇一四年三月九日

【注】

① 董保华为山东梁山县人。

寿保华、春林伉俪六十

一路雨风回味醇，齐年周甲喜骈臻。

骎骎莫管日偏午，心有芳华总是春。

二〇一四年三月

平素未见保华同志写诗，其忽以悼友人长句见示，感而赋此

天成长句抒哀思，吟坫初鸣自不奇。

原本灵台有光耀，几分禅性几分诗。

二〇一四年三月三十日

和马凯同志致雅集友人

王府三春景，池塘佳句生。
霞明才著雨，香淡且随风。
雅事韵当继，吟情月正升。
年年花发际，新茗更新声。

二〇一四年四月二十六日

附　马凯诗

致雅集友人

王府悬明月，海棠催赋生。
引吭听润雨，落笔遣东风！
得句随情溢，和诗逐兴升。
清醇人自醉，天籁共心声。

叶嘉莹先生九十华诞

合教诗国有珠玑，九秩犹看绰约姿。
沧海风云游子念，弦歌岁月畹兰滋。
中西已铸迦陵学，今古方摛锦绣词。
更喜芳辰聚多士，兴观群怨韵传时。

二〇一四年五月八日

题鲍贤伦"我襟怀古"书法展 四首

其一

风流东晋总存真，心慕清标不染尘。
曾是山阴道中客，兰亭寻梦永和春①。

其二

书家心路亦迢遥，文物家山意兴饶。
醒目当看雁荡月，涤胸还是浙江潮。

其三

穷年兀兀八分书，笔自从容意自摅。
莫道寻常波与磔，但能深味即成珠。

其四

相识初闻墨沈香，今看书苑一旗张。
更宜衰鬓淋漓笔，游艺襟怀路正长。

二〇一四年五月十六日

【注】

① 鲍贤伦曾在绍兴市文化局工作，后长期担任浙江省文物局长，现为浙江省书法家协会会长。

水调歌头

霁翔同志今届花甲，任故宫博物院院长亦三年，岁月如川，慨然有作

多少人生梦，花甲最堪怜。川流岁月回首，步履总铿然。情系劫中羌寨，倾力沉湮往迹，不负好河山。锦绣古遗产，文博十年间①。　　识途马，尽瘁志，自加鞭。等闲春柳秋草，宫阙绕云烟。已展平安宏略，又砺学人精进②，浓墨写新篇。笑看雨风后，明月一轮圆。

二〇一四年五月二十六日

【注】

① 单霁翔曾任国家文物局局长十年，当年亲赴汶川大地震现场研究文化遗产抢救工作。

② 故宫博物院二〇一三年八月成立故宫研究院。

周笃文先生八秩寿诞

骚坛犹自铸昆仑，鹤发周郎才调存。
吟魄平添燕赵气，素心长系汨罗魂。
九州忧患影珠屋，七步藻思烟雨村。
最是宋词神会际，自应邀月酒盈樽。

二〇一四年五月

满江红·读《澄城中学志略》

　　一帙烟云，分明是、九旬芳迹。应觅得、陇头灵秀，古徵神魄。桃李春风昆玉圃，青衿黄土斯文脉。更相伴、唐塔韵绵绵，同晨夕。　　少年梦，横海翼；天下志，陶钧力。看年年花发，俊才层出。天地任凭锋刃试，他乡最是家山忆。今鬓衰、师友语方温，犹沾洇。

二〇一四年七月

玉路歌并序

　　"玉文化"发源于新石器时代早期而绵延至今，为中国传统文化重要组成部分。齐家文化乃黄河上游地区新石器时代晚期文化，其名称来自于其主要遗址甘肃广河齐家坪遗址，年代为公元前二千一百至前一千五百年。齐家文化玉器是齐家文化的重要组成部分，与诸多史前文化玉器一样展示了中华文明起始阶段的重要信息。专家推测五六千年前即有"玉石之路"雏形，汉武帝时重新开发利用，商贾将丝绸和药材运往西域，又带玉石等回到中原，武帝因此特在甘肃驿站设置"玉门关"。为了研究、弘扬"玉石之路""丝绸之路"的文化内涵，二〇一四年七月中下旬，由中共甘肃省委宣传部、甘肃省文物局、西北师范大学、中国文学人类学研究会主办，《丝绸之路》杂志社等承办了"中国玉石之路与齐家文化研讨会"暨"玉帛之路文化考察活动"。考察团从兰州出发，一路西行，沿民勤、武威、山丹、民乐、张掖、高台、玉门、瓜州一线，围绕齐家文化主题，考察了民勤三角城、沙井

子柳湖墩、山丹峡口古城、四坝、民乐东灰山西灰山、玉门火烧沟、
瓜州兔葫芦等遗址，又经青海祁连、门源、西宁、乐都到甘肃永靖、
临夏、广河、临洮等地东返，考察了王家坡、罗家尕原、齐家坪、
云山窑等遗址，历时两周。笔者参与了考察。考察团有专家学者
叶舒宪、易华、冯玉雷、刘学堂及收藏家刘岐江、作家卢法政、
孙海芳、复旦大学博士后安琪等，各人的考察笔记将整理结集出版。

胜景一年正当时，七月河西走玉痴。

齐家文化遍寻迹，殷殷叩问玉消息。

中华文明何瑰伟，长河迥远八千载。

红山玉龙良渚琮，玉魂温润传一脉。

王母瑶池穆王骏，昆仑当是玉世界。

踵起齐家西北隅，遥与龙山竞光彩。

遗址初现古河州，爝火点点甘陕青。

制陶冶铜特色具，怜人最是玉玲珑。

齐家亦当文明曙，地劈天开创造始。

电光一刹风雷动，绵延泽被夏禹世。

东西交通咽喉地，河西自古声名著。

几多秘奥犹待解，回眸更当明步武。

齐家中心在甘陇，甘陇自觉大任重。

皋兰山下聚彦士，玉帛之路稽古梦。

武威今见何时月？千古犹唱凉州词。

天下尽知铜奔马，安识地底亦藏谜。

皇娘娘台且徘徊，玉璧红铜俱称奇。

默寂民勤三角城，残址曾见岁月过。

沙丘漫覆柳湖墩，夹沙红陶细摩挲。

甘州拥翠兼葭洲，迎面多逢左公柳。

焉支山头云出岫，四坝滩边人文薮。
青铜试寻中亚影，彩陶漫味先民意。
东灰西灰两山对，麦黍遗粒稼穑记。
依稀旧遗指点间，瀚海当重玉门关。
黄沙白云落照里，大汉雄风未沉湮。
玉关设自汉天子，车马骆驼何阗阗！
后人但称丝绸路，玉路更早两千年。
迩来玉门火烧沟，齐家煌耀又新篇。
尤叹鱼形彩陶埙，鱼嘴吹奏近五声。
天老地荒人有情，彼声岂与羌笛通？
瓜州不惟长城古，兔葫芦又遍地珍。
残铁碎铜史前石，异代斑斑一处存。
先民陶片凭俯拾，奇哉此地笼烟云。
西来岂惟和田玉，甘青玉料亦争春。
大漠纵横旧痕镌，鲜花沙柳野马尘。
相伴唯有祁连雪，夜月晓日亘古魂。
叠嶂翻越扁都口，既上高原天更高。
油菜金波连翠岚，河湟史前亦堪豪。
齐家宝物知多少？喇家玉刀柳湾陶。
更下积石访禹踪，临夏定西不餍看。
月半行行九千里，研磨评赏兴犹酣。
老友叶公真好龙，玉器已下十年功。
覃思重诠大传统，玄秘新解山海经。
卢公天山尘才浣，河西又壮风云气。
手中未动生花管，心底已酿云锦思。

恂恂刘君起草莽，廿载苦辛拥玉堂。

难得此心总比玉，门径既入论短长。

诸人已立文字状，专著一部梨枣香。

冯君深知吹竽我，嘱以俚诗代文章。

聊记行程衷肠热，信笔不觉已百行。

二〇一四年八月十日

【双调·水仙子】敬奉张勃兴同志　二首

其一

曲坛已举复兴旗，画苑犹寻僻野蹊，念年前是封疆吏①。秦川经略纪，几多风雨依稀。访河上，探翠微，清韵怡怡。

其二

这厢濡笔状云峦，那壁凝神抒锦笺，羡杀耄耋丹青伴。心平常意满，一一自在毫端。终南峻，渭水宽，气定神完。

二〇一四年九月

【注】

① 张勃兴同志于一九八七至一九九四年任中共陕西省委书记，为中华诗词学会顾问，喜诗词曲创作，习书法，夫人吴慧珍晚年学习绘画，亦很可观，夫妇俩曾办过书画展览。

甲午闰重九出席杭州诗歌节，晚 两岸四地诗友欢聚

人生难遇闰重阳，不去登高却赴杭。
四地诗朋雅骚会，三秋西子俭梳妆。
忘情宜有菊花酒，乘兴偏吟汉武章①。
总是此心通一点，何妨亦发少年狂。

二〇一四年十一月一日

【注】
① 席间多人吟诵汉武帝《秋风辞》

儋州东坡书院

老去投荒意绪殷，合教沧海矗昆仑。
和陶清句水云境，劝稼至言黎汉村。
载酒堂传读书种，桄榔林记逐臣魂。
斯人不幸斯文幸，南国彬彬风雅存。

二〇一四年十一月

咏王佐① 二首

其一

不黜不迁诚亦奇，一生风雨老同知。
果然贰佐名成谶？功德早彰贤宦祠。

其一

心迹昭昭笔一枝，龙眼槟榔摅锦思。
琼台风物知多少？《鸡肋》遗篇是我师。

二〇一四年十一月

【注】

① 王佐（一四二八至一五一二年），字汝学，号桐乡，今海南省临高县博厚镇透滩村人。明成化二年（一四六六年）出任广东高州同知。成化五年（一四六九年），母亲病故，王佐奔丧回家。成化十年（一四七五年）至十五年（一四七九年）任福建邵武府同知。弘治二年（一四八九年）改任江西临江府同知，直至退休。王佐为明代海南著名诗人，《鸡肋集》和《琼台外纪》是其代表作。

哭何西来先生

又是寒冬送故人，去年抒雁这回君。
铜琶原属关西汉，瓦缶尽传秦俑神①。
匝地思潮濡劲笔，惊心风雨酝鸿文。
少陵一传千秋憾，遗稿泪痕犹似新。

二〇一四年十二月

【注】

① 何西来先生老家在陕西临潼秦陵街道办事处秦俑村。先生去
世前任作家出版社主持出版的《中国历史文化名人传》丛书
编委会委员，曾承担拟写《杜甫传》，惜未完稿。

谢辰生先生惠赠其兄谢国桢先生全集

野史尽藏瓜蒂庵，金针每见放心谈。
学人才思总如海，十卷汪洋漫味甘。

二〇一五年三月

谢辰生先生提议编印《新中国捐献文物精品全集》，首批书面世，谢老慨然赋诗并以见示，感而奉和

功追鲁壁一何痴①，禹甸文华多旧遗。
古物有灵镌信史，今贤无已铸丰碑。

共怜高义欧斋约②，谁解深心丛碧词？③
瑰意琦行自堪记，捧书每是卧游时。

二〇一五年四月

【注】

① "鲁壁"指汉代初年山东曲阜孔子故宅的墙壁。史载，西汉前期，鲁恭王刘余拆毁孔子故宅，在墙壁中发现孔子后代藏匿的数量巨大的竹简文献，使得孔子典籍得以躲过秦始皇焚书坑儒和战火浩劫而传于后世。抗战期间，故宫数十万件文物在四川乐山安谷镇安全存放了七年，马衡院长报请行政院批准后，代表国民政府向六家祠堂各颁赠了一块亲笔题写的"功侔鲁壁"大木匾额以示表彰。肯定了其为保护故宫国宝做出了与"鲁壁"相同的贡献。

② 朱翼盦先生邃于碑帖之学，曾以重金获今所能见之最先拓本《九成宫醴泉铭》，因自号"欧斋"。先生以三十年之精力，搜集汉唐碑版七百余种，多罕见之品。先生生前与故宫博物院院长马叔平有约，身后将以所藏全部碑帖归诸国家博物院中，以免流散。一九三七年先生病逝。一九五二年，先生哲嗣朱家源、家济、家濂、家溍兄弟四人秉承遗志，由翼盦先生夫人张蕙祇女士率领，举所藏全部碑帖无偿捐赠国家，一九五四年入藏故宫博物院。

③ 张伯驹，号丛碧，一生致力于收藏中国法书名画，经他手蓄藏的历代书画巨迹见诸其著作《丛碧书画录》者便有一百一十八件之多。自二十世纪五十年代起，先生夫妇陆续将收藏三十年之久的书画名迹捐献国家，使这些文物成为博物馆的重宝。先生又是诗词家，有《丛碧词》等问世。

读卜键《国之大臣》　四首

其一

聚五哓哓王杰端，岿然一鼎万千涵。

蝘蜩廊庙几多事？总是嶙峋三渭南①。

其二

浩茫心事几重重，骨鲠尽看红套封。

国有大臣应大勇，先生归去自从容。

其三

海疆夷衅鉴犹新，嘉道烟云迹未陈。

千古笃纯传一缕，大臣风范忆斯人。

其四

说部孜孜作郑笺②，又开清史一重天。

从来吏治关兴废，七十万言惊世篇。

二〇一五年七月

【注】

① 《国之大臣——王鼎与嘉道两朝政治》，以清代名臣王鼎为
　　引线，以军国大事为节点，全景式展现了清嘉庆、道光两朝

的政治生态。书中王杰、蒋兆奎、王鼎三位清代名臣均为今陕西省渭南市人。王杰（一七二五至一八〇五年），状元，官至内阁学士、右都御史、军机大臣、上书房总师傅、东阁大学士等，在朝四十余年，忠清劲直，老成端谨，不结党营私，不趋炎附势，去世后追赠为太子太师，谥号文端。蒋兆奎（一七二九至一八〇二年），字聚五，曾任山西巡抚、漕运总督、工部侍郎、山东巡抚等职。嘉庆帝评其"哓哓置辩""执拗任性"。后因奏折言辞激烈，触怒皇帝，被降为三品退休。王鼎（一七六八至一八四二年），曾任户部尚书、河南巡抚、直隶总督、军机大臣、东阁大学士等。追赠太保，谥文恪，入祀贤良祠。王鼎忧国忧民，忠贞爱国，晚年为维护中华民族利益，捍卫领土主权，与林则徐一道，同穆彰阿、琦善为代表的投降派作了殊死斗争。王屡屡劝说道光帝抗战，起用林则徐，引起"上怒"。道光二十二年四月三十日（一八四二年六月八日），王鼎自草遗书，自缢而死，向皇帝"尸谏"。遗书疾呼"条约不可轻许，恶例不可轻开，穆不可任，林不可弃也"。

② 卜健同志出版过《金瓶梅之谜》《金瓶梅作者李开先考》等。

梅　州

围屋层层接翠微，半天云影满清池。

衣冠文物千年盛，音韵中原一脉遗。

嘉应看山皆入画，梅江流水尽成诗。

馋人更有客家菜，妙舞酣歌漫品时。

二〇一五年七月

黄遵宪故居

合是蟾宫折桂来，乘槎海国眼尤开。

扶桑稗史他山石，诗界擎旗平地雷。

人境曾容呵壁客，庙堂谁省补天才。

多情还数四分竹①，犹记先生邀月杯。

二〇一五年七月

【注】

① 黄遵宪人境庐有亲撰对联："有三分水、四分竹、添七分明月；
从五步楼、十步阁、望百步长江。"

丘逢甲故居

老屋斜阳百载尘，依然联匾感清芬。

义军大纛地天壮，新学远筹桃李殷。

沉陆心悬海涯日，念台情眷岭头云。

《春愁》最是催人泪，吟坫霸才当属君。

二〇一五年七月

叶剑英故居

陋室犹闻稻菽香，山环水抱客家庄。

从兹百战风云色，乃昔一戎龙虎章。

激浊指挝关治乱，回天左祖系存亡。

箫心剑气岂拘得，馀事吟哦雅韵长。

二〇一五年七月

拙作《故宫识珍》评为二〇一四年度全国文化遗产十佳图书有感　四首

其一

云蒸风起记憧憧，丙午京华印雪鸿。
最是景山曾一顾，故宫黄瓦夕阳中。

其二

青鬓翻然渐有丝，梦中殿影总参差。
叩门已是廿年后，镇日方窥旷世奇。

其三

偶陟高原偶返京，偶然紫苑又新程。
九千九百当寻遍，不负天公眷顾情。

其四

三思每每在三馀，一得焉能偏一隅。
紫禁原来学如海，更期颔下探骊珠。

二〇一五年七月

中华诗词学会第四次代表大会即将召开，马凯同志以七律为贺，谨步韵奉和

但有东风总未迟，不凋松柏喜抽枝。

岳灵六合犹弥漫，吟魄千年自骛驰。

国步殷殷寥廓梦，民情念念郁沉诗。

而今更待生花笔，秋菊春兰俱得时。

二〇一五年八月

附　马凯诗

贺中华诗词学会第四次代表大会召开

大地春回盼未迟，唐松宋柏又新枝。

随心日月弦中起，信手风云笔下驰。

骚客曾忧无续曲，吟坛应幸有雄诗。

山花烂漫人开眼，更待惊天泣雨时。

读《鹤唳华亭》赠作者雪满梁园　四首

其一

殿下心思一万重，天生阿宝玉玲珑。

当知泣血宫闱史，尽在幽微人性中。

其二

代云陇雁浙江潮，人有迷魂犹待招。
多少世间金谷客，几声鹤唳念遥遥。

其三

梁园雪径但徜徉，千古风流慕睢阳。
拈笔未为枚马赋，逞才说部试锋芒。

其四

燕园有思在梁园，总是文心梦不残。
今看依依紫垣柳，烟云深处莫凭栏。

二〇一五年八月

刘征先生九十华诞

美刺总缘情一泓，依然九秩在征程。
藻思方赋龙蛇草，芒角犹扬鲁迅旌。
画虎居中风坐啸，雕虫笔下意飞腾。
而今更羡白头侣，濡沫相携重晚晴。

二〇一五年八月

《畎亩问计——郑欣淼陕青调查掇拾》出版自题　二首

其一

壮怀岁月又逢辰，天下熙和畎亩春。

一曲豳风调传古，千秋黄土景翻新。

此前曾笑功夫笨，尔后才知学问真。

卅载流光人已老，履痕漫数十分亲。

其二

昆仑已上梦缤纷，王母瑶池事可真？

山野花儿传远近，伽蓝梵呗响昏晨。

陟高曾病玄黄马，阅世当为清白人。

岂是依依珍敝帚，残篇留得忆前尘。

二〇一五年八月

拜访霍松林先生

秀出芳林不老松，朗声敏思气犹雄。

沧桑几度秦州月，桃李三春雁塔风。

文雅广传唐韵味，墨香精绎宋诗踪[1]。

清秋今又蝉吟际，皓首书斋夕照红。

二〇一五年九月四日

【注】

[1] 时霍先生九十四高龄，向作者赠其二〇一五年新著《宋诗举要》。

宝笈歌并序

　　清宫古代书画收藏臻于极盛，曾编为《石渠宝笈》。后虽有毁损，主体则存藏两岸故宫博物院。北京故宫有宝笈著录者千二百余件，多名迹巨品，且经数代学人整理鉴定，其成果为世所重。今当故宫建院九十华诞，霁翔院长筹划，隆重推出石渠宝笈特展，神州震动，争睹为快。余受邀出席开幕式，亲历盛况，又感于历代治乱兴衰及宝笈之存亡离合，念念不已，遂赋以长歌，并奉寄单院长。

乙未清秋碧虚渺，江山如洗歌窈窕。
紫垣缃帙映星辉，晋唐风华烟霭绕。
忆昔宝笈初编纂，入目尽为一时选。
七十四年三编竣，锦贉绣褫遍宫苑。
玉丁宁，花绚烂，千载耿光蕴其间。
宝笈甫出天下惊，斯文脉远传一旌。
隋宫二台宣和谱①，乾隆内府集大成。
天子嗜古重鉴评，钤印题跋见情趣。
治乱兴衰证墨迹，存亡离合冥冥注。
衰陵忍看厄难连，几多毁逸剧堪怜。
逊帝竟作胠箧客②，一炬焦土西花园③。
火中宝玉作猿吟，焚珍绝似广陵琴。
从来宝运连国运，绿水青山伴陆沉。
天地鼎革卿云烂，故宫焕然博物院。
昔日帝王手摩挲，一朝士庶始对面。
从此名迹任瞻研，华夏斯美薪火传。
清韵无边迷英伦④，天物有情报西南⑤。
烽火南迁忆转徙，有宝流入外双溪。

小白楼里多珍奥，海天何处觅鸿爪？

好是富春解我愁，合璧曾经动神州。

养心殿里三希帖，尚有快雪独飘游。

四美具中念三美，至今仍羁美日欧⑥。

试问渠中物，何时能聚首？

水流千里汇我中华一金瓯！

岂教至宝暗吞声？鉴藏整理又新程，

孜孜几代学人力，考订辨伪世所称。

由它玉石一坑住，倪黄巨眼心底灯。

谁使没骨谁勾勒，是真花叶自带风。

苍狗白云不计月，青丝无悔暮成雪。

最是艺绝装裱师，肯拾落花粘旧枝。

真真得灌彩灰酒⑦，螺黛又扫远山眉。

蓦然回首日月驰，故宫院庆迎九秩。

院庆筹划何其多，心血经年在宝笈。

天华爽霁秋旖旎，千呼万盼幕启时。

君不见武英殿变石渠阁，延禧宫成凤凰池⑧。

兰亭真迹世无容，承素双钩走神龙。

不使鼠须并蚕茧，也浸山阴水琮琮。

潇散伯远古澹神，王氏真迹在一门。

不是周公能解意，今日安得涵此芬？

游春图染青绿早，即今犹明隋川草。

卧听春山过马蹄，晓风吹绉杏花水。

清明上河市语纷，翻出汴京十丈尘。

人畜楼舍千家树，择端笔下千般春。

五朝宸翰拔其萃，清帝艺趣堪体味⑨。

金题玉躞精光射，鹄立俱是争睹者。

莫道风流已渐衰，禹甸大雅存魂魄。

且看斗牛间，紫气又凝团。

聚我合浦珠，扬我丰城剑。

剑合珠还应有日，凤阙再看锦绣篇。

九十犹是庆十九，

自是文物渊薮含英咀华总当年。

二〇一五年九月下旬，草于赴德探亲期间

【注】

① 张彦远《历代名画记》载：隋帝于东京观文殿后起二台，东曰妙楷台，藏自古法书；西曰宝迹台，收自古名画。

② 逊帝溥仪曾以赏赐其弟的名义，盗出宫藏书画一千余件，后存放伪满皇宫小白楼。日本投降溥仪出逃，书画散佚，一部分流入海外。

③ 一九二三年六月二十六日，建福宫花园（即俗称西花园）失火，烧毁各类珍贵文物甚多。

④ 一九三五年十二月到一九三六年三月，故宫的七百三十五件精美文物赴英国参加"伦敦中国艺术国际展览会"，影响巨大，在英国甚至欧洲掀起了一股"中国热"。

⑤ 抗战时故宫文物南迁，为了报答西南父老协助运输、保卫之劳，以使饱览祖国文化瑰宝，故宫博物院马衡院长特呈准行政院，在陪都重庆举办了一次西迁书画告别展览会。精选书画作品一百四十二件，为晋唐宋元明清名家之作。

⑥ 乾隆皇帝十分钟爱晋顾恺之《女史箴图》和传为宋李公麟的《潇湘卧游图》《蜀川胜概图》《九歌图》，皆收入《石渠宝笈

初编》，珍藏在建福宫花园静怡轩，并将该室命名为"四美具"。现在"四美"则分藏于中、美、英、日四国博物馆：《九歌图》现藏中国国家博物馆（调拨自北京故宫博物院），《蜀川胜概图》在美国史密森尼博物研究院亚洲艺术馆（即弗利尔艺术馆和赛克勒艺术馆），《女史箴图》在英国大英博物馆，《潇湘卧游图》在日本东京国立博物馆。

⑦ 彩灰酒，传说中的酒名。唐杜荀鹤《松窗杂录》中记有一名叫真真的女子，灌以百家彩灰酒而复活的故事。后遂用"彩灰酒"为返魂之典。

⑧ 石渠宝笈特展分别在武英殿（书画作品）和延禧宫（主要是与作品有关的资料等）两处展出。

⑨ 五帝宸翰，指展览中有清代五位帝王（顺治、康熙、雍正、乾隆、嘉庆）的墨迹。

忆秦娥

余有幸出席九三阅兵大典，沈鹏先生特为大典填忆秦娥一阕，今依韵敬和，略抒感怀

风云阅，战鹰虎旅长城列。长城列，止戈为武，金瓯无缺。　神州秋到天高阔，一声鼓角心头热。心头热，旧邦新命，骎骎崇崛。

二〇一五年九月，草于赴德探亲期间

读卢法政诗文

遥遥西域自惊殊，奉读华章大白浮。

文绣公馀浑似锦，诗吟马背直如珠。

幽思每觅龟兹国，深味常怀阿克苏。

一例乡愁挥不去，梦回最是到莱芜。

二〇一五年九月，草于赴德探亲期间

齐天乐·乙未异邦中秋对月

客居不觉光阴迫，他乡又逢秋半。三五银蟾，何分畛域，只把清辉洒遍。周天缱绻，更冉冉澄鲜，且生奇幻。惯看年年，触枨尤是在今晚。　　欧风匝月领略，任轻车缓疾，优游汗漫。一片闲云，几多飘影，况有亲情相伴。犹耽快忻，惜已近归期，恼人催返。零露幽虻，那辞心绪远！

二〇一五年九月二十七日，乙未年八月十五，
于德国斯图加特舍妹家

贺故宫博物院成立九十周年，并赠单霁翔院长

紫阙秋酣且倚栏，令辰又看碧云天。

九旬路远九如颂，五凤楼高五美篇①。

今有宏谟营北院，昔曾烽火映南迁。

拳拳总是赓传意，回首烟尘亦斐然。

二〇一五年十月

【注】

① 故宫博物院九十周年院庆,办有多项展览,其中尤以"普天同庆——清代万寿盛典、《石渠宝笈》特展、系列瓷器展等三个展览以及东华门古建筑馆、慈宁宫雕塑馆两个新馆的推出最引人瞩目。

悼熊元义

方随霾雾抵西京，霾夜凶闻惹触怅。

身是鄂人当谔谔，行如金魄总铮铮。

庸平放笔犹能拒，悲剧及身安可更①？

桂子山头香桂子，依依最忆友生情②。

二〇一五年十一月十五日晚
于西安小寨东方大酒店

【注】

① 熊元义著有《拒绝妥协》等多部,二十年前即有《回到中国悲剧》之作。

② 作者曾被聘为武汉华中师范大学兼职教授,为熊元义博士研究生导师。

水调歌头·题韩美林银川艺术馆

紫塞烟云绕，黄水泽恩绵。半生上下求索，到此眼方宽。惊世奇瑰岩画，无语厚醇风物，深阒贺兰山。筑馆意何限，念念在源渊。　绮云思，斫轮手，总跻攀。红尘惯见风雨，成就一家韩。遐接千秋精魄，迩感四方灵韵，顶礼地和天。啸傲快心处，八秩正痴顽。

二〇一五年十一月

海山集

（下）

李旦初先生八十二华诞　四首

其一

书生意气济时衷，晋用楚材君自雄①。
展齿梅山观夏雨，楼船汾水咏秋风。
此生敢说鹿非马，当世谁知色即空？
八十余年多少事，回头尽在雪鸿中。

其二

秀出芙蓉一楚狂②，囊锥终竟露锋芒。
素心兀兀扶风帐，逸兴洋洋翰墨场。
百劫风波怜夕照，半竿烟雨味濠梁③。
唯期他日识荆乐，促膝何妨酒满觞。

其三

夜半残灯饭后钟，茫茫学海亦匆匆。
呕心现代赓当代，骋目今风溯国风④。
流派爬梳山药蛋，文宗含咀树人公⑤。
更看芸帙香梨枣⑥，堪慰先生道不穷。

其四

毫耋诗文胜鹊闻，汨罗心底屈平魂。

嘤鸣小叩芝兰室，鹃泣长萦薜荔村。

新酒才情旧瓶贮，今声雅韵古风存。

黑麻令谱迎春令⑦，一树花枝傲老根。

丙申正月十四于燕郊

【注】

① 李旦初先生为湖南安化县人，曾任山西大学常务副校长、山西诗词学会副会长兼秘书长。

② 安化县有芙蓉山，安化为"梅山文化"的主要发源地。

③ 李旦初先生喜钓鱼。

④ 李先生主要研究中国现代及当代文学，在文学流派研究上着力尤多，并上溯至《诗经》中的"国风"。

⑤ 李先生热爱鲁迅（周树人），研究成果亦突出。

⑥《李旦初文集》十二卷，人民日报出版社，二〇〇五年出版。

⑦ 李旦初先生丙申正月初九有新作【南越调·黑麻令】。

"海棠依旧——两岸三院同人书画交流展"在故宫武英殿开幕感赋 四首

其一

含苞欲放正清妍，紫禁海棠堪爱怜。

丹翰琳琅自三院，文华郁勃接千年。

已添宝岛双溪韵，又染钟山六代烟。
今更沧桑武英殿，雅风一脉溯重渊。

其二

日久摩挲多锦心，总缘国宝润滋深。
人生意趣游于艺，学海甘辛花满林。
端楷心经观自在，清姿菡萏振尘襟①。
参差莫判甲而乙，俱是铿铿金石音。

其三

怀思倏忽到前尘，梦里先贤面目真。
人自嵚崎追魏晋，才当蕴藉竞斯文。
流觞漫绕北沟雾②，顾曲曾停御苑云③。
总是风华高格调，今犹一缕感芳芬。

其四

一堂书画长精神，依旧海棠花叶新。
南院宏基已扬斾④，北区雄业更无伦⑤。
九旬争道故宫跑⑥，百尺还需群策臻。
莫谓前行有艰蹇，文王卜卦是同人⑦。

二〇一六年三月二十日

【注】

① 展品中有多幅以端庄典雅的正楷书写的《心经》及工笔荷花。

② 一九六三年三月上巳，台北故宫博物院同人慕兰亭雅集，于台中雾峰乡北沟附近小溪行曲水流觞之礼。

③ 故宫博物院一九三〇年左右即成立了京剧组织，有纪中锐、杨宗荣、姜有鑫等参加，每年总有几次演出，北平沦陷期间停止活动，抗战胜利后又恢复。一九五一年支援抗美援朝义演，用故宫所藏清代戏衣，观众踊跃，从正月开始，每周六、日两场夜演，有时周日还加一个日场，如此持续到年底，因"三反"运动将要开始而停止。

④ 二〇〇一年，台北故宫博物院决定在嘉义兴建南院，定位为"亚洲文化艺术博物馆"，二〇一五年十二月正式开馆。

⑤ 北京故宫博物院从二〇一三年开始筹划北院区建设，在海淀区西玉河基地周围再扩展十六公顷，建筑面积约十二万五千平方米，用于故宫文物藏品修复、故宫文物展示、数字故宫文化传播、故宫文化产品研发、文物博物馆专业人员培训、宫廷园艺研究展示和小区公众服务等项文化功能。

⑥ 二〇一五年故宫博物院建院九十周年院庆《石渠宝笈》特展，群众观展热情高涨，曾出现过早晨午门一开就有千人跑步冲向武英殿的情形，被网友戏称"故宫跑"。

⑦ 蹇卦是《易经》六十四卦第三十九卦，原义为跛，引申为困难、艰险，行动不便。同人卦是《易经》六十四卦第十三卦："同人于野，亨，利涉大川，利君子贞。"

读《甘苦诗文集》　四首

其一

劫后人看劫后天，馀霞成绮亦堪怜。
少年心事浓于酒，"老去情怀淡似烟"①。

其二

洞庭波涌日翻新，香草美人寻旧痕。
我有迷魂可招得，"沉沙故地度秋春"。

其三

哪管东西南北风，"放歌羞唱一窝蜂"。
屈平日月杜陵韵，下笔何妨气似虹。

其四

回头踪迹已依稀，"合有甘来苦尽时"。
最是掀髯堪一笑，儿曹俱上凤凰枝。

二〇一六年三月廿五日

【注】
① 甘苦，湖南人，带引号皆为甘苦诗句。

赠王素先生

何事承平作杞人？总缘守素觅纯真。

半生风雨青春老，一路雪泥痕印新。

处士从来好横议，匹夫依旧未沉湮。

趋时今又耽微信，但有跫音手指频。

二〇一六年三月十四日

附　王素诗

答郑公欣淼先生

平生厌作乱离人，世事如棋幻亦真。

昨夜狂歌思守旧，今朝醉舞庆维新。

邺书有意传忧患，鲁史无情记圮湮①。

微信竞趋公莫笑，只缘国步又斯频②。

二〇一六年三月二十日

【原注】

①"鲁史"指《春秋》。

②"国步斯频"出《诗·大雅·桑柔》，意谓国家处于危难境地。

应魏明伦先生之邀，题其碑文馆

秀才巴蜀自清狂，天下纵横负锦肠。

游艺早登录鬼簿，摘文又列马枚行。

二〇一六年四月十八日

南京杂记　八首

其一

农夫心事陌阡知，翰墨写情神自怡。
最是犹存燕赵气，慨慷尽付赠人诗^①。

其二

河湟风雪鬓边丝，遍数故人音信稀。
我阅三年君卅载，高原话到总依依^②。

其三

丈夫有梦梦常新，彩笔一枝能出神。
九秩风华三部曲，此生当作故宫人^③。

其四

怪底吴侬西府音，秦川原自骋童心。
梦中已远周公庙，笔下方思桃树林^④。

其五

古塔新宫岁月迁，柏松直接翠微巅。
名山何辜失西阙？尘世仍传牛首禅^⑤。

其六

纸上犹闻杀伐声，八年典守鬼神惊。
劬劳踵顶西迁记，礼敬心香马叔平⑥。

其七

薄云佳日绿连天，燕语莺啼俱自然。
正是江南好春景，远岚犹绕六朝烟。

其八

村舍悠然绿野间，竹篱小路画中看。
葳蕤门外三春树，已老檐边二月兰。

二〇一六年四月

【注】

① 冯敏刚毕业于农业大学，喜诗词、书画，笔名农夫，出版有《农夫诗词》。

② 作者与冯敏刚二十世纪九十年代曾一起在青海省工作，他先后在青海三十余年，作者仅三年。

③ 章剑华出版过长篇报告文学《故宫三部曲》。

④ 徐昕父为江苏连云港人，母为陕西岐山人，他出生于岐山县，十五岁始离开陕西回到江苏，写有散文《外婆家的山桃树》。岐山县有周公庙。

⑤ 牛首山又名天阙山，因山顶东西双峰形似牛头双角而得名，一九五七年开采铁矿削平了西峰。唐代法融禅师在牛首山创立了牛头禅宗。

⑥ 作者在中国第二历史档案馆阅故宫文物西迁期间理事会档案，看到故宫博物院院长马衡（字叔平）为文物播迁到处奔波，竭尽心力，深受感动。

杭州散记　六首

其一

又到西湖湖畔居，清茶有味对红蕖。
回头一十八年事，灯影波光略似初。

其二

河鱼红酒伴秋蔬，忆往如存记事珠。
隔代方知弄孙乐，经年不觉故交疏。

其三

宋元漫涉艺河波，一念入心人入魔。
已付余生传画脉，层楼宏志总嵯峨①。

其四

何处可寻烟雨村？君方退食待招魂。
砚田今见耕耘乐，始信身安在自心②。

其五

盛名岂只豆浆笺？斋老云烟数百年。
自是光前尤裕后，赵军膺命一灯传③。

其六

意笔须眉别有神，殷殷更授度人针。
飘然幸会神仙侣，艺苑纷纭说往尘④。

二〇一六年四月

【注】

① 张曦主持《宋画全集》出版以来，致力于中国历代名画的整理出版，包括流散于海外的名迹。他说，全部出齐，堆起来应有一屋子高。

② 鲍贤伦从浙江省文物局长岗位退下，任省书法家协会主席，专心于书法精神的探求。

③ 杭州浣花斋为中华老字号，始创于明代天启年间，至今三百七十多年历史，传人赵军，微信号为一灯山。

④ 在杭州城隍阁聚，参加者有中国美术学院吴山明、高晔夫妇及书法篆刻家沈乐平教授等。

参谒广州中山大学陈寅恪先生故居

门前遗像自恂恂，烟雨楼头多旧尘。
凭桌曾传读书种，摅思更倡自由人。
护栏小路今空迹，扛鼎鸿章总有神。
文化昆仑伤大雅，黄萱世上亦堪珍。

二〇一六年四月

读徐山林诗

回眸才觉雨烟稠，尽瘁生涯浪里舟。
尘老关中兴陕计，云深秦岭振农谋。
迹踪白首人如菊，吟絮黄楼月似钩。
新岁新茶新色味，乡愁一缕到金州。

二〇一六年五月

赠刘征先生　四首

其一

吾敬刘夫子，情怀总是真。
抡才射雕手，秉德苦吟身。
朝霭蓟门树，斜阳燕达春。
九旬人笔健，杖履染诗尘。

其二

滴涓添碧海，发愿一何深！
吟咏斯文脉，诗骚故国琛。
寒儒饶暖意，白首见丹心。
为有百年计，相期雏凤音①。

其三

霜前获琼玖，年尾读华章②。
快雪冬思远，残荷秋味长。
感时犹溅泪，赏句可盈觞。
冉冉春归际，吟魂入浩茫。

其四

新春有旁骛，忽忽到华胥③。
星宇相通接，太虚凭展舒。
四时芳草盛，一例俗尘祛。
检点来时路，方惊梦似初。

二〇一六年六月

【注】

① 刘征先生向中华诗词杂志社捐二十万元用于资助青年诗词创作活
　动。先生自称一介寒儒，又言：以百年计，当出现中华诗词黄金时代。
② 先生惠赐其二〇一五年《霜前存稿》《年尾存稿》，中有《秋
　荷》《大雪歌》等篇。
③ 先生二〇一六年《岁首存稿》有《记梦》篇。

养心殿研究性保护项目启动，感而有作，并赠单霁翔同志

缮修丹艘自徐徐，妙手今教沉疴祛。

千古文章须豹尾，五年踪迹见心初。

筹赀不弃海中粟，问计唯防密里疏。

六百春回紫垣日，飞甍宏殿庆云舒。

二〇一六年七月二十五日

访白水县胜利小学

少年心事亦葱茏，五十余春忆念中。

犹记门墙连陌巷，岂知文脉溯乾隆①？

眼前莫怪俱新样，镜里应惊已老翁。

喜看青青学童小，弦歌一派伴秋风。

二〇一六年八月二十九日

【注】

① 作者一九六〇至六一年在陕西白水县辛化小学读完小，现改名胜利小学，校内曾挖出一乾隆时所刻碑，记载此地当时为白水县彭衙书院。

西 河

世事初谙亦识人，忆中鸿雪总频频。

枕河夜醉一声浪，临路晴翻三尺尘。

秋实沟原自丰茂，春荒苜蓿更稀珍。

炉窑烟火微茫处，抟埴陶工正运钧①。

二〇一六年八月二十九日

【注】

① 作者全家一九六〇至六一年生活在陕西白水县西河八一
陶瓷厂。

赠李子牧先生

画家李子牧先生为余自印诗集《卯兔集》绘插图二十五幅，
十分精妙，故宫出版社遂梓行线装插图本，谨以小诗为谢。

配图诗什顿生神，卯兔此番追骥尘。

人物古今存气象，风华中外感清新。

君持彩笔求精妙，我蕴素怀摅率真。

总是灵犀通一点，难忘当年瓮头春。

二〇一六年九月

赠赵国英同志

翰墨家山浸润深，云冈佛像壮胸襟。

四王曾觅香庵影，十载不忘孚尹箴。

漫味真情诗有画，更延高手石成金^①。

回头总感殷殷意，一帙犹存紫禁音。

二〇一六年九月

【注】

① 赵国英女士为山西大同人，中央美术学院美术史博士，博士
论文研究清初四王，四王中坚王鉴号香庵主。赵时任故宫出
版社总编，编辑徐邦达先生文集十余年，徐字孚尹。赵国英
曾请画家李子牧先生为作者《卯兔集》配图二十余幅。

银川小记　五首

其一　西夏王陵

伟业雄才寻爪痕，秋风斜照李家坟。

贺兰山阙烟消尽，世上犹留西夏文。

其二　西部影视城

古堡残基接远峰，如棋世事有无中。

此间果蕴洪荒力？一种雄奇西北风。

其三　沙湖

沙平雾薄忆胡笳，湖岸蒹葭杂野花。
最是撩人晨夕景，一汪流碧半天霞。

其四　印象家酒店

湖沼珠连楼影斜，路边绿鲜马兰花。
艺文更重银川韵，一宿依依印象家。

其五　咏张贤亮

不负才名折翅身，天教斯土富斯文。
灵台原有菩提树，塞上今眠牧马人①。

二〇一六年九月

【注】

① 《我的菩提树》为张贤亮小说，《牧马人》为据张贤亮小说《灵
　与肉》改编的剧本。宁夏秦朝时为北地郡。

鹧鸪天·二〇一六上海浦东南汇新城镇诗歌节

南汇今朝好画图，十年筑梦海之隅。广连逦迤
洋山港，轻漾涟漪滴水湖。　　花艳丽，树扶疏，
街风海韵自徐徐。新城尤重传骚雅，缕缕吟思不尽摅。

二〇一六年九月

贺新郎

紫禁城"世界古代文明保护论坛"

　　丙申仲秋，中国、埃及、希腊、印度、伊朗、伊拉克、意大利、墨西哥等八个文明古国与有关国际组织的专家聚首北京紫禁城，出席"世界古代文明保护论坛"，共同签署发起《太和宣言——人类文明保护与发展宣言》，意义重大，感而有作。

　　伟矣文明曙！破天荒、灵光闪现，两河如炬。希腊覃思罗马健，潮落尼罗孳乳。犹惝恍、风华印度。玛雅丛林方惊世，更中华、续续瀛寰著。且寻觅、去来路。　　旧邦鸿烈凭谁诉？正秋高、四方八国，紫垣谈古。不尽劫波多失色，烽火再添忧虑。岂坐等、和衷珍护！振拂尘烟膺重任，泽远深、踵事看新举。传一曲、太和赋。

二〇一六年九月

攸县夜读《冯子振集注》①

　　潇湘秋色正清妍，灯下残编亦斐然。
　　才调纵横鹦鹉曲，志怀卓荦隘关篇。
　　百梅咏后疑无敌，一粟海中犹有天。
　　尘世钦嵩今得解，家山清气总连连。

二〇一六年十一月

【注】

① 冯子振，元代文学家，湖南攸县人，字海粟，著作多有佚散，《冯子振集注》收入现存的《鹦鹉曲》（残存）、《居庸赋》《梅花百咏》等诗词曲赋文各类作品。

抢　单

腾沸京华双十一，诱人商讯岂能闲？
祖生应已闻鸡舞，屏上老妻犹抢单。

二〇一六年十一月十一日

赠傅善平女士

吾爱海王子，其魂学习型。
精英俱乐部，博雅大家庭。
瑞气生南国，壮怀连北溟。
凭栏相望处，一色水天青。

二〇一六年十一月十八日

赵学敏先生节气诗书法

胸中节气绕云烟，合璧诗书意沛然。
犹是孜孜敏而学，追寻艺脉在三原①。

二〇一六年十一月十一日

【注】

① 赵学敏先生为陕西三原人，研学于右任先生书法，孜孜不倦。

初冬北戴河　四首

其一　独立

澹澹清波接远天，孟冬独立思翩然。

轻吟大雨毛公句，遥想秋风魏武鞭。

其二　莲花石忆朱启钤先生

碧海金沙烟绕松，秦踪汉迹事皆空。

摩挲犹有莲花石，百岁风云忆蠖公①。

其三　金山嘴即景

风已清凄水亦寒，波翻浪涌未曾闲。

沙滩痕印漫消尽，钓客悠然抛海竿。

其四　赠依伟张静夫妇

山聚峰联一线牵，黄栌红叶证前缘。

依依包里丽人影，屈指深藏三十年②。

二〇一六年十一月

【注】

① 朱启钤（一八七三至一九六四年），字桂辛、桂莘，号蠖公、蠖园。北洋政府官员，爱国人士，也是实业家、古建筑学家、工艺美术家。二十世纪二十年代开发北戴河疗养院，维护了国家尊严。
② 依伟、张静夫妇都是北戴河疗养院职工，二人结婚三十年，依伟把妻子张静的照片装在小包里，每天都带在身上。

读厉有为先生《悟牛斋诗词》

初鸣汉江畔，深圳一旌擎。
诗什留心迹，口碑传政声。
游踪双目远，感事百端生。
且看斜晖里，悟牛犹力耕。

二〇一六年十一月

读《苏东海思想自传》

岂是灵光闪念间？总为思想有波澜。
回头岁月终无憾，寸管犹看一寸丹。

二〇一六年十一月

读谢辰生先生《新中国文物保护史记忆》

奋臂今犹守护中,上书谔谔响晨钟。

千秋事业风云史,玉振金声感谢公。

二〇一六年十一月二十三日

丙申同学聚会杂咏并序 四十一首

丙申十月之末,长安已届秋杪,凋叶纷飞,风送轻寒,原陕西省临潼县华清中学高六七届二班同学聚会于碑林区五味什字澄城会馆。本班共有四十位同学,五人离世,实到二十七人。同学们一九六四年入校,六八年分别,忽忽五十余载。一九九八年由程宏武组织,同学首聚临潼,返母校,上骊山,有影集永为留念。弹指之间,又一十八年矣。霜鬓白发,多届古稀之年;笑声朗语,犹见当日丰采。半世风雨,不堪回首;同窗轶事,记忆犹新。斜阳暖暖,互道珍重;欢谈依依,相期再会。刘忠战多方联系同学,不辞其劳,又设微信群,藉科技之便,建朝夕可交流之平台,实一大乐事也!相聚以来,同学相互启发,诗作不断;欣淼亦怅感百端,陆续拟俚句四十一首,皆有感而发,随口漫吟,谨略述心迹、聊志鸿爪,亦为聚会之一纪念耳。

其一

霜鬓同窗意自如,本来面目见真吾。

秋风渭水长安道,总是心头冰一壶。

其二

聚会在西安市碑林区五味什字二十一号澄城会馆举行。回忆"文革"初期学生惨整老师，感慨万端。所幸本班风气比较温和，极端行为终究未有市场。

五味街头五味陈，一群七秩白头人。
汹汹戾气探人性，习习和风求朴淳。

其三

当年在校，一天下午忽然广播通知，有小偷溜出学校，向山上跑去，要学生去追。同学们一气跑到山头，气喘吁吁，饥肠辘辘。

骊山春暖锦成堆，一气直登烽火台。
好景真堪褒姒笑，怎当枵腹响如雷。

其四

临潼骊山北麓广栽石榴树。学校依山而建，教室门前即植有一行，每年中秋都会分给同学品尝。

拾级才看景物稠，依山校舍总清幽。
春华秋实尤堪忆，几树门前红石榴。

其五

摧兰折桂总蹉跎，却唱峥嵘岁月歌。
一刹人生恍隔世，红尘滚滚思尤多。

其六

一九六八年八月同学离校。

一从骊麓唱骊歌，梦断青春度劫波。
莫问别来艰蹇路，俱抛心力俱嵯峨。

其七

曦曦为同学吴伯龙孙女，山山为同学张淑玲孙子；曦曦、山山亦分别为伯龙、淑玲的微信昵称。

心有余而力尚存，老来腿脚亦求勤。
曦曦祖父山山奶，半世为儿半世孙。

其八

已先后有王明竞、李淼、张巧莲、姬高栓、程增刚等五位同学去世。

已落长空五颗星，音容念想愈分明。
坊间多少养生术，要在身康心亦清。

其九

作者为"文革"初期华清中学唯一被批判的学生，教室外墙上张贴过批判作者的大字报及日记摘抄等，后获平反。

风雨苍黄举世狂，贱名一夜上高墙。
老天当是多垂眷，早识人生第一章。

其十

谢清海同学，临潼县人，回家后受尽折磨，仍乐观向上，晚年以画梅自娱。

清气乾坤笔底生，暗香疏影寄馀情。
不堪一页锥心史，朵朵红梅血染成。

其十一

段英武同学，临潼县人，"文革"后入宝鸡师院（本科）读书，后远调新疆教书。二〇一六年夏天回临潼居住，九月初始返疆，获知聚会消息，十月下旬又专门飞回参加。

又拂天山万里埃，长空一鹤去还来。
深情岂止三千斛，西域闲投八斗才。

其十二

张竹英同学，临潼县人，"文革"初期作者和一些同学曾在其家吃过其母亲做的面条，一九九八年聚会，竹英为同学唱过秦腔。现在竹英身罹重病，所幸基本平稳。

烟村面食齿留香，几段秦腔犹绕梁。
天妒佳人遭一劫，斜阳雨后映兰芳。

其十三

聚会后同学们纷纷写诗，在网上发表，张竹英受此影响，亦诗作不断，且清新可喜。

总是华清灵气多，吟泉连日渐成河。
竹英出口听天籁，且看诗魔战病魔。

其十四

李忠娃同学，韩城县人，由两个女儿与女婿开车赶赴，给每位同学带来韩城有名的"红把笤帚"。司马迁是韩城人，县城附近有司马坡，所谓"走过司马坡，秀才比驴多"。

头白才知岁月骎，拥扶喜有俩千金。
敝帚宜珍况红把，司马坡人情义深。

其十五

李同军同学,临潼县人,曾参军,给同学带来硕大的裂嘴石榴。

裂嘴石榴如玉莹,老兵心曲细而宏。
原来此物相思甚,五月花开骊麓明。

其十六

聚会后才知道李同军画牡丹有年,在微信群亦看到他的作品,大气不俗。

丹青相伴自怡安,笔墨无涯日月残。
灼灼长教明艳在,原存心底牡丹园。

其十七

刘景运同学,华县高塘镇人,高塘为渭华起义之地,又有炎帝遗址的传说,景运对此多有研究探讨。华县为周朝诸侯国郑国封地,第一任国君为郑桓公,景运又写有大型秦腔历史剧本《郑桓公》。临别时赠作者三部书稿。

高塘今古觅遗踪,文稿几多留爪鸿。
伏案明窗斜日里,秦声又谱郑桓公。

其十八

　　刘忠战同学，临潼县人，为此次聚会的具体联系组织者，多
方与同学联系，不辞其烦，尽心尽力。

　　　　犹是轻声慢思量，正装一着更端庄，
　　　　每当窗友传芳讯，执事殷殷喜欲狂。

其十九

　　刘忠战同学赠其大著《电子式互感器原理与应用》（中国电
力出版社二〇一四年出版）。忠战"文革"后入西安电子科技大
学（原西安电讯工程学院）读书，在电子技术方面多有专利成果，
至今仍为某单位聘用。

　　　　功夫从不信天成，劫后寒窗老学生。
　　　　大著珍藏愧门外，至诚一片赞连声。

其二十

　　吴伯农同学，为聚会做了大量工作，聚会日因家有急事未
能出席，深以为憾，后为大家精心制作音乐相册，受到称赞。从
一九九八年以来，作者与伯农未见过面。

　　　　少言才觉意深长，相册张张见锦肠。
　　　　十八年来悭一面，剑眉两道可侵霜？

其二十一

秦德胜同学，富平县人，此次聚会，吟了即席诗作。一九六七年一月，德胜与作者等步行串连到延安。

别才今试小锋芒，席上高吟急就章。
多少雪泥痕印浅，延安可记板桥霜？

其二十二

李惠玲同学，临潼县人，一直从事教育工作，微信昵称为"李老师"。

又到秋残黄叶飞，川流日月总如诗。
慰人当是桃和李，微信欣称李老师。

其二十三

宋午林同学，铜川市人。在校开始名午临（午时临门，午时出生之意），"文革"后改为武林，现叫午林。作者赠午林敝作，又误写为"舞林"。午林与作者等当年步行延安串连，曾在铜川金锁关中学住过一宿。

误把武林为舞林，午时功力自当深。
风霜腊月铜川夜，每忆华年情不禁。

其二十四

　　庞继强同学，澄城县人，喜数理化，尤以电子科技为同学称赞，后多有科技发明。同学聚会后第二天，解放军某部在华县成功试射了为军事训练用的火箭弹，继强为其提供了控制技术。

　　　　总为科学有光芒，半世孜孜老亦强。
　　　　喜讯又传重聚后，梦随飞弹到穹苍。

其二十五

　　张欣同学，蓝田县人，喜欢音乐，在微信群向同学推荐笛子独奏秦腔曲牌《塬上诉》。

　　　　常从丝竹寄幽情，白雪阳春亦共鸣。
　　　　一曲激扬塬上诉，依稀可是梦中声？

其二十六

　　刘晓利同学，原籍榆林吴堡县，"文革"前家在临潼。一九六四年秋季作者提前到校，为同学报到服务，晓利以为作者是老师，很认真地鞠躬行礼。晓利至今青丝依旧。

　　　　可记当年鞠一躬？骊山秋色十分浓。
　　　　别来岁月应无恙，头上青丝斜照中。

其二十七

秦君厚同学，合阳县人，擅长数学，当年被同学称为"博士"。君厚曾任合阳县交通、广电局长。合阳县洽川东临黄河、西依青山，素有"小江南"之美称，据说《诗经》中的《关雎》即诞生于此。

学业政声堪赞夸，洽川人物漫伤嗟。

世间不缺风尘客，学苑无缘数学家。

其二十八

程宏武同学，临潼县人，早年参军，曾任临潼县城建局书记。宏武在微信群向同学推荐人生感言，引起共鸣。

骊麓犹留营造篇，感人锦句送流年。

风雪铙歌军旅乐，至今一念一油然。

其二十九

武克忍同学，临潼县人，曾长期在四川工作，退休后回老家安度晚年。

少时总觉渭河宽，忧乐中年蜀道难。

一叶骊山根已落，老君殿上且凭栏。

其三十

王雪琴同学，华县人，一直从事教育工作，现仍在西安忙于
孙子的学习辅导。

人如冰雪自聪明，心似琴弦且放声。
吾侪岂是马牛命？今犹碌碌在征程。

其三十一

王敏霞同学,蓝田县人,在驻临潼的西安铁路局某单位工作至退休。

当日娉婷今鬓华，孰知铁道度生涯？
可怜一块蓝田玉，化作骊山烂漫霞。

其三十二

柳智慧同学，临潼县人，曾任中学校长。

开口洋洋又热肠，心头般若慧光长。
难得劳劳长庠校，满园兰蕙竞芬芳。

其三十三

周栓栓同学，临潼县人，一直在家乡从事教育工作。

霜风已改旧时颜，文雅依然一笑间。
振铎生涯从教乐，弦歌不辍在周湾。

其三十四

张安乐同学，华县人，当年从学校回家，即遭遇大水灾，曾赴渭北谋生计，此段经历影响终生，后上渭南师专，在渭南市教育部门工作。安乐的微信昵称是"知足常乐"。

家山惊识无情水，世事教成明白人。
知足即为和氏璧，迩来步步印痕深。

其三十五

张瑞林同学，华县人，一九六八年从学校到北京南口的海军某后勤单位服役。退伍后从事汽车维修。

绣岭云霞南口风，涓埃浸润尽相同。
精工艺匠一双手，活出人生峰外峰。

其三十六

王志正同学，合阳人，一直在家乡从事教育工作。

当年绿鬓已飞霜，桑梓情倾孩子王。
回首等闲风雨路，一方热土记辉煌。

其三十七

王西林同学，华阴人，一九六八年从学校参军，后在华山管理局工作。二〇一一年一月，作者在华山住过一晚，曾与西林见面，同看华阴老腔。"馗远"为西林微信昵称。

送别相期重任扛，老犹馗远在沧江。
难忘辛卯华山夜，耳热酒酣听老腔。

其三十八

郑解放同学，临潼县人，毕业后参军，提为干部。二十世纪七十年代在临潼曾见过，一身军装，十分帅气。他家在临潼火车站附近，这一带要拆迁，他不知自家是否列入。看到拙诗后相告，他家房子一部分已被列入拆迁范围。

白云苍狗未如烟，一套戎装正盛年。
呼啸声中火车站，君家老宅可乔迁？

其三十九

张淑玲同学,蓝田县人,长期从事教育工作,后调往陕西汉中,现在广东东莞照看孙子。

既从汉水到珠江,南国当谙鱼米香。
最是同窗又同桌,骊山风雨忆中长。

其四十

鱼云峰同学,华清中学高六七届一班,澄城县人,在渭南市从事新闻工作,遭遇坎坷。文笔好,精于摄影,特请来专为此次聚会拍照。

谁卜人生几道弯?长安街巷且姗姗。
殷勤岂只赞襄意,才艺尤看十八般。

其四十一

刘忠战同学建立微信群,已有二十九位同学加入。

我有迷津待觅魂,骊山筑梦梦无根。
一从漂泊东西后,欢聚今看微信群。

二〇一六年十一月

小圃杂咏　八首

其一

风轻春暮落花天，问舍京东辛巳年。
耳畔不闻潮白水，楼前幸有二分田。

其二

莳花栽树岂寻常，胼胝曾研艺植方。
最是老妻成老圃，十年换得满头霜。

其三

小区各院竞优长，多有芳邻黄四娘。
转益多师斟酌际，举棋最是费商量。

其四

老圃心思在更佳，畦行反复总横斜。
篱边已有十年木，园内常开时令花。

其五

月季花繁引蔓长，疏篱三面总时妆。
用心才种丁香树，不觉相侵多野芳。

其六

雨中剪韭且盈觞，茄子辣椒初品尝。
总是时鲜曾惯见，味回年少菜根香。

其七

秋实春华时物佳，小园蔬果亦堪夸。
斜阳鸦影爬篱豆，细雨蝉声压架瓜。

其八

十年风雨已亭亭，翠盖繁英花气蒸。
最是寒风叶凋尽，樱桃两树小红灯。

二〇一六年十一月

《诗刊》六十年

锦绣毛公十八章，当年领唱破天荒。
风华卷卷六旬庆，骚雅堂堂一帜扬。
无限江山堪骋目，有情时月总回肠。
欣看《子曰》横空出，诗国云程共颉颃。

二〇一六年十二月

梦芙先生赠诗二首，步韵奉答

其一

校勘那复计寒温？一士庐阳常杜门。
岂让遗珠成憾恨？总从残卷觅神魂①。
小楼冷看青蚨贵，大道欣行素志尊。
秩秩芸编回首际，合当抵掌雅骚存。

其二

又自吟坛到故宫，放谈不觉入鸿蒙。
潜沉于室三更月，啸傲依楼八面风②。
藻思君多春草绿，兴怀我有夕阳红。
浮生见惯鸡虫事，一缕诗心会意中。

二〇一六年十二月

【注】

① 刘梦芙先生多年来致力于近现代散佚诗词作品的搜集、整理
及编辑出版，已问世数十种。

② 刘梦芙先生有《啸云楼诗选》，作者书斋名为"寸进室"。

附 刘梦芙赠诗

其一

霁月光明笑语温，谒公几度在都门。
待兴华夏千秋愿，不绝风骚一脉魂。
高论建瓴心共惬，淡交如水品尤尊。
浮云过眼何须道，片石韩陵亘古存。

其二

宝籍瑶函锁帝宫，新从学界辟鸿蒙。
钦公落落平生志，振我泱泱大国风。
远瞩未愁双鬓白，长吟应爱晚霞红。
由来君子天行健，事业名山百卷中。

【原注】

郑公首创故宫学，十余年来广收众力，成果丰硕。

海南 四首

其一

风情尽在海之湾，沙软鸥轻云亦闲。
坐看水天新影幻，涛声入夜梦斑斓。

其二

春光借得度冬残，自古琼崖岁不寒。
岛上今多避霾客，道旁时见购房团。

其三

椰风海浪自然来，无主群花任意开。
萧散真宜老人老，南天日月不相催。

其四

山水有情魂魄含，文华一脉海之南。
当年谪客唐和宋，尤念悲凉苏子瞻。

二〇一七年一月

欧阳鹤诗丈九十华诞

为霞五色照崦嵫，一缕吟情笔下摛。
水木园清无俗韵，芙蓉国秀有佳诗。
风流丘壑鸣皋鹤，寥廓江天淑世思。
最是东都赏花后，识公真恨十年迟①。

二〇一七年一月

【注】
① 二〇一二年春，作者夫妇曾同欧阳老伉俪受邀去洛阳赏牡丹。

和马凯同志贺《中华辞赋》诗

曾惜姗姗花信迟，三年喜见拂云枝。

九州气象旌旗动，一路风雷良骏驰。

铺采且挥枚马笔，流芳还撷雅骚辞。

合当斯世斯文盛，盈耳清音正趁时。

二〇一七年一月

附　马凯诗

贺《中华辞赋》创刊三周年

六载蓄芳莫谓迟，三秋竞放俏一枝。

花香自有群蜂聚，草碧任凭万马驰。

笔底沧桑收古赋，人间忧乐化新辞。

通灵钟吕呼和鼓，共为中华圆梦时。

二〇一七年元旦

和林峰先生

小楼煮茗一壶香，爆竹时惊万树霜。

残岁风光方恋眷，新春消息已飞扬。

闻鸡追昔寒宵短，伏枥抚今清梦长。

最是枯肠搜索尽，聊将热挚入诗章。

二〇一七年二月

附　（香港）林峰诗

丁酉年宵吟

梅边绿竹笋增香，惊断云天正月霜。

风起青山春妩媚，波平沧海水悠扬。

身多骏骨何妨瘦，夜是良宵岂厌长。

闻道京华鸡唱晓，披襟又写大文章。

四川彭山江口张献忠沉银处

纷纭众说果然真，一代枭雄事未湮。

流寇军功赏钱旧，大西典制册文新。

蜀中曾碧苌弘血，江口深藏黄虎银①。

乱世烟云消散尽，宝琛出水正芳春。

二〇一七年三月十二日

【注】

① 张献忠外号黄虎。

贺新郎·中华诗词学会成立三十周年

骚雅嗟销歇！破沉暗、九重云涌，一旗高揭。深脉长流焉能断，扼腕诸公呐呐！奋袂起、吟坛鸿烈。卅载行行风雨路，更相赓、总是中心热。复兴业、写新页。　于今诗国诗情勃！遍神州、襟怀酣畅，诵声清澈。皋浒山陬芳菲在，学府弦歌不辍。今与古、绵绵相接。而立之年年恰富，重任膺、我辈当穷竭。正叠嶂、待攀越。

二〇一七年三月二十五日

鹧鸪天

托高志忠同志查找一九八一年九月二十二日《羊城晚报》，上有拙文一篇，彼竟寄来一份当年报纸，既惊又喜，感慨不已

恰似飞鸿来五羊，卅年尘事入微茫。长安陌上春方绿，斗室灯前梦亦香。　头半白，纸全黄。川流如此不商量。斜阳芳草浮生短，鱼跃鸢飞回味长。

二〇一七年三月二十八日

四川李庄梁思成林徽因故居

川南又新绿，上坝菜花黄。
手泽思丰采，足踪留德芳。
残灯营造史，瘤疾雪冰肠。
烽火连天际，文心传李庄。

二〇一七年三月

临江仙·清明前夕与朱成甲、张恩和、王骏骥诸公聚于故宫御史衙门

借得一湖烟柳色，春光小院清妍。四公抵掌且高谈。沧桑天下事，未许已成烟。　　尘海茫茫多念记，身安未许心闲。朱张八秩思翩然。依稀豪气在，骏骥酒肠宽。

二〇一七年三月三十一日

浣溪沙·赠杨新先生

谁解紫垣一种痴？烟云早染鬓边丝。潇湘山水总依依。　　回味世间儒释道，展舒笔底画书诗。勃然劫后傲霜枝。

二〇一七年四月五日

鹧鸪天·恭王府第七届海棠雅集
在南开大学迦陵学舍举办

一叶沧桑道不孤，南开深处卜新居。诗坛情韵迦陵鸟，学舍弦歌班大姑。　　王府种，海河濡，亭亭两棵看仙姝。婆娑花影吟哦际，月下何妨酒一壶。

二〇一七年四月八日

钗头凤·敬和马凯同志

舒吟袖，黄钟奏，雅风绵远心声叩。千岩对，群芳配，焕然诗国，老枝丰蔚。美！美！美！　　平生友，酴醾酒，梦寻清韵烟村口。真情贵，衷肠内，百般思缕，几番回味。醉！醉！醉！

二〇一七年四月十日

附　马凯词

钗头凤·美哉中华诗词

霓装袖，丝竹奏。泪盈潮涌心扉叩。格工对，律谐配。落寥寥笔，尽收霞蔚。美！美！美！　　诗良友，词醇酒。万年难断香传口。真为贵，魂融内。敲平平仄，无穷滋味。醉！醉！醉！

【越调·天净沙】浙江之江诗社散曲研究会成立

赵家庄上琵琶，长生殿里胡笳，十种笠翁俗雅。复兴光大，之江曲和云霞。

二〇一七年四月

鹧鸪天·与李旦初先生欢聚于太原

十载神交笔阵情，一杯莞尔慰嘤鸣，浮生风雨身同受，鲁迅文章心共倾。　　犹骋思，且徐行，八旬瘦骨更崚嶒。放吟时见神来笔，助兴仍须竹叶青。

二〇一七年四月二十三日

南乡子·戏赠高卫东同志

思绪别来长，梦里高原酒几觞？屈指匆匆今一纪，沧桑，君是苍颜我鬓霜。　　山右好风光，蓦地官场大塌方。五载惊涛神定否？无妨，原已身成百炼钢。

二〇一七年四月二十三日

浣溪沙·赠山西诗词学会李雁红会长

古调新风笔两宜，泉声一路伴幽思。河东吟坫又扬旗。　源远流长风雅颂，云蒸霞蔚曲词诗，文公霸业待何时？

二〇一七年四月二十四日

鹧鸪天·题上海浦东"四库书房·新场雅集"

烟柳啼莺杂野芳，笋乡春色石桥旁。熬波旧事堪稽考，雅集新风已播扬。　传古韵，贮缥缃，云溪小径更生香。棹歌莫道曾消歇，一派书声起鹤塘。

二〇一七年四月二十三日

【双调·水仙子】原平四咏

其一　同川梨花

岑嘉州笔下雪白茫，李供奉窗前月似霜，谢韬元柳絮从天降。正梨花飘淡香，看原平沟峁春光。前人句难挥去，新鲜词费考量，搜尽枯肠。

其二　楼板寨乡农民散曲社

声声常伴满天霞，句句难离桑与麻，篇篇都是心中话。蹒跚老大妈，也多能辙韵合押。天籁含情草，地灵带露花，风雅农家。

其三　天涯山

天涯石鼓鼓声重，地角岩莲莲萼雄。四围春色春风送。湖边草木葱，绕花飞来去蝶蜂。一座神仙庙，几声早晚钟，魂在其中。

其四　炕围画

香花嘉树四时鲜，忠烈佳人千古传，庶民心愿看长卷。锅台土炕前，遍深藏妙笔堪怜。乡野丹青手，一片阡陌烟，岁月绵绵。

二〇一七年四月

访峨眉故宫西迁文物遗址

间关烽火几重重，此地曾为小故宫。
武庙残灯秦石鼓，伽蓝明月蜀金钟。
云环千古峨眉秀，心系七年民众雄。
依旧森森黄桷树，婆娑枝叶诉鸿踪。

二〇一七年四月

赠刘云岳同志

席次欢言大白浮，诗情相伴总风流。
平生道义追司马，斯世功夫求解牛。
笔下犹看龙凤舞，心中岂乏稼耕谋？
几多历历风云事，容我依然称老刘。

二〇一七年五月四日

【仙吕·醉中天】思亲　四首

其一

厢厦槽头马，村口涝池蛙，日暮时分绕树鸦。人小无牵挂，爱雨后天边彩霞。正贪玩耍，母亲不唤不回家。

其二

岂只求温饱，家教重朝朝，农户生涯多絮叨。时有风浪谁能料，看一叶扁舟晃摇。幸依双老，横篙击碎狂涛。

其三

抱病高原愁困，父母心急如焚，一片亲情五色云。二老远去成遗恨，但总记深情大恩。我今霜鬓，神魂时觅绿杨村。

其四

坟上青青草，翠柏逐年高，最是清明雨似膏。心事阿谁告？老宅院尘封寂寥。严慈鸿爪，梦醒常在中宵。

二〇一七年五月十四日

翻阅三十年前日记有感　三首

其一

飞光逝水漫收藏，头已星霜纸半黄。
春蚓秋蛇应识我，地名几处费端详。

其二

烟云一片眼前来，卅载尘封今始开。
看到铭心刻骨处，推窗对月久低回。

其三

十载五番新主人，依然东院草如茵。
长安多少沉浮事，掩卷遥遥未是尘。

二〇一七年五月

送段勇同志调赴上海大学

佳音伫候久，仲夏唱骊歌。
黄浦云霞远，紫垣风雨多。
人情疏练达，学问重研磨。
设帐随缘乐，回头刹那过。

二〇一七年六月十日

澄城县两周贵族墓葬考古发掘感赋

墼沟岂是旧容颜？梦里家园催我还。
万户生涯黄土厚，两周遗迹白云闲。
磬钟有韵融天籁，鼎簋藏辉留史斑。
幽奥几多难说尽，当缘深脉接桥山。

二〇一七年六月二十七日

贺新郎·《故宫学概论》出版自题

总是天公意！待回头、横斜鸿爪，偶然而已。黄土深深长安古，折曲河湟旖旎。消受得、人生泰否？铩羽归来何处觅？却徜徉、文物新天地。塞翁马、促予起。　　九重烟阙苍茫里，但周知、官家府库，宝藏珍萃。长巷幽宫皆凝重，多少风云秘史。共探奥、群贤肆力。暑往寒来终难负，帜方张、莫道人憔悴。十数载，一弹指。

二〇一七年六月

悼张忠培先生

哀哉亡大雅，百感自难禁。
短杖孤松影，幽怀空谷音。
世人崇考古，夫子贵知今。
有约长留憾①，鸿文所思深。

二〇一七年七月五日

【注】

① 二〇一七年四月十七日，作者收到张先生《在中华玉文化中心第五届年会上的讲话》（载《玉魂国魄——中国古代玉器与传统文化学术讨论会文集（七）》，浙江古籍出版社二〇一六年十二月版）一文，即与先生联系，约定畅谈一次，但为琐事所扰，一再推后，未能实现，抱憾不已。

杨三才同学十年未见，聚于朝阳门某饭店

屈指别来久，红尘感倏然。
眼前筵席盛，忆里菜蔬鲜。
天各一方地，人皆七秩年。
停杯兴难已，茶酽话连连。

二〇一七年七月九日

故宫影响力日著，喜而赋诗，并赠单霁翔院长

一脉珍琼映九重，溥天吹遍故宫风。
香江汇接禁中水，鹭岛飞来域外鸿。
往昔英伦曾誉美，而今寰宇更推崇。
年年秋月太和赋，古国灵光神魄通。

二〇一七年七月十日

崖　口

崖口断围嶂，晴光和翠微。
缘山佳树茂，绕径野芳衰。
曲直一河水，高低两御碑。
曾经车马盛，秋狝木兰时①。

二〇一七年七月

【注】

① 设立木兰秋狝制度是清代早中期的一件大事。崖口在今围场
县四道沟乡庙宫村一带，伊逊河从此流过，是进入木兰围场
的东南门户，康熙、乾隆到围场打猎，多是从这里进入。康
熙时汉译多为"九隘口"，康熙并写过《九隘》一诗。乾隆
帝习惯称其为"崖口"。他于乾隆十六年（一七五一年）写
了《入崖口有作》一诗，用汉满蒙藏四种文字刻成"御碑"，
立在今庙宫前伊逊河南的小山顶上。嘉庆十二年（一八〇七
年），嘉庆帝写了《木兰记》一文，讲述了木兰秋狝的由来
及其意义，也刻成"御碑"，汉满两种文体，立在今庙宫村
伊逊河西岸，东崖口山脚下，距离乾隆御碑不过几里地，一
高一低，遥遥相对。

题成都水井坊博物馆

文君垆永忆，天府醁波长。
凤翥名姝榜，龙腾水井坊。
老池六百载，秘境五粮方。
气壮风云色，山河共举觞。

二〇一七年八月十九日

香港回归二十周年

欢庆犹如昨，珠还已廿秋。
云舒紫荆艳，海阔白鸥悠。

新略添图景，故宫有渊流^①。
南风吹不断，路远意方遒。

二〇一七年八月

【注】

① 香港故宫文化博物馆由故宫博物院与香港特别行政区西九
文化区管理局合作建立，工程预计在二〇一七年下半年至
二〇二一年进行。

重来西安丈八沟

丈八睽违久，重来意若何？
木凋秋色老，楼小轶闻多。
未遇催诗雨，却看怅绪荷。
潋潋一湖水，风起旧时波^①。

二〇一七年九月

【注】

① 丈八沟位于西安市雁塔区丈八街道办事处，唐代即为游览胜
地。杜甫在《陪诸贵公子丈八沟携妓纳凉晚际遇雨二首》中
有"头上片云黑，应是雨催诗"。现已无沟，新挖一湖。
一九五四年建成西安丈八沟宾馆。二十世纪七八十年代，陕
西省的重要会议一般都在此举行。

《寸进集》出版自题　四首

其一

寸寸行行但寸襟，寸功尤惜寸光阴。

春花秋树三冬雪，回首分明意不禁。

其二

潮州烟水拜颐园①，百岁选堂堂庑宽。

欣赐题签敛锋笔，依然笔底有波澜。

其三

六辑权为记事珠，徐徐尚在学之途。

今生谨记三更早，哪管人讥五技鼯。

其四

一册编成恰七旬，七旬岁月感纷纭。

嫁衣五彩谁人织？谢罢饶公谢窦君②。

二○一七年九月

【注】

① 作者曾遵饶宗颐先生之嘱，二○○七年为潮州颐园学术新馆
　撰写碑文。

② 窦君，本书责编中国文史出版社窦忠如先生。

广东中华诗词学会成立三十周年

情愫两间发，天南一帜张。

风华有余绪，坛坫起新腔。

粤海潮波涌，花城吟兴长。

三旬当壮岁，骋目共飞觞。

二〇一七年九月

郑伯农同志文集出版

心逐五弦梦，名闻大雅堂。

衡文臧否笔，吟思曲回肠。

谔谔严泾渭，谦谦见角芒。

等闲衰病事，犹是慨而慷。

二〇一七年九月二十日

浣溪沙

赵晓明同志自一九九八年底任余之司机，至二〇一七年九月三十日退休，相处一十九年，感慨良多，特拟小词相赠

回首才惊十九春，生涯甘苦伴车轮，相看俱是白头人。　　一路风霜穿冀豫，几行宫柳守晨昏。个中有味自堪珍。

二〇一七年九月三十日

题宜兴葛记陶庄

丁蜀群贤竞，葛家名独扬。

素心赓十代，新釉著三阳。

庄上儒风雅，壶中禅意长。

艺途无涘际，苍昊一鹰翔。

二〇一七年十月二日

赠程极悦同志

千古文风盛，徽州来去仍。

春花访河坝，秋叶会吟朋。

岂负人山水，聊为赋比兴。

涛声依旧在，遥思意难胜①。

二〇一七年十月二日

【注】

① 作者一九九九年春曾考察歙县渔梁坝，程极悦同志时为黄山市文物局长。二〇一七年九月二十八日作者参加黄山市诗词学会成立仪式，程极悦同志任市诗词学会会长。程又找到当年作者来黄山的照片，制成小相册，题曰"涛声依旧"。

七十咏怀　五首

其一

风尘一路忽如旋，造化驱人岂偶然？
血荐韶华镐京月，心萦畎亩渭川烟。
雪峰饱看五千仞，紫阙欣聆六百年①。
今可从心矩犹在，衙门再结海山缘。

其二

心头骚雅耳边钟，相伴今生有两公。
春望秋兴感沉郁，鹰飞鲸掣思宏雄。
热风已得燃犀烛，直面才看贯日虹。
鲁迅锋芒工部韵，殷殷尽在不言中②。

其三

一脉文渊岁月渐，天教我辈颔珠探。
故宫倡学深侔海，才俊为基青出蓝。
十五流年鼓无歇，三千世界味初谙③。
衰翁漫道古稀日，秋色斑斓思正耽。

其四

屐痕到处总匆匆，我有相机留雪鸿。

青藏风情情万种，紫垣殿影影千重。

刹那定格供开眼，经久回思凭荡胸。

历历行程最堪记，恒河畔觅佛陀踪④。

其五

黄华银桂正宜秋，欢聚倾杯松鹤楼。

儿辈自强差可慰，老夫尚健复何求。

人生青岁总风雨，世事红尘不泡沤。

回首犹存几多憾，至今惜少好诗留。

二〇一七年十月二十日

【注】

① 作者曾在陕西渭南、西安及青海、北京工作，退下后移往故宫清代稽查内务府御史衙门办公，衙门左为景山、右是北海。

② 作者有《文化批判与国民性改造》与《鲁迅与宗教文化》两本鲁迅研究著作出版。

③ 作者提出故宫学已近十五年。

④ 作者有《高天厚土——青藏高原印象》与《紫禁气象——郑欣淼故宫摄影集》两本影集出版。

敬奉张勃兴同志　六首

其一

念思萦回卅载前，贺公米寿寿如仙。
曾经名震封疆吏，今日依然老少年。

其二

冀燕慷慨到秦中，一路铿锵歌大风。
羞杀几多贪腐辈，崚嶒更见夕阳红。

其三

主陕经年展壮图，政声不负此心初。
殷殷兴省富民计，尽在洋洋《茬苒》书。

其四

矻矻余生事继弘，三秦唐韵又绳绳。
高擎一帜老书记，倡得歌行散曲兴。

其五

心多雅趣玉琼玎，翰墨何妨寄性情。
并蒂花开贤伉俪，飘然艺苑露峥嵘。

其六

有幸我曾亲炙多，风云岁月未蹉跎。
但知每涉生民事，笔底文章细琢磨。

二〇一七年十月三十日

邺城　二首

其一

赋诗横槊一何雄！清夜西园想望中。
我有浮云待除扫，今来特借建安风。

其二

邺下风流何处寻？三台残址草犹深。
美人烈士千秋韵，留得诗家无尽吟。

二〇一七年十月

磁州　二首

其一　磁州秋色

一阵廉纤雨，磁州清韵多。
色蚀千村树，香残万亩荷。
太行朝气爽，漳渡夕烟和。
征雁排人字，天子冢边过。

其二　兰陵王墓

乱世干戈际，英雄颖出时。
先天文俊质，代面壮雄姿。
健舞千般杳，佳音一曲遗。
精魂可安否？茔墓陋如斯。

二〇一七年十月

浣溪沙·敬观饶宗颐教授荷花书画展

笔下风荷别有天，满堂清气意中禅，人间百
岁老神仙。　　仲夏花都添雅韵^①，初冬燕蓟漫
祥烟^②。乾坤吉庆庆连连。

二〇一七年十一月十八日

【注】

① 二〇一七年六月二十四日，饶公曾亲赴法国巴黎出席"莲莲吉庆——饶宗颐教授荷花书画展"。

② 二〇一七年十一月十八日，饶公出席在中国美术馆举办的"莲莲吉庆——饶宗颐教授荷花书画巡回展开幕式"。

铅山县怀古，步清蒋士铨《河口》韵

初来花落尽，今访正清商。
向学宋风厚，遗诗唐韵狂。
河边辄茶市，山下尽粮仓。
已拜稼轩墓，且寻忠雅堂。

二〇一七年十一月

铅山县有感，步唐王驾《社日》韵

好水好山田沃肥，斜阳千古照农扉。
遐思犹在鹅湖会，谔谔声中旨趣归。

二〇一七年十一月

相启同志邀而有林州之行，晚宿其老家茶店镇元家口村

三天漫阅太行秋，凉夜山村月似钩。

异域酒茶应有意，自家瓜菜总无忧。

已知郭巨遗风远①，还羡紫荆生叶稠②。

雁塔云烟卅年事，痴翁一对话川流。

二〇一七年十月二十七日晚

【注】

① 李相启同志孝敬父母。二十四孝中的郭巨，干宝《搜神记》
称其为隆虑（今河南林州）人。

② 李相启同志弟兄友爱，家庭合睦。相传隋代有田氏兄弟三人
因不拟再分家解树、家中紫荆树亦枯而复盛的故事。见［梁］
吴均撰《续齐谐记》。

太行杂咏　四首

其一

太行本气壮，山民更胆大。

今上郭亮村，路在悬崖挂。

其二

山弯石板屋，屋顶有老妪，
脚下红红果，身边野黄菊。

其三

凿山引漳水，一渠千古芳。
又谒青年洞，青春是脊梁。

其四

白杨叶金黄，黄楝色斑烂。
烟村斜照里，生气弥秋晚。

二〇一七年十一月

浣溪沙·西安澄城会馆百年

回首才知识见先，古徽风雨四方连。殷殷筚路忆前贤。　　五味街头藏世相，百年踪迹绕云烟。今朝会馆又新天。

二〇一七年十二月十七日

贺新郎·长春伪满皇宫小白楼

雪霁寒天碧。看寻常、一隅闲静，小楼灰白。鲁殿灵光堪拟比，惊世中华宝笈。天禄阁、琳琅古籍。紫禁风云沾上浪，历红羊、光彩方重熠。又多少、散而佚！　何妨室小昭心迹。遍摩挲、康乾泽永，可曾求得？聚铁九州成大错，一跃登台粉墨。这伪字、千秋足失。总是昏蒙时势昧，梦惊回、沤泡随风息。楼不语、倩谁述。

二〇一七年十二月二十三日

湖南省诗词协会成立三十周年

有才唯楚盛，骚雅自绵连。
屈子怀南土①，毛公颂夕烟。
复兴新帜举，而立大名传。
诗满芙蓉国，高吟彻九天。

二〇一七年十二月

【注】
① 屈原《九章·怀沙》："伤怀永哀兮，汩徂南土。"

尤溪朱熹故居

传得馀霞映火光，今来何处是西房①？
文山郁郁曾含理，樟树苍苍犹送香。
半亩方塘活水在，九曲清韵棹歌扬。
一天乡野漫寻古，始信闽中风雅昌。

新韵，二〇一八年一月十六日

【注】

① 朱熹出生在福建尤溪城南毓秀峰下一所别墅的西厢房。据说，在朱熹出生的头一天傍晚，对面文山和背后公山同时起火，火势成"文公"二字。大火与晚霞，交相辉映。

上海《文汇报》八十华诞

步履回头已八旬，殷殷总在逐风云。
报林卓荦一枝秀，海上洪波更汇文。

二〇一八年一月二十二日

寄内　四首

其一

君为南飞雁，我作绕树鸦。
寒枝瑟索际，芳华遍琼崖。

其二

千里变咫尺，微信用不微。
一日三晤面，归期自可期。

其三

周遭方苦雪，京华独燥干。
当羡万泉畔，时见雨笼烟。

其四

忽忽四九尽，此去又兼旬。
家中绿萝绿，桌上一层尘。

二〇一八年一月二十八日

丁酉岁末赠单霁翔同志　五首

其一

新年新局再登攀，浮世何求半日闲。
岁月川流情愫在，人生喜得有波澜。

其二

事业唯求第一流，年年举措有宏猷。
曾惊高曲畅音阁，美玉期看雁翅楼。

其三

千里江山韵味长，子昂书画漫评章。
文华殿外海棠盛，赏罢四僧看四王。

其四

大明丝路梦依稀，青绿卷图天下奇。
漂泊流离几多载，今归内府正当时。

其五

紫禁风华不等闲，胸襟自是系瀛寰。
国家宝藏源流远，世界太和云水宽。

二〇一八年一月三十日

拜望谢辰生先生并贺乔迁

五环堪放目，郊野已春归。
覃思犹持管，徐行不杖藜。
平生气常壮，盛世语多危。
四代同堂乐，期颐自可期。

二〇一八年二月十一日
丁酉年腊月二十六日

拜望苏东海先生

七年方拜谒，惭愧许知音①。

寂坐如禅定，放言犹马骎。

沉思三卷著②，矩步九旬深。

楼外前门大，凭栏披素襟。

二〇一八年二月十二日，丁酉年腊月二十七日

【注】

① 作者二〇一〇年曾看望苏东海先生。这次交谈中，先生称作者为知音。

② 苏先生是著名的博物馆专家，先后出版《博物馆的沉思》三卷。

奉赠萧玉磊先生　五首

其一

马日犹看年味新，衙门迎客隔红尘。

丹青相伴人难老，如玉襟怀面目真。

其二

古今中外总相交，眇宙何妨眼界高。

笔墨工夫天不负，画名已列"大红袍"①。

其三

合教翠叶满虬枝，世外无尘有所思。
一曲悠然流水韵，苍松高士两相知②。

其四

千人万马相俱殊，线画精工长卷舒。
正是春雷一声响，攘熙淮北上河图③。

其五

橙黄斗笠半朝空，肥裤窄衫含笑中。
栩栩才看惠安女，分明习习闽南风④。

二〇一八年二月

【注】

① 人民美术出版社等编印的《中国近现代名家画集》，因封面
　为红色，人戏称"大红袍"。
② 先生有《听松》图。
③ 先生有《春雷初动》图。
④ 先生有《闽南风》图。

忆江南·澄城杂咏 五首

其一 尧头窑

澄城好，窑火已千春。拙样朴形家用器，厚胎黑釉吉祥纹。赓续又图新。

其二 刺绣

澄城好，绣品总新裁。百姓意深榴籽枕，村姑针巧虎头鞋。粉本陌阡来。

其三 老粗布

澄城好，机杼老青娥。粗布无华田亩梦，条纹有序母亲歌，月夜一梭梭。

其四 水盆羊肉

澄城好，羊肉贵清汤。老碗水盆鲜味萃，月芽饼子盛名张，镇日齿留香。

其五 花馍

澄城好，巧手面生花。寿礼摹形鸡并虎，奠馍色染翠和霞。鱼变送娃娃。

二〇一八年二月

读《卫建林文集》

探望老领导卫建林同志夫人刘世锦女士,获赠《卫建林文集》。建林同志逝世已两年,病中曾看校样,逝世后书始出版。

春立天犹冷,捧书火一团。
素怀系肝胆,雅论落毫端。
已看三千界,曾经十八弯。
情交似流水,念念有波澜。

二〇一八年二月十日

北京市诗词学会成立三十周年

春风吟坫已芳菲,而立方当奋翼时。
易水铮鏦慷慨气,幽台寥廓怆然诗。
竹枝一片新声倡,京味百家云锦摘。
犹记遗踪寻致远,端为兴曲感秋思。

二〇一八年三月一日

题《瓯江丛韵》

文华吴越会,长脉有波澜。
青釉千年古,龙泉三尺寒。

曲传汤显祖，景数步虚山。

最是清江水，吟弦日夜弹。

二〇一八年三月二日

题中国东亭女子诗词论坛

东亭高论际，灼灼赏桃时。

荆楚扫眉子，晋秦闺媛诗。

思摅新乐府，情寄竹枝词。

蓬勃方无已，吟坛一面旗。

二〇一八年三月五日

婺源篁岭　五首

其一

岭头何处觅修篁？房舍凭崖如扇张。

水口一泓环古树，青藤爬上马头墙。

其二

梯田万顷遍金黄，阴霭更添徽味长。

不让菜花春独占，桃红李白也争芳。

其三

六色五颜桑稼歌，山居岁月漫消磨。

晒秋岂只三秋事，春景犹多大笪箩。

其四

玉带一条山顶藏，徽家珍萃见沧桑。

天街直可通幽境，乡韵乡愁思未央。

其五

弥空花气透疏窗，阒夜山风犹送凉。

民宿烟村鸟啼早，醒来尚觉是吾乡。

二〇一八年三月二十三日

题蔡通海画作　四首

其一

厚土层层连古今，苍茫烟树绕山村。

桑间濮上寻何处？酸曲此时尤动人①。

其二

当年曾贵洛阳纸，文苑始知骚土深②。
岁月无情老村老，丹青有路步骎骎。

其三

胸中丘壑已依稀，纸上河山惹梦思③。
垒块几多谁解得？寸心最在画无题。

其四

河湟豪气从军乐，染翰操觚亦半生。
廿载京华犹是客，故园梦里总分明④。

二〇一八年三月

【注】

① 蔡通海赠作者画一幅，题为《此刻酸曲最动人》。

② 蔡通海笔名老村，其成名作《骚土》一九九三年由中国文学
出版社出版。

③ 蔡通海赠作者《纸上河山》宣纸画册。

④ 蔡通海是陕西澄城县人，曾在青海当兵，调到北京已二十多年。

【双调·折桂令】校园情　五首

其一

村中旧庙书声，老树婆娑，百啭新莺。下课疯玩，讲堂顾盼，快乐开蒙。除四害看惊飞雀影，搞整风多右派先生。似懂非明，旧事陈年，白发思萦。

其二

沧桑书院留踪，魂绕仓颉，根在乾隆。厚土深层，少儿年纪，心事葱茏。饥馑三年长忆中，人生风雨有穷通，莫道匆匆。校舍多情，犹待归鸿。

其三

古徽黄土青衿，数载相陪，唐塔晨昏。师也谆谆，生皆兀兀，忆总温温。分袂方觉转瞬，时光漉尽风尘，何处寻痕？微信犹传，三五知心。

其四

想烟峦烽火高台，绣岭春回，照眼榴开。桃李弦歌，华清水暖，勤勉吾侪。忽刺刺骊山起霾，痛煞煞煮鹤堪哀，岂是飞灾？梦里前尘，不尽伤怀。

其五

这番又是清秋，叶落长安，渭水波收。五味
曾谙，半生风雨，十字街头。相聚惟倾老酒，枯
荣无意池沤，浮世盟鸥。晚景馀霞，且漫凝眸。

二〇一八年三月

在医院偶遇田成平同志夫妇，多年未见，喜赋小诗相奉

数载思公未见公，今逢却在不期中。
眼前已惯香山霭，耳畔仍怀青海风。
朋辈荣枯已天地，吾曹得失总鸡虫。
相扶伉俪濡而沫，难得同看夕照红。

二〇一八年四月四日

戊戌清明，肖宏伉俪来访并赠一九三六年之《中流》杂志原件，为纪念鲁迅先生专辑，感慨良多并深谢之

搜求辗转遗殊珍，零雨清明忆哲人。
一卷烟云尚斑驳，八旬世事总纷纭。
锋铦岂只毫端力？磊落原来面目真。
如火遗容心底在，中流荷戟自嶙峋。

二〇一八年四月五日

横　山

银州吊古感苍茫，断戟残垣旧战场。

无定河清稻苗壮，波罗堡兀柳丝长。

枭雄事渺李元昊，瞽者韵留韩起祥①。

最是悠悠骋遐想，一声羌管对斜阳。

二〇一八年四月

【注】

① 西夏开国君主李元昊原籍陕西横山，陕北著名盲人说书家韩起祥为横山人。

石　峁

问世曾教举世惊，我来访谒正春明。

皇城规制源流远，都邑文华根脉宏。

天府当然物精美，瑶台仿佛玉光莹。

四千余载峁间事，秃尾水流终有声①。

二〇一八年四月

【注】

① 石峁城址位于陕西神木高家堡附近，距今约四千余年，城内面积约四百万平方米以上，由"皇城台"、内城和外城基本完好且大致可以闭合的三座石砌城垣组成，城外还有可以通视的哨所类建筑。石峁遗址以玉闻名，还出土了大量的骨针、

陶器、青铜器等。它既是北方的核心聚落，更是早期的王国都城，是中华文明在黄土高原的重要根脉。

榆林治沙

秋高犹记叶黄天，初识驼城信有缘。
绿树驱沙一千里，蓝图筑梦卅余年①。
山川秀美今方见，人物风流早尽传。
莫道酒楼珍错列，味香还是拼三鲜。

二〇一八年四月

【注】

① 作者二十世纪八十年代前后在陕西省委工作，一九八五年秋曾参加在陕北召开的全省植树造林现场会暨植树造林先进单位表彰会，为第一次到榆林。"拼三鲜"的"拼"字，此处读去声。

顺访李涛同志黄河边老屋

乡曲生涯眼却高，舟行逆水总劳劳。
门前红枣百年树，梦里黄河千丈涛。
尘世浮云变今古，吟情朗月近风骚。
煌煌九卷名山业，岁月磨人叹二毛①。

二〇一八年四月

【注】

① 李涛同志为中华诗词学会常务理事、陕西省诗词学会副会长、榆林市诗词学会会长，中共榆林市委原副书记。李涛同志主编的九卷本《榆林诗词全集》二〇一八年初由陕西人民出版社正式出版。

大　荔

卅年一瞬念思遐，又见同州春事嘉。

城绕鳞波六湖水，风拂倩影满街花。

河滩广引冬熟枣，沙苑长生清贡茶①。

最是烟村幽树里，几声静夜涝池蛙。

新韵，二〇一八年四月

【注】

① 陕西大荔沙苑吉利茶为清宫贡茶。

遂昌　四首

其一

袅袅东风日已迟，班春祈瑞不违时。

溪头千载香樟树，犹记汤公遗爱姿①。

其二

云山宛若上清图，仙县令名名不虚。
眼底春光谁点染？花衣绿海采茶姑。

其三

粉壁红联淑气颐，农家光景在门楣。
更看阡陌存风雅，流水穿村汩汩诗。

其四

春暮平昌访好川，岭头岗上草芊芊。
一隅莫道沉湮久，夷越遗踪岁月镌②。

二〇一八年四月

【注】
① "班春"即"鞭春"，是中国古代极具特色的劝农仪式。明代戏剧家汤显祖在浙江遂昌知县任上五年，每到春耕季节都举行"班春劝农"仪式，奖励农桑，劝农勤耕。
② 好川古文化遗址位于遂昌县三仁畲族乡好川村，属于良渚文化晚期，距今四千年左右，在浙西南地区是首次发现，为一九七九年全国重大考古新发现。

【北中吕·朝天子】遂宁千年银杏树

僻乡，道旁，苗寨精魂傍。短枝长干一盖张，
树影三千丈。秋染金黄，夏成青嶂，见几回沧海桑。
傲霜，自强，总不变婆娑样。

二〇一八年五月一日

【北中吕·朝天子】园圃

梦乡，早凉，鸟雀枝头唱。牡丹渐次到海黄，
芍药参差放。花语含芳，樱实堪赏，荡绿波蜂扰攘。
上墙，蔓长，更几树蔷薇壮。

二〇一八年五月一日

赠陈学超兄

回头步履玉丁宁，七秩风华天下名。
翰墨随心漫游艺，歌诗信口但摅情。
羡君四海纵横意，愧我一隅踷踞形。
可记识荆曾恨晚，秦都夜话到三更。

二〇一八年五月一日

题贾生华著《变迁——影像澄城五十年》 四首

其一

两卷风华漫卧游，往尘多少且回眸。
家山无恙故人好，才调贾生当一流。

其二

光影生涯五十年，翩翩绿鬓已皤然。
回头犹是无穷意，一片乡情记变迁。

其三

百张图景感韶华，燕子今时寻故家。
不变惟留梦中影，牛羊日夕话桑麻。

其四

楼寺倩姿千百娇，古徵黄土有琼瑶。
事如鸿雪堪追忆，夏雨秋波三眼桥。

二〇一八年六月四日于北京阜外医院

齐天乐·首届中华诗人节在荆州举办

雅风骚韵从何说？吟坛满天星斗。李杜三唐，苏辛两宋，元曲四家挺秀。几多妙手，看列嶂绵连，斯文渊薮。诗国煌煌，千秋一脉漫回首。　　纪南残址夕照，且魂招屈子，兰蕙依旧。激荡风云，悲欢世事，更骋灵心绣口。吟家抖擞，任豪气柔情，短章宏构。幸遇良辰，岂能时代负？

二〇一八年六月

赵诚画梅

香花清逸韵，快雪傲寒姿。
尺幅精神满，三秦梅一枝。

二〇一八年八月二十四日

病中杂吟　四首

其一

每忆少时曾逞豪，校园引水踩波涛①。
临崖日出苗羌远，披雪云开青藏高。
万里风光皆尔尔，七旬岁月总陶陶。
焉知五十余年后，在劫终难逃一刀。

其二

白塔翠岚遐迩看，东西窗口且凭栏②。
楼高寞寂肠犹热，室小周章梦亦寒。
悲悯良医本精湛，郎当病服自松宽。
依依别去才多悟：弃疾何为字幼安。

其三

醒来方觉睡酣深，脑际空茫漫细寻。
百日愁肠终了了③，一双妙手已欹歆。
河湟曾憾朦胧目④，燕蓟今全残损心。
满眼风华千样好，斜阳不唱白头吟。

其四

何处养疴深闭门？燕郊光景接烟村。
一丸岂味法华境⑤？半世自留鸿爪痕。
行伴秋风送蝉子，坐看夏雨长桐孙。
难忘最是护胸带，三伏裹身朝与昏。

二〇一八年七月

【注】

① 作者一九六四年在学校引水劳动中身体不适，西安医学院
　第一附属医院查出二尖瓣闭锁不全，诊断证明书保存至今。
　二〇一八年四月又查出主动脉瓣严重狭窄，需换瓣膜。
② 作者五月廿二日至六月十二日在北京阜外医院住院。

③ 六月五日在阜外动手术。从查病、手术至出院约百天。

④ 作者一九九六年在青海工作时患严重目疾。

⑤ 病中长服抗凝药法华林纳。

余方住院，舍弟调外地工作，克日报到，病室话别

又回病榻正忧心，忽报好音情不禁。

原上晴烟鹧鸰鸟，耳边潇竹板桥篾。

红尘紫陌荣和辱，苍狗白云浮与沉。

东海一轮明月夜，滩头歇浦自堪吟。

二〇一八年五月廿八日于北京阜外医院

寄贾生华先生

遥遥病室惺惺惺，君卧西京我北京。

光影生涯烂漫梦，像图世界浩茫情。

抚今欣看家乡好，忆旧惊呼岁月更。

相慰斯编可传世，中心有愿但安平①。

二〇一八年六月四日于北京阜外医院

【注】

① 作者为摄影家贾生华《变迁——影像澄城五十年》拟写序言。时贾先生亦住西安西京医院，后不幸于八月十六日去世，享年八十岁。

乡　党

心上家山梦底歌，眼前花树碧婆娑。

关西秦客皆乡党，渭北澄人是老哥。

羊肉当然水盆好，原沟毕竟古遗多。

匆匆千里二三子，堪慰乡愁陋室过^①。

二〇一八年七月

【注】

① 作者为陕西省澄城县人。在外陕人多互称乡党，渭北一带则称澄城人为"老哥"。"老哥"有调侃味，谓过分朴实与执着。澄城水盆羊肉为国家级非物质文化遗产。澄城文物古迹多，正在发掘的周代芮国都城遗址与墓地为世瞩目。作者二〇一八年六七月养病期间，先后有多位澄城老乡从家乡专程来京看望。

诗　韵

远集坊间共醉诗，不辞病骨尚支离。

千秋韵律寻三味，万里源流饮一卮。

天地有情舒负抱，风云无限动吟旗。

曾经卌载复兴路，前路更看花满枝。

【注】

① 二〇一八年七月十一日，作者在中国版权协会举办的远集坊第十三期作《中华诗词的魅力及其复兴发展》的演讲。

送学生刘玉赴广西师大任教

辗转病床犹念兹，盘飧今日送行迟。

鸿庠四载津门柳，学海一瓢天阙墀。

汲汲觅知来北地，锵锵弘道赴南陲。

桂林山水应无恙，王府沧桑亦有诗①。

二〇一八年七月二十一日

【注】

① 刘玉为作者在南开大学指导的博士研究生。作者因住院未能
出席其毕业论文答辩会，在其赴广西的前一日于故宫御史衙
门送行。广西师大在桂林市明靖江王藩王府。

曾孙出生

旭旦啼传第一声，窗前送绿眼先明。

桑榆晚景辄怀感，风雨病躯当慰情。

绵胝诗赓喜堪庆，宁馨嗣继意犹萦。

流光如水新波涌，四代同堂春又生。

二〇一八年八月五日

出席故宫养心殿维修工程开工仪式，单霁翔院长力邀并搀扶登上殿顶，共同取出正脊上的宝匣

久立羸身已不支，偕登殿顶赖扶持。
手中宝匣多玄奥，眼底琉璃总义熙。
秣马厉兵工匠巧，高秋爽气淡云稀。
但期尔我缮完日，脊上同摅寥廓思。

二〇一八年九月三日

术后首次乘飞机赴山西运城做文化讲座

今上青冥又御风，衰躯初愈下河东。
川原纷纠供驰目，云海翻腾漫荡胸。
蒲坂轻尘尧舜古，中条疏雨壑丘丰。
刘郎重返几多意，一缕思牵五老峰①。

二〇一八年九月十九日

【注】
① 作者十五年前曾为永济五老峰撰联。

送王一飞

临别更增难舍情，深深小院感浮生。
一声日日七年整：小心慢走费叮咛。

二〇一八年九月

【注】
① 王一飞为故宫御史衙门招聘的工作人员。

骊麓行并序

　　公元二〇一八年十月十一日，秦川秋明，绣岭气爽，原临潼华清中学高六七届二班同学欢聚一堂并重返母校。母校位骊山之麓，依山而建，烽火台朝夕相望，因西邻华清池而得名，且东傍兵马俑，北眺渭河，诚风光绝胜之地也。当年同学握别星散，转眼已五十春秋；一路风雨沧桑，建校恰八秩华诞。四载同窗，情谊长存；蹉跎岁月，不堪回首。徘徊校园，新貌旧迹，感慨莫名。庞继强同学向学校献上自制视力仪，欣淼则敬奉拙作数种；此前谢清海同学已捐画作，刘忠战同学亦赠机电专著。凡此种种，虽皆微薄，但表饮水思源之悃衷也。丙申年聚会，李忠国同学送各位韩城特产红把笤帚，此次又以名品大红袍花椒见赠，李慧玲同学特为每位准备精美丝巾。白头学子，教泽长铭；夕阳余辉，别有意味；互道珍重，来日再会。

连天云树暌违久，又见骊马苍而黝。
爽气清秋华清园，徘徊萧散老学友。

分袂倏然五十春，建校又逢八秩寿。
劳劳归燕寻故巢，望中高低尽宏构。
石榴叶残野草衰，窑洞迹留当日旧。
台阶合影镌英姿，犹记何处为谁某。
往尘点点增怅惆，六月烽火羞回首。
长路最是梦醒时，辜负韶光蒙尘垢。
人有迷魂从何招？骊麓念念教泽厚。
红颜青鬓成空忆，相对皤然妪和叟。
不变还是华清池，千载汩汩昏与昼。
继强今奉视力仪，老井犹涌清波秀。
六尺寒梅出清海，一段幽香穿户牖。
忠战新著誉业内，矻矻机电好身手。
区区我心不能已，赠书那复计浅陋！
跬步寸进总思源，古稀学子聊献丑。
忠国再馈韩城椒，山野红袍披锦绣。
惠玲有礼真丝巾，点缀苍颜益抖擞。
岂是鹅毛千里重？窗友深谊春光透。
满桌佳肴满室香，助兴陈酿西凤酒。
情怀跌宕面目真，午临放歌频劝侑。
片刻何妨轻狂状，酒酣耳热当击缶。
座中有人触怅多，松柏惜已为蒲柳。
同学五人墓草宿，噩耗接踵惊曹偶：
却伤竹英依依去，孰料瑞林匆匆走。
我亦逃离生死劫，东篱人比黄花瘦。

康健平安即鸿福，省悟辄在灾病后。
气和心平不老丹，夕阳余辉漫消受。
互道珍摄意殷殷，乐游原上风光有。
百年苦短何再聚？微信群里总邂逅。

二〇一八年十月中旬

浙江省诗词与楹联学会成立三十周年

两浙人文秀，风骚岂等闲。
吟声潮起处，藻思鹜飞间。
有味唐诗路，多情谢客山。
险峰藏好景，携手共登攀。

二〇一八年十一月九日

题薛晓源君《哲人神采》

光耀星空振古今，满堂哲者见丰神。
眼眸仿佛凝新彩，冠带分明沾旧尘。
鹏鸟翼飞三万里，学园思接八千春。
薛君笔墨堪称妙，总是殷殷爱智人。

二〇一八年十一月十五日

读《一路朝北》致作者王双民同学

剑影刀光梦未残，且从说部记波澜。

舍生漫道龙潭险，赴死曾歌易水寒。

乌坠嵁嵯三寸管，鹃啼桑梓一壶丹。

孜孜总是思齐意，十八春秋岂等闲。

二〇一八年十一月十六日

读王亚平《说剑楼文存》

滇南疆北壮胸襟，说剑楼头抒锦心。

大雅何妨新旧体，至情端在肺肝吟。

七旬烟雨鸿泥印，十卷芸编鲛泪琛。

更伴红河流日夜，春风绛帐度金针。

二〇一八年十一月二十八日

蝶恋花·段英武同学告，己亥正月为其金婚纪念，索诗于余，以小词奉贺

石上三生天定了，以沫相濡，滋味知多少？携手今生堪一笑，雨风过后寻鸿爪。　　梦里依依桑梓好，雪落天山，树绿骊山道。缱绻之心心不老，年年南北双飞鸟。

二〇一九年一月

清平乐·初三

初三又是，五十流年逝。忆里寻常家务事，却道黄金堪比。　旧车妪可轻旋，案头翁尚留连。自觉韶光已浅，何妨在意天天！

二〇一九年二月七日，己亥正月初三

水调歌头·咏苏州工业园区

胜地有新景，禹甸一枝花。姑苏星岛携手，丰采正殊佳。方看培英黉舍，又听攻研秘奥，处处展风华。古寺钟依旧，湖映半天霞。　廿五载，烟云迹，自堪夸。征尘未浣清影，回首意难赊。鼓角龙拿虎掷，日月争奇斗异，春早满园嘉。壮岁好风趁，前路总无涯。

二〇一九年三月

赠王旭东同志

敦煌朝日紫宸烟，雪域卿云别有天。
十七年前欣一晤，焉知注定故宫缘？

二〇一九年四月十八日

《一路走来——我家影像五十年》编后杂咏　十首

　　《一路走来——我家影像五十年》，是我家从一九六八至二〇一九年长达五十年的影像选集，从二〇一九年五月选编，八月中旬定稿，历时百天。

其一

此帙编成意转深，纤尘鸿雪自珍琛。
回头五十年间事，可识殷殷白首心？

其二

农家光景岂能忘？龙口当年夺食忙。
一自曾披田垄月，至今还念菜根香。

其三

古县陵园草木春，百年祖宅总相亲。
点点屐痕曾记否？笑靥欣留一派真。

其四

风吹兴庆满涟漪，雁塔千年孤耸姿。
最是秦川魂梦里，合家四口共相怡。

其五

应是天南地北身，高原莽莽长精神。
西沙波浪秦陵俑，更撷他邦几片云。

其六

卪角青眸水一泓，几多合照忆分明。
京华两子犹邻比，四十年来老弟兄。

其七

小小渐知柔克刚，年来任事热衷肠。
城城淘气休嗔怪，慧性宛然眉宇藏。

其八

小说试尝文思开，舞姿书意本同怀。
一双孙女桃花颊，俱展丹青献寿来。

其九

偏是抓周笔一枝，云天期尔纵奇思。
莫言生计千条路，还送重孙劝学诗。

其十

图片张张回味长，瞻前更有好风光。

此心慢共烟云老，笑挽鲁戈留夕阳。

二〇一九年八月十二日

赠徐人健先生

吟客一何幸，吴头楚尾中。

子安诗郁郁，玉茗曲琮琮。

倚杖骋千思，听涛感寸衷。

烟云凭过眼，人健笔尤雄。

二〇一九年十二月三十日

正月初五寄霁翔同志

破五何须送五穷，燕郊春色陌阡中。

衰躯我有周天梦，健步君留禹甸踪。

黄鹤忍听风一笛，紫垣曾看雪三重①。

豪情未共时光老，庚子况闻惊世钟。

庚子正月初五，二〇二〇年一月二十九日，于燕郊

【注】

① 去冬以来北京已降雪三次。

武汉抗疫赞

江城伤时疫，鼠年春正寒。

凶煞凌北海，峻骨节南山①。

奋翮看黄鹤，同舟挽赤寰。

一番风雨后，岁月记斑斓。

二〇二〇年二月五日

【注】

① 《诗经·小雅》中有首《节南山》，节，嵯峨高峻的样子。

永济诗友馈寄白蒿芽子

三月中条春半时，采蘩依旧看祁祁①，

遥遥岂是鹅毛意？芽子一盘乡野思。

二〇二〇年三月二十八日

【注】

① 《诗经·国风·七月》："春日迟迟，采蘩祁祁"。

贺新郎·寄北湖九士并高昌同志

倏忽经年矣！最堪思、佳时仲夏，蓟燕芳翠。绣口锦心雕龙手，岂少扫眉才子？九士聚，风华际会。忝作人师施绛帐，这缘分、结就诗词谊。宫墙柳，北湖水。　　春来遐迩新冠肆。有姚君[①]、劫难经过，几多牵记！援鄂吟章通微信，我辈自当激励。道不尽，殷殷情意。《风雨同天》篇什夥，更李生、哀辑忙编集[②]。莫辜负，一枝笔！

二〇二〇年四月九日

【注】

① 聂绀弩诗词基金会代理理事长、《新潮评论》副主编姚泉名同志曾不幸患新冠肺炎，不久即痊愈出院。

② 由作者主编、李军同志责编的《风雨同天——2020 中华儿女抗疫诗词作品精选》即将由天津教育出版社出版。

和林峰先生《书怀》诗

违久莫言消息迟，吟朋况味往来诗。

一春风雨囚拘日，半夏云霞目纵时。

顾我溺思犹少悟，喜公雅兴几多痴。

扰人还是无明疾，世界琉璃岂可期？[①]

二〇二〇年六月五日

【注】

① 据佛经，东方琉璃世界是药师佛的净土，药师琉璃光佛手持药钵，医治一切众生之病源——无明痼疾。

附 （香港）林峰诗

天涯寄迹苦栖迟，潦倒行囊几句诗。

立雪思君虽万里，种兰饮露待多时。

寒侵客梦愁云乱，醉卧旗亭怨我痴。

风雨故人何处去，鹃啼窗外了无期。

二〇二〇年五月二十六日